我的文字生涯

二〇元年元旦 邹家华

循着父亲韬奋的足迹

邹嘉骊 著

上海三联书店

本书的出版得到韬奋基金会、上海韬奋纪念馆的资助。

韬奋与家人摄于上海万宜坊
（1933 年）

全家合影，左起：长子嘉骅、夫人沈
粹缜、韬奋、幼女嘉骊、次子嘉骝
（20 世纪 30 年代）

嘉骝（左）、嘉骅（中）、嘉骊（右）
在万宜坊

嘉骝、嘉骊、嘉骅（1951年8月）

邹嘉骊在北京（50年代初）

嘉骊工作照

在康平路家中（2015 年）

1948 年 4 月，胡愈之与沈钧儒在香港会见时合影，右起：胡愈之、沈钧儒、邹嘉骊

CONTENTS | 目 录

父亲韬奋有诚挚广大的爱(代序) ……………………… /邹家华 Ⅰ

序言 ……………………………………………………… Ⅴ

编书记

《韬奋手迹》书影 …………………………………… 3

《韬奋著译系年目录》书影 ………………………… 6

《韬奋著译系年目录》是怎样编成的 ……………… 9

找到你了,谷僧 ……………………………………… 17

《忆韬奋》书影 ……………………………………… 21

《忆韬奋》初版附记 ………………………………… 22

《忆韬奋》新版书影 ………………………………… 23

《忆韬奋》新版前言 ………………………………… 24

《忆韬奋》新版后记 ………………………………… 30

《韬奋全集》书影 …………………………………… 32

《韬奋全集》编后记 ………………………………… 37

《中国韬奋基金会》(图片集)书影 ………………… 39

《韬奋年谱》书影 …………………………………… 41

《韬奋年谱》编者的话 ……………………………… 42

快乐的追踪——《韬奋年谱》付印前的几句话 …… 47

《韬奋年谱》再版前的几句话 ……………………… 51

《邹韬奋年谱长编》书影 …………………………… 52

《邹韬奋年谱长编》新版前言 ……………………… 53

《别样的家书——宋庆龄、沈粹缜往来书信集》书影 ············· 56

《别样的家书》编后记 ·· 64

《别样的家书》编者感言 ··· 66

情未了 ·· 78

《别样的家书》出版座谈会上的发言 ······························ 93

叙情篇

爸爸，你的理想实现了！ ··· 99

重读周恩来同志给我的慰问信 ······································ 101

杜重远和韬奋的友谊 ·· 104

韬奋的新闻道路 ·· 107

他像兄长、父辈一样关心我们 ······································ 111

重见天日——新发现的韬奋佚文 11 篇 ··························· 113

心中的绿洲 ·· 115

寻找父亲韬奋的遗文 ·· 117

送别胡绳同志 ··· 122

手足情深——怀念二哥邹竞蒙 ····································· 124

纪念邹韬奋逝世 60 周年座谈会上的发言 ······················· 129

父亲的嘱咐 ·· 131

徐伯昕记《遗言记要》是韬奋遗嘱的原始版 ····················· 133

韬奋是遗嘱的原创者——对《原始版》一文的修正 ············· 142

张仲实和邹韬奋 ·· 151

巴老给我的温暖 ·· 159

纪念邹韬奋诞辰 110 周年 ··· 162

花季少年给妈妈的信 ·· 165

相依相契的患难搭档——怀念我的父亲与母亲 ················· 172

爸爸临终写给我的三个字 ·· 179

天增同志教我学本事——深情怀念恩人倪天增 ················· 183

我的大哥大嫂 ··· 188

我爱我的出生地——纪念韬奋纪念馆建馆 60 周年 ············· 196

访谈录

战而不屈的志士——邹韬奋逝世 55 周年访其女儿邹嘉骊…… 王 岚/201

让更多的人了解历史真相——邹韬奋之女邹嘉骊采访记 … 侯桂芳/206

邹嘉骊：我是爸爸的小黑马……………………………… 左一楠/209

父亲邹韬奋与我们的家庭 ………………………… 李 伟/214

在追寻中沉浸——邹韬奋女儿邹嘉骊晚年的编书生涯 …… 晓 蓉/221

弥留时写下"不要怕"鼓舞她一生 ………………………… 郭 颖/224

鞠躬尽瘁 奋斗不屈 ……………………………… 叶松亭/228

人总要有所追求——专访邹韬奋之女邹嘉骊 ………… 顾学文/244

前辈九六高龄老人殷国秀的来信 ……………………… 殷国秀/252

在韬奋基金会的日子 ………………………………… 汪习麟/254

别样的人生——韬奋之女邹嘉骊的文字生涯 ………… 王周生/260

病床上的追踪和思念(代后记) ……………………………… 265

父亲韬奋有诚挚广大的爱
（代序）

邹家华

　　韬奋是一个平凡的人，但韬奋精神是伟大的，从这个意义上说，他也是一个伟大的人。他的伟大，包含着他诚挚而广大的爱。他不仅爱家人、爱朋友和同仁，更爱他的祖国和人民。

　　韬奋作为家长和父亲，是非常爱家庭爱孩子的，不论工作多忙，他总要抽点时间和孩子玩。每天晚饭之后，他总要逗我们玩一阵子，才去他的工作室工作，这成了他生活中重要的内容。有一次嘉骊趴在地上哭闹，怎么劝她也不行，于是，父亲也伏在地板上陪她假装哭，一直到孩子破涕为笑。天下的父母都爱自己的孩子，但韬奋对儿女的教育的确有他的独特之处。那时，家里除了一日三餐，母亲在生活细节方面主张对孩子严一些，她不让孩子们吃零食，也不赞同给我们零用钱。而父亲则不一样，他主张给孩子们一些零用钱，可以让我们随时买些学习需要的东西，因为他认为这样做，可以培养我们独立生活的习惯和能力。我想，这和他多年在外独立闯生活，早早

韬奋流亡海外时，沈粹缜寄去她与孩子们的合影（1935 年）

自立很有关系。

他对儿女在学业和精神方面的培养,尤其注意。有一次,晚上嘉骊回家啼哭,父亲一问,知道是因为嘉骊古文背不出来,被老师责打。他不但不责怪孩子,反而认为老师体罚没有道理;所以,他连晚饭都没顾上吃,立刻到学校对老师提意见。我想,这可能和他清明的民主作风有关。还有一件事让我难忘。当年父亲第一次流亡到英国,收到我们从国内寄的家信,知道我病了,而且病得厉害,他因此三个晚上没有睡觉。他对亲人的爱是深沉而诚挚的。

"推母爱以爱我民族与人群",是韬奋的思想。这种爱,直接表现为他对工作和事业的爱,那是投入了他几乎全部精力的。"竭诚为读者服务",就是他内心最真诚的想法,这句话至今镌刻在三联书店的墙壁上,作为座右铭,激励着现在的三联人和全国的出版人。

韬奋最大的心愿就是办好一个刊物,他曾说:"要使读者看一篇得一篇的益处,每篇看完了都觉得时间不是白费的。"他主张:"用最生动、最经济的笔法写出来。要使两三千字的短文所包含的精义,敌得过别人两三万字的作品。"为了达到这样的效果,从确定刊物的方针,到组稿,到编辑定稿,一直到最后出版付印,乃至发行,他都投入了巨大的精力与心血。他除了在文字内容上投入精力,刊物和书店的经营和人员管理他也是殚精竭虑,不断追求更高的目标。而在这些工作当中,他又培养了青年一辈。他撰写了不少专门研究出版经营管理、刊物管理的文章,留下了《事业管理与职业修养》这样的经验总结。他特别强调实践对于学习的重要性,他曾为员工题词:"经实践中体验的知识,是最宝贵的知识。"他还说:"要预存在工作中学习的态度,然后在学习中才能发生学习的结果。""工作实践中的学习,不但是同事的学习,即办事技术上的学习,同时还有对人的学习。""这不是学习如何敷衍人,是要学习如何与人合作。"他认为,肯不肯在工作实践中学习,学习效用是差异很大的。

在培养和管理的过程中,他把对同仁的关爱、对事业的热爱都倾注其中。许多青年人在生活书店里,在他的以身作则和严格要求下,迅速成长起来。以至于在那个时期,全国出版界、新闻界的不少骨干人物都是从生活书店走出来的。

当然,最能体现他的爱之诚挚与广大的,就是他对民族和祖国的爱。他说:"中国人的浴血抗战,抵御日帝国主义的侵略,为的当然是要抢救我们的祖宗所遗留下来的具有五千年文明的祖国和千万世子孙的福利。只就这一点说，已经值得我们牺牲一切，为我们的祖国而苦斗。"他从日常的工作入手，从他擅长的领域出发，一篇文章、一件事情地，把他热爱的工作，与民族解放紧密联系起来，与争取人民民主、促进社会进步紧密联系起来。他曾说："我们这一群傻子的这一个组织，所以要挖空心思来尽量使它合理化，目的却不是仅仅为着我们自己，我们要利用这样的比较合理的组织，希望能对社会有更切实的贡献。""我们这班傻子把自己看作一个准备为文化事业冲锋陷阵的小小军队，我们愿以至诚热血，追随社会大众向着光明的前途迈进！"

韬奋自小受的虽然是封建的旧式教育，在他初期从事的社会活动中，也带有资产阶级改良主义色彩；但是，中国革命的伟大实践以及传播到国民党统治区的毛泽东著作，使韬奋逐渐认清了中国革命的前途，认清了只有中国共产党才能领导中国革命走向胜利的道理，从而找到了前进方向。

在人生的最后时间里，他的病情日趋严重，疼痛难忍，每天靠打止痛针维持。尽管如此，他还是强忍病痛继续在病床上写作。病重期间，他仍"心怀祖国，眷念同胞"。用他自己的话说："以仅有一点微薄的能力，提着那支秃笔和黑暗势力作艰苦的抗斗，为民族和大众的光明前途尽一部分的推动工作……"

韬奋先生因为有这样一种对人民对祖国的大爱，才会有坚定的行动，有贯穿一生的坚持，有广大的胸怀。当年，他们"七君子"获释出狱后，在群众欢迎会上，韬奋当场题词："个人没有胜利，只有民族解放是真正的胜利。"也因此，他才是伟大的爱国者。

序　　言

书名的由来。

1944 年 6 月 1 日,父亲韬奋自感病情转危,要求口述遗言。第二天,6 月 2 日,由徐伯昕记录。当时在场的,还有生活书店同仁,掩护父亲的中共地下党员陈其襄、张锡荣、张又新等同志。父亲对身后的人和事一一关照,由此留下了《遗言记要》一文。

关于我,父亲是这样说的:"小妹爱好文学,尤喜戏剧,曾屡劝勿再走此清苦文字生涯之路,勿听,只得注意教育培养,倘有成就,聊为后继有人以自慰耳。"7 月 24 日清晨,父亲临终时,又用颤抖的手,留下了最后三个字:不要怕。

父亲的遗言影响我一生。既有疼爱又有期待和鼓励。疼爱,是担心我日后过清苦的日子;期待,是"勿听,只得注意教育培养",做一个有益于社会的人;鼓励,是要我在人生坎坷的道路上,不畏困难,勇于克服,朝前走。

有益于社会,谈何容易,必须具备多少条件。颠沛的生活,我初中都没有读完,有什么能力养活自己、服务社会。

1945 年 8 月 15 日抗战胜利,爸爸的黄金搭档徐伯昕领衔,带着一批生活书店同仁,为书店复业而忙碌着。办一个图书馆,是父亲的遗愿。1944 年 10 月,延安召开韬奋追悼会发起人会议,在制订的《纪念和追悼韬奋先生办法》中,就有"在重庆设韬奋图书馆"一项。由于当时重庆的政治环境,这个设想未能实现。日本军阀投降以后,父亲生前好友与生活书店同仁又想到这件事情,在征得妈妈同意后开始筹备。

1946 年 1 月启动,由生活书店最高领导委派胡耐秋参加筹建工作;妈妈沈粹缜担任会计事务,负责记工作日记;我剪贴资料、整理图书。1947 年 5

月,听从地下党安排,跟随生活书店总经理徐伯昕辗转移居香港,图书随同运往驻地。记忆里我们在那租了一个比较大的房间,房间的两头各隔一个小间,一头是徐伯昕和胡耐秋住,另一头是妈妈和我住。靠墙全是书架。那是一个安静的环境,没人管我。整理图书、登记图书、阅读图书,全由我自己安排。

1948 年 10 月 28 日,地下党潘汉年、连贯等部署,委派王健护送李公朴夫人张曼筠及女儿张国男,以及妈妈和我等文化人家眷乘"湖南"号轮北上,11 月中旬到达北平。1949 年 1 月 31 日,北平和平解放,我们彻底告别那颠沛流离、东躲西藏、动荡不定的苦难生活。

1949 年 5 月,我和一批年龄在 20 岁左右的小伙伴,进了中央宣传部出版委员会业务训练班(主任黄洛峰,副主任华应申,班主任程浩飞)。学习班结业,我顺利地当上了新中国书局(三联书店化名)门市部营业员,定期邮发《学习》杂志。门市部设在北京王府井大街,前辈曹健飞任经理。之后,我调入人民文学出版社,做了三年校对。

1958 年秋,为照顾孤身一人在上海的妈妈,组织上正式调我到上海新文艺出版社(上海文艺出版社前身),先后任助理编辑、编辑,又得到副高职称,前后近三十年。看过自发来稿,编过一部长篇小说、几本短篇小说集和报告文学集,参加过《新文学大系》的编选等,我把这三十年称为人生的热身阶段。每调换一个工种,就学习那个工种必需的基础知识和操作规程。

1959 年下半年,文艺社培养我,安排我去北京文化学院编辑进修班学习了 14 个月,学习的科目有哲学、文艺理论、语法修辞、形式逻辑、政治经济学和编辑业务等。这次学习对我很重要,《实践论》《矛盾论》《延安文艺座谈会上的讲话》都是必修课。那时年轻,学习热情又高,讨论时激烈争论。1960 年 10 月 28 日,还写了一份长长的自我鉴定。90 岁读 30 岁时的鉴定,太有意思,热情有余,幼稚可爱。

20 世纪 70 年代早期,我跟随时任上海人民出版社(大社)文艺编辑室负责人江曾培出差四川绵阳。当地卫生环境较差,街头露天设摊卖馒头包子,营业员没有戴卫生手套的规矩,钱票子和食品都是一把抓,一点防护措施都没有。回沪不久我即患上乙型肝炎,住进医院传染病房隔离。最近一篇回忆文中,作者王周生提起当年她和一位同道一起去医院探视我的事,文中不经意间清楚提到,那次探视是 1975 年。

1975 年,断断续续,五进五出,肝病的指标总是处在不稳定、不正常的状

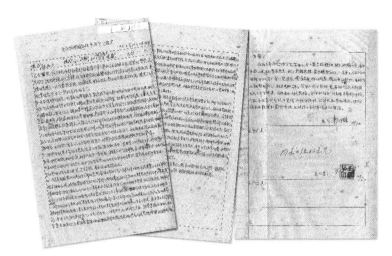

文化学院编辑进修班学员鉴定表(1960 年 10 月 28 日)

态;上海、北京的医院我都住过了,病情一直处在慢性折磨期。漫长的治疗休养时光令人消沉。别人眼里,我是个带菌者、二等公民。谁听到"会传染"不忌讳、不躲得远远的?乙型肝炎,没有特效药,病程又长。耐不住,我自己动手,参阅相关资料,凭感觉和有限的知识,选了个民间土方自己配制,坚持服用,不良指标竟慢慢正常起来。我振作精神不再消沉。弹指一挥,这都是四十年前的事了,面对可怕的乙肝,我已经有了"抗体"。

80 年代初,我跳出那种只休养无实质内容的生活,恢复上班了。单位照顾,半工作状态,没有分配什么正式的任务。日子过得有点闲散,有点寂寞,自我感觉外界给了我个人选择的空间和自由。过去是部门分配任务,现在可以自主选择。

我有点基础,经历过在父亲韬奋身边的生活,父亲的奋斗、经受的迫害,我虽年龄小,却也感同身受。读他的文章,很容易与文章的背景、当年的生活连接在一个中心点上。

爸爸是我人生的榜样、偶像。我就在生活赋予我的空间,开始着手搜集整理父亲的著作,用了生平第二个近三十年,或团队,或个人,完成了韬奋著译的系列作品的整理。

1982 年,我受韬奋纪念馆委托,参与《韬奋画传》的文字编写,同时参与的人有张锡荣、王容海、袁信之、陈敏之、严长衍、曹辛之等,1982 年 8 月由北京三联书店出版；1984年再受纪念馆特约参加《韬奋手迹》的征集编注工作，5月由香港三联书店出版。

熟悉的图片画面、熟悉的文字图解，使我真切感到自己对父亲的了解太少了，决定专注父亲著作的整理出版工作。第一步，先要编一本目录。已经有二十多年编辑经历，想象中应该是不困难的。可我想错了，亲身经历，才知道有多难。那时不会电脑，硬是手工操作，一张一张卡片抄出来。经过努力，1984年7月，《韬奋著译系年目录》终于出版了。这是一项基础工程，没有它，寻找资料、剪贴资料的后续工作都无法进行。我没有停顿，也不孤单，身边有很多位前辈，他们热情负责，接受并满足我的求助。有的前辈亲自到仓库里去寻找我的需求。冥冥之中，我醒悟到应该延伸心中的目标。《目录》只是个引子，是个起步，只要路走对了，远近坚持走下去，总能达到目标。

在搜集资料的过程中，我发现了纪念文章，很感动，作者多数是亲历者，都是真情实感；很珍贵，有些内容补充了父亲韬奋自著《经历》中没有写到过的经历，特别是他生前的最后一段时期，在战争环境下，到了东江纵队游击区后的生活。1985年11月学林出版社出版了纪念集《忆韬奋》。

1985年我被调入韬奋纪念馆任副馆长职，剪贴资料由原来我一个人操作，变成馆里好几位青年同志参加，进度大大加快了。

为编选全集，韬奋基金会组建了"韬奋著作编辑部"，上海市出版局郁椿德同志代表局办，聘请上海人民出版社三位资深编审、上海少儿出版社两位资深编审、上海文艺出版社一位编审，连我共七人，组成团队。用了十年光阴，1995年，14卷800万字的《韬奋全集》赶在韬奋诞辰100周年时出版了。

2016年8月，我通过电话向这几位团队成员问候，其中一位已作古；一位去国外治病；一位已年过90，卧床，是儿子接听电话、传递语音的；一位思路不太清，可喜的是他还记得我的名字，在电话里反复多次问：侬是邹嘉骊伐？听到声音我有点心酸。作为韬奋的女儿，与他们共事十年，他们的认真负责、不计名利、脚踏实地、一丝不苟所形成的优良工作氛围，永远值得我和后辈们传承、学习。他们把自己退休后的十年奉献给了《韬奋全集》，我感谢他们，不会忘记他们。全集的第一版后记中，都留有他们的姓名。

事实证明，我一个人是完不成《韬奋全集》这个大工程的。

编书过程中我们积累了不少资料，热心同志极力鼓励，长我信心，动员我借基金会这平台，着手编著《韬奋年谱》。最初是三人组合，后来变成我一肩挑。开始,我不自信,不敢接。一位编全集时共事十年的搭档——汪习麟,找我单独谈话。他很认真,态度很平等,语气很肯定:"嘉骊同志,年谱你挑起来。""我挑不起的。""能的,你一个人,能挑起来的。"我底气不足,犹犹豫豫,回答:"那我试试。"一试,越做越起劲,又是一个十年。不知道他凭什么那么相信我。老汪比我小几个月,他知识渊博,待人处事老练成熟,与我对话像兄长,而我真不像姐姐,快奔九十岁的人,很多事上还显得幼稚、任性、不成熟。也许因为在家里,有爹妈、两个哥哥,我最小,又是唯一的女孩。我始终感谢老汪,正是他的鼓励推动,我试出勇气,十年冷板凳使我成长,提升了我观察事物、分析事物的能力。2005年出版了三卷本的《韬奋年谱》。2008年,为弥补初版的疏漏,出版社出了一批少量的增订版。为了支持上海交通大学出版社出版年谱丛书,上海文艺出版社同意我的申请,转让版权。《邹韬奋年谱长编》两卷精装本也赶在2015年纪念韬奋诞辰120周年前出版了,2016年获第十四届"上海图书奖"一等奖。

十年功夫编《韬奋年谱》,太值得了。"全集"是韬奋看世界、反映世界;"年谱"是大众看韬奋、评论韬奋。从大量活的史料和回忆录中,筛选第一手材料,作者是亲历者,表达的真情实感,令人信服而感动。"全集"和"年谱"两者相加,塑造了一位可亲、可敬、完整的、有生命的韬奋。

这些年,循着父亲韬奋的"这支笔",我执着着自己的文字生涯:编辑整理《韬奋著译系年目录》《忆韬奋》《韬奋全集》《韬奋年谱》《中国韬奋基金会(图片集)》《别样的家书——宋庆龄、沈粹缜往来通信集》《邹韬奋年谱长编》等出版物,为青年读者,为想了解韬奋、研究韬奋的人们,提供了一批相对比较完整的史料性的读物。

父亲临终遗言"不要怕",激励我在困难面前不退缩。知识、能力、经验,在漫长岁月中积累提升丰富起来。

本书汇集了历年来写的文字,附若干珍贵历史图片,共分三个版块:1. 编书记;2. 叙情篇;3. 访谈录。

结束语很难写,还是取爸爸遗言里对我说的:"勿听,只得注意教育培养,倘有成就,聊为后继有人以自慰耳。"这句话点出了我性格的一面,另外一面,我还是很愿意倾听大家意见的。至于这份考卷能打多少分,那是"评委"的事。

编书记

《韬奋手迹》书影

《韬奋手迹》，香港三联书店，1984 年版

宋庆龄为《韬奋手迹》题签（1981 年）

寫在前面（代序）

胡愈之

一九四六年七月我在新加坡爲紀念韜奮逝世二周年寫了《偉大的愛國者——韜奮》一文，其中有這樣一此話：

「……彷彿有一位詩人說過現實是上壤，生命是花木，而愛是肥料。有了愛的滋潤，生命是永遠年青的。許多二、三十歲的人，沒有愛，只替個人打算的，那在精神上成爲垂死的老人。韜奮有熱愛，所以不老。」

「什麼是韜奮的愛？那是對國家的愛，對人民的愛，對人類的愛，對真理的愛。足這種偉大的愛造成了韜奮的堅強的人格。……」

「……韜奮是一個真正的愛國者，偉大的愛國者。……」

韜奮紀念館經過多年努力，徵集的這些手迹，編選成書出版，其數量雖只佔韜奮全部著作的極少一部份，但管中窺豹，人們仍能鮮明地感覺到他對祖國對人民的偉大的愛。

韜奮戰鬥在戰火紛飛的抗日戰爭年代，生活動蕩，大量覆讀者信、手稿散失。我期待着這本書出版後，有更多韜奮的愛國思想出一份力量。

爲再版時豐富本書內容，傳播韜奮的愛國思想，捐獻或提供原件複製，爲再版時豐富本書內容的人們，始終保持着我們中華民族的尊嚴，中華民族的氣節，自然，其中也涉及到的人，絕大多數從青年時期到後來，後來政治上變了，那是他們自己在個人的歷史上抹上汚點，這並不影響韜奮手迹中閃耀的思想光輝，更不影響將它編進本書。

一九八二年二月二日

《韜奮手迹·寫在前面(代序)》

後記

一、一九八四年七月二十四日是我國近代史上偉大的愛國主義者，卓越的文化戰士鄒韜奮同志逝世四十周年紀念。我館特將歷年來蒐集保存的韜奮親筆手迹編選出版，以誌紀念。

二、韜奮一生曾寫了數百萬字的文稿，由於長期的顛沛流離和生活動蕩，遺留下來的親筆手迹已不多見。本書輯印韜奮自一九三一年至一九四四年十餘年間的手迹五十幅，分三部份，按寫時先後為序：(1)書簡十八通，主要是致同行前輩、革命同志、中外作者、同窗友人、讀者、醫師等；(2)文稿九篇，包括序言、通告、記錄及最後的遺著《患難餘生記》節錄等；(3)遺墨二十三幅，多數寫於蘇州看守所和抗日戰爭時期。為便利讀者了解一些手迹的歷史背景及提到的人和事，我們各附簡單說明，不妥之處，懇請指正。

三、一九八一年初，我館開始編選此書時，曾委托韜奮夫人沈粹縝同志去北京時請宋慶齡名譽主席題簽，承蒙欣然應允。當時她因病手右抖，沒有立即書寫。不久她病情日趨嚴重，終至臥床不起。五月十二日清晨，宋副主席在重病中勉力起坐並喚服務員扶她到寫字台邊坐下，用顫抖的手握筆寫下了「韜奮手迹」四個字，並簽名和注了年份，而且連寫了兩張，供選用。它充份顯示了她對韜奮的深情厚誼，及對本館編選本書的關懷。五月二十九日，宋慶齡名譽上席終於不幸病逝，與世長辭。「韜奮手迹」這題字，竟成了她最後的遺墨，彌覺珍貴。

四、本書在徵集、編選過程中，曾得到中國民主同盟中央、中國民主建國會中央、中國人民對外友好協會、中國戲劇家協會、上海市政協文史資料委員會、上海博物館、上海魯迅紀念館、中國共產黨一大會址紀念館、復旦大學、北京圖書館、南通市圖書館和文物捐獻者及其親屬的積極支持，提供了許多手迹、歷史資料，豐富了本書的內容，在此謹致衷心的感謝。

上海韜奮紀念館

85

《韬奋著译系年目录》书影

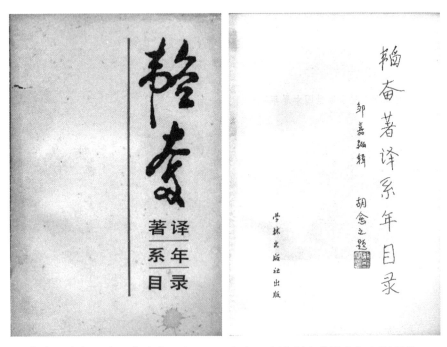

《韬奋著译系年目录》，学林出版社，1984　胡愈之为《邹韬奋著译系年目录》题签
年版

序

韬奋同志是个非常勤于动笔的人。虽然颠沛流离的生活使他在五十岁时就去世了，但他留下了大量的文章，这些文章反映了他为寻求救国救民的真理而奋斗的一生。

在韬奋一生的最后十几年间，即自三十年代初开始，他从战斗的爱国主义者、民主主义者发展而成为共产主义者。在这期间他写的文章是他的著作中的主要部分。在此以前，他所编辑的杂志已经拥有很多读者。他一生的特点之一就是绝不故步自封。他随着时代的前进而前进，并且和受他影响的众多读者一起前进。他不断地从人民革命运动中吸取智慧和力量，他又以全部精力贡献于人民革命运动。从韬奋的身上，人们可以看到，在现代中国的历史条件下，一个正直的善良的知识分子，由于深刻地关心人民的利益和民族的命运，就终于要投身入中国共产党领导的人民运动中。

韬奋常自称为"记者"。他所写的大多数文章属于时事评论的性质。他极其亲切地和读者讨论为群众关心

《韬奋著译系年目录·序》

的大大小小的问题，他不顾个人利害，以满腔热情表达了人民的爱与憎，人民的愿望和要求。这些文章就内容说固然有时间性，但现在看来，不仅有史料价值，而且也还是使人读了感动和奋发。

邹嘉骊同志用几年的辛劳为她的父亲的全部著译编出了一个目录。这对于研究韬奋一生的思想和活动是很有用的资料。我很乐意地应她的要求写这几句话作为这本资料书的介绍。

一九八四年五月二十二日

《韬奋著译系年目录·序》

《韬奋著译系年目录》是怎样编成的

父亲韬奋的《著译系年目录》终于成书,与读者见面了。回顾这本书的编辑过程,想到那么多同志的热情帮助和支持,感激之情油然而生。

开始,我读父亲的文章,只是偶尔做几张卡片,渐渐地,卡片积得多了,经过一番整理,产生了一个想法,编个系统的目录出来,便于自己学习,也可以给想了解父亲著作的其他同志提供一点方便。这个想法得到父亲生前友好和其他许多同志的热情支持。《著译系年目录》就这样逐步摘编起来了。1984 年 7 月 24 日是父亲逝世 40 周年纪念日,出版界前辈吉少甫同志鼓励我赶在纪念日之前,把目录编妥出版,这使我大大加快了工作进度。

我给自己定了两条原则,一是尽可能求全,少遗漏,二是尽可能找到第一手资料。家中收藏的父亲编著的书刊早已散失不全,单靠我个人的力量,要做到这两条是不可能的,只有依靠热心同志的帮助,共同来完成这个任务。

首先要提到的是毕青同志。他是父亲的老同事,现在上海书店工作。我多次开出书目,请他帮助寻找 1949 年前父亲的著译单行本。毕青同志不辞辛劳,一本一本地寻找,居然为我搜集购买到所开出书目的大半,其中多种是珍贵的初版本。父亲主编的多种期刊不可能全部购买到,大都借助于几个藏书比较丰富的单位。我循着父亲的经历,循着他著作中提供的线索,一种报纸一种期刊地去查找,去摘抄。一个单位找不全,多找几个单位;本地找不全,借出差机会在外地找;力不能及的地方,就靠许多热心的同志向我伸出援助之手了。

下面,我大体循着目录的次序,作一些回顾,交代一些重要的情况。

父亲在自传《经历》中提到,他念中学时,经济来源断绝,为了救穷,曾以"谷僧"的笔名初次投稿《申报》副刊《自由谈》。这段回忆写得似乎很肯定。正巧，《申报》影印本出版，学林出版社的雷群明同志帮我一起，从 1913 年查到 1918 年，却没有查到署名"谷僧"的文章，再翻一遍，仍没有结果。是父亲记错了笔名，还是我的疏漏，至今是个未知数。

父亲在南洋公学读书时，最感兴趣的科目是国文和历史。他的作文有不少篇目被选入 1914 年 7 月出版的《南洋公学新国文》和 1917 年 10 月出版的《南洋公学国文成绩》两套书中。这部分篇目基本上是韬奋纪念馆提供的，又经上海社会科学院文学研究所的陈玉堂同意补充，补齐全了。

1915 年开始，父亲向商务印书馆出版的《学生杂志》投稿。上海书店期刊门市部的陈世芳同志，从满是尘埃的栈房里找出了《学生杂志》。我从 1914 年 7 月 20 日创刊号，查到 1931 年 12 月 10 日第十八卷第十二期。当时，交通部工业专门学校出版的同名杂志上，也有父亲的文章。我从徐家汇藏书楼和上海书店两个单位里，摘全了父亲在这两个期刊上发表的篇目。

1919 年，父亲从南洋公学上院（即大学部）二年级电机科，转学到圣约翰大学文科三年级。从此，他在该校的校刊上发表文章。圣约翰大学有校刊《约翰声》（月刊）、《约翰季刊》和《约翰年刊》。我在上海书店、徐家汇藏书楼等单位，只摘到零星的几篇。最后打听到原圣约翰大学图书馆（现在的上海社会科学院图书馆），他们那里这几种期刊比较全，于是我多次前往摘抄。父亲是 1921 年毕业于该校的，为防遗漏，我从 1919 年查到 1924 年，果然，在 1922 年的校刊上又找到一篇，摘全了我需要的篇目。

1922 年开始，父亲在中华职业教育社任职，编著编译过几本教育丛刊，编辑过《教育与职业》月刊。他到底编过几本丛刊，什么年月什么单位出版的，情况不明。跑了几个单位，只有韬奋纪念馆和上海辞书出版社图书馆有这方面的藏书，两个单位协助提供的书目是一样的，都只有三种。而我从当年杂志广告上看到的书目却有六种，从前不久出版的一本书的附录上，看到那时父亲还出版过一本《职业教育概论》。前三本书的情况弄清了，怎样弄清后四种书的情况呢？这些书都是商务印书馆出版的，我请在北京工作的二嫂朱中英帮助。她走访了商务印书馆，找到并复印了两种书的封面、序言、目录、版权页。另外两本，后来是从商务版的图书编目中弄清楚的。一本确是父亲编著，而另一本《职业教育概论》的作者则不是我父亲，而是庄泽宣，这就避免了一处差错。1928 年 3 月，商务印书馆还出版了一本杜威著父亲翻译的"大学丛书"《民本主义与教育》。经过各方面的帮助，父亲在中华职业教育社任职时编译的书目基本弄清楚了。

《教育与职业》是父亲早期参加编辑的刊物,也是他早期发表文章的园地。这份期刊一共出版了208期。我走访了上海书店、上海辞书出版社图书馆、徐家汇藏书楼、上海社会科学院图书馆,几个单位集拢来只摘抄到202期,缺6期。从出版日期看,这6期是不能遗漏的。于是又到处打听,最后打听到北京中华职业教育总社有全份藏书,还是托二嫂朱中英帮助补全了。

韬奋纪念馆的曹克昌同志告诉我,1924年3月31日,父亲在《申报》副刊《教育与人生》第二十四期上有三篇文章。我在徐家汇藏书楼查对,证实三篇文章是有的,但《教育与人生》不是《申报》副刊,而是四开单张的期刊。藏书楼的同志特意拿出实物给我看,那期刊的刊头等都还清楚,只是年深日久,纸张已经风化破碎,一点经不起翻阅了。

上海书店期刊部的陈世芳同志又给我一本1924年的《中华教育界》杂志,上面有一篇父亲的文章,循着这个线索,我在上海辞书出版社图书馆查阅了那个时期的《中华教育界》,终于又找到两篇。这些新篇目的发现,反映了父亲早年一度着意研究旧中国的教育制度,试图从教育制度的改革,来拯救贫穷落后、苦难深重的旧中国。这是他早期爱国主义、民主主义思想的组成部分,其中包含着改良主义思想,以后,他接受了共产主义世界观,就放弃教育救国的观点了。

1926年10月,父亲接办《生活》周刊。这是一份在读者中产生过很大影响的刊物,各单位的藏书都比较齐全。我就近在徐家汇藏书楼查阅摘抄。原以为摘抄全这个刊物上的篇目不会困难,仔细一了解,并不然。首先,最早的单张形式的《生活》周刊已经极难找到,现在有的是1929年出版的8开大小的合订本和1933年改成16开出版的合订本。将两种合订本作比较,发现篇目有增有删,有的篇目编排次序有变动,连出版日期都有不一样的地方。作为"系年目录",应该反映出这个变化才有参考价值。我逐篇订正,把这个变化用文字表达了出来。

在订正过程中,进一步确定"灵觉"也是父亲的笔名。1939年11月11日,父亲在生活书店的内部刊物《店务通讯》第七十三号上,发表了"本店史话"第四篇《光杆编辑》一文,谈到他接办《生活》周刊最初的几年间,"全期的文章,长长短短的,庄的谐的"都由他一人包办,取了十来个笔名,"每个笔名派它一个特殊的任务"。他自述一个叫"因公"的,是"专做阐扬三民主义及中山先生遗教的文章"。经过核对,"专做阐扬三民主义及中山先生遗教的文章"署名是"灵觉",而"因公"这个名字则是专用以写介绍孙中山先生生平文章的。可能两者都和孙中山有关,父亲在记忆中将它们"合而为一",因而漏提"灵觉"这个笔名了。还有一个巧合。《生活》周刊1933年改成16开合订本出版时,有些文章的署名有改动。如8开本《生活》周刊1927年2月20日第二卷第十六期上,父亲写了一篇笔谈,题为《小学教师想谋差使想当兵》,署名"心水",1933年改成16开时,这篇文章改排到1927年3月6日第二卷第十八期上,署名改成"编者"。当时,《生活》周刊编者只有父亲一人,"心水"改成"编者",实是一个人。8开本的1927年5月15日第二卷第二十八期中,父亲写了《三十四岁时候的中山先生》一文,署名"编者",改成16开时,署名变成"灵觉"。"编者"改成"灵觉",其性质和"心水"改成"编者"是一样的,实是出于一个人的手笔。还有一个文字旁证。一位曾经和父亲共事的同志,在回忆文章中写道,有一次父亲生病,头痛得爬不起来,请他到床头,记下原来由父亲执笔的"小言论"和"每周大事记"。"每周大事记"即"一周鸟瞰"。开始,这个栏目是特约时事新报馆的程沧波君撰写的,笔名晓湘;后程君出国,从1929年起,就由署名"灵觉"的撰写这个栏目的文字了。父亲生病,请同事笔录"每周大事记",署名"灵觉","灵觉"为父亲的一个笔名是可以肯定的了。还有用"碧岸""晨曦"名字写的文章,从内容看,也极像出于父亲的手笔,但是没有有关的文字作旁证,只好将这部分篇目编在附录备考。其他如"绿丛"等笔名都有待于查考。另外,过去一些记载中说"沈慰霞"是父亲的笔名,据徐伯昕叔叔回忆,"沈慰霞"确有其人,是中华职业教育社的工作人员,解放后在南京。凡署这个名字的篇目,这次都不收入了。

谈到《生活》周刊,我要特别提到毕青同志提供的一份珍贵原件。这是1931年10月22日《生活》周刊发行的一张传单式的"紧急号外"。传单上端标着"生活周刊'小言论'紧急号外"字样,标题是二号黑体"亡国条件的惨酷内容尤其是立可沦亡全国的第二条",署名韬奋。它不仅为本书增加了一个篇目,而且是父亲全身心投入抗日救亡运动、思想急剧变化的一份珍贵记录。

1933年6月18日,民权保障同盟的总干事杨杏佛先生遭反动派暗杀,父亲的名字也被列入黑名单,被迫出国。在国外考察的两年多里,他写了大量通讯,大部分先刊登在1933年的《生活》周刊和1934年、1935年的《新生》周刊等刊物上，以后编集为《萍踪寄语》初、二、三集出版，小部分直接编入单行本。《萍踪忆语》1936 年在《世界知识》杂志上连载，在狱中完稿的八篇后直接编入单行本。这个时期的刊物比较好查。《新生》周刊、《国民》周刊是向韬奋纪念馆借的。1980 年人民出版社影印出版（内部发行）了 1933 年 16 开的《生活》周刊，继后，上海书店又影印出版了《大众生活》《生活日报》《生活日报星期增刊》《生活日报周刊》《生活星期刊》。摘抄这些期刊上的篇目就方便多了。我一边摘抄一边也做了一些查证工作。以《大众生活》为例，其中有"星期评坛"专栏，栏中的文章全未署名。作者是不是父亲？1936 年 9 月生活书店出版的《大众集》解答了这个问题，该书作者署名韬奋。《大众生活》总 16 期，"星期评坛"自第二期始至第十六期，共 40 篇，《大众集》选收了其中的 21 篇，这就可靠地证明这个专栏未署名的文章是父亲写的。《生活日报》《生活日报星期增刊》等都有类似的情况，但也有例外。1933 年 7 月父亲被迫出国。他走后，《生活》周刊上"小言论"专栏未署名的文章是胡愈之伯伯写的。胡愈之伯伯曾亲自对我说过，韬奋纪念馆的同志访问他时他也提到过这一点。

1936 年 3 月，父亲去香港筹办《生活日报》，那时，他曾用过一个化名"季之华"。这是大百科出版社刘火子同志提供的。那年，经方天白同志介绍，刘火子去九龙弥敦酒家找"季之华"谈香港的情况，事后知道"季之华"即韬奋。

1936 年 11 月 22 日深夜，父亲和其他六位救国会领导人，因抗日救国被反动派逮捕入狱。这就是震惊中外的"七君子事件"。在狱中，父亲续写了《二十年来的经历》《萍踪忆语》，整理翻译了在英国伦敦博物院图书馆写下的一部分英文笔记。这是一本以借"读书偶译"为名，介绍马克思、恩格斯、列宁生平和学说的书。为了在国民党审查老爷那里得以通过，书中称马克思为"卡尔"，称列宁为"伊里奇"。这期间，父亲还选编了一本政论集《展望》，都选自他发表在《生活星期刊》上的文章。

国民党政府迫于蓬勃兴起的抗日救亡高潮，迫于全国人民的强烈要求，不得不于 1937 年 7 月 31 日释放了"七君子"。不久，"八一三"全面抗战爆发，经过五昼夜的紧张筹划，8 月 19 日父亲又创办了《抗战》三日刊。《抗战》三日刊我是在徐家汇藏书楼查阅的。1938 年 6 月 28 日，父亲在他的又一本政论集《激变》的前言中说，该书还收有这时期他在《救亡日报》和《申报》上发表的文章。我向一些单位查找这两种报刊。《救亡日报》在上海未找全，以后出差北京，几经查询，张仲实同志为我提供了可靠的线索，在马恩列斯著作编译局资料室找到了全份《救亡日报》,摘全了父亲发表在这个报刊上的篇目。《申报》上的篇目我是在徐家汇藏书楼找全的。上海出版文献资料编辑所 1964 年编的"生活书店期刊资料汇编",为我核对《妇女生活》《世界知识》等杂志上父亲的著译篇目,提供了可靠的依据和便利。1937 年 9 月 20 日,父亲应谢六逸之约,在上海《立报》"言林"副刊上发表的《同道相知》一文,我是从穆欣同志编著的《邹韬奋》一书中得到线索,在徐家汇藏书楼摘抄来的。《全民抗战》1938 年 7 月 7 日创刊,至 1941 年 2 月 22 日,共出版 157 期,我只抄到 155 期,缺两期,曹克昌同志帮助补全了。1941 年 1 月 11 日,父亲为重庆《新华日报》创刊三周年写的《领导与反映》一文,编录于复旦大学新闻系编的《人民的喉舌——韬奋论报刊》一书。

　　1941 年 1 月,国民党反动派掀起第二次反共高潮,制造了皖南事变。父亲和他的战友们辛苦创办起来的进步文化事业生活书店五十几个分支店,先后遭到查封,工作人员中有数十人被捕。父亲忍无可忍,秘密出走香港,以示抗议。1941 年 4 月 8 日开始,父亲在范长江同志等筹办的香港版《华商报》上,连载长篇抗战史料《抗战以来》,揭露国民党顽固派假抗日真反共、摧残进步文化事业的法西斯罪行。5 月 17 日复刊出版了《大众生活》。寻找 1941 年的《华商报》是周折最多的。这年的《华商报》时间短,又遇太平洋战争爆发,大都散失。我在上海、北京两地跑了很多单位,结果都令人失望。这本目录如果缺了 1941 年父亲在香港发表的文章篇目,完整性就大成问题了。1982 年 10 月,妈妈和我同去北京,参加生活书店、读书出版社、新知书店三家书店成立 50 周年纪念活动,香港三联书店也有代表参加。我找到代表黄士芬,请她帮助。她热情应允。不久,她即帮我找到两个多月的《华商报》,为这个时期父亲发表在该报上的文章,提供了准确的篇目和发表日期。可惜只有两个多月,不全。香港尚且找不全,又该向哪里求援呢?一天,搞船舶科研的任克同志来家里,聊天中我得到启发。1941 年,香港的《华商报》向国统区、沦陷区流传的可能性小,而广州近在咫尺,流传的可能性大,应该向广州的有关单位打听。他正要出差广州,我委托他帮忙。他通过亲友陈舜庄,终于打听到《南方日报》资料室有珍贵的 1941 年《华商报》。经过多次联系,《南方日报》资料室的同志大力协助,抄全了父亲发表在该报上的篇目和发表日期。这些文章以后编集为《抗战以来》和《对反民主的抗争》两书,先后在香港、上海两地出版。这部分篇目占全书的篇幅虽然不大,却凝聚了不少同志的辛勤劳动。

　　这期间，毕青同志告诉我《上海周报》上有父亲的文章。我将信将疑。《上海周报》是上海孤岛时期的刊物，那时，父亲或在重庆，或在香港，怎么会在这个刊物上发表文章呢？资料工作是一项严谨、踏实的工作，既不能轻易沿用他人的资料，也不能随意放弃一个新的线索。我又到徐家汇藏书楼，查阅了全份102期《上海周报》，果然，在1941年4月26日第三卷第十八期上，摘抄到父亲离重庆前写的最后一篇文章《舆论的力量》。《上海周报》是从星洲《南洋商报》上转载来的。这篇文章，父亲在《华商报》上连载的《抗战以来》第二十九节《审查老爷和舆论》一文中提到过。原来这篇文章被国民党审查老爷扣压扼杀，未能在《全民抗战》上刊登。正如该文中阐述的，正义的舆论如同真理的声音，是"压不下去的"。在国统区的重庆不许发表，文章就传到当时在新加坡的胡愈之伯伯手里，在他主编的《南洋商报》上发表了，以后《上海周报》又转载了。

　　1941年5月17日复刊出版的《大众生活》，有影印本，摘抄比较顺利。遇到的问题也是未署名的文章作者是谁。陈世芳同志主动帮我找到一套四辑、香港版的"大众文粹"。《大众生活》中未署名的九篇社论，署名韬奋收入"大众文粹"单行本的有两篇，由此可以证实社论专栏的文章是父亲所作。在《大众生活》的广告栏中，看到父亲当年还在周鲸文同志主编的《时代批评》上发表过文章。作了不少努力寻找这个刊物，未能找全，因而也就很难说这部分篇目完全了。《韬奋文集》的年表中，提到1941年父亲在香港，还为宋庆龄主办的《保卫中国同盟新闻通讯》英文半月刊撰过稿。我查询了很久，至今还没有结果，有待今后继续努力。

　　一些单行本，我尽力寻找初版本。《事业管理与职业修养》一书，初版于1940年11月。我手头只有1947年的增订本。多方打听，找到原重庆图书馆馆长陈理源同志，承他热情帮助，在重庆图书馆找到初版本，复印有关部分寄给我。

　　父亲的最后遗著《患难余生记》，开始在上海《消息》半周刊上连载，连载完第一章就出版单行本了。这是上海书店期刊门市部提供的线索和资料。

　　在摘编过程中，我似乎生活在友谊的海洋中。不论是相识的，或不相识的，知道我在摘编父亲的"著译系年目录"，都伸出友谊的手。上海辞书出版社的包楠生同志，上海书店期刊门市部的谈建刚、许志浩、张建华同志，上海社会科学院图书馆的杨康年、王德权同志，徐家汇藏书楼的朱贤钧、张伟、黄志伟同志，上海图书馆的萧斌如同志等，为促成本书都热情帮助过我，提供过方便。

韬奋纪念馆的袁信之、韩罗以同志给予的支持,更是不必说了。我借一点篇幅,向曾经帮助过我的单位和同志们致以真诚的谢意。

疏漏在所难免,衷心地期望着父辈和读者们指正。

1984 年 2 月

(原载《韬奋著译系年目录》,学林出版社 1984 年 7 月版)

找到你了，谷僧

1984 年 7 月，上海学林出版社出版了我辑录的《韬奋著译系年目录》一书。近年来，不断有同志就我前言中存疑的问题，作出了可喜的解答和补充。陆哨林同志比较集中地补充了韬奋用"谷僧"笔名在《申报》副刊《自由谈》上发表的文章篇目。既是补遗，又纠正了韬奋在《经历》一书中所述的"中学时代"实是"大学时代"之误。这是存疑求真的结果。我的失误在于被"中学时代"框住，因此从 1913 年查到 1918 年的《申报》影印本，没有查到以"谷僧"为笔名的文章，就没有进一步再查下去，因而只能"存疑"，遗漏了这部分篇目。

中国韬奋基金会和韬奋纪念馆正在为编辑出版《韬奋全集》做准备工作。第一步工作就是要把篇目搞准、搞全，然后搜集正文。因此由衷地欢迎和感谢陆哨林同志这样的"补遗"。

借这次机会，我将自己手头后来积累的资料做些整理，作为"补遗"之二，供发表用。有两点说明：

一、"马来"的笔名是马荫良先生提供的。他在 1941 年去香港，见到韬奋，介绍沦陷区上海的情况，韬奋边听边记录，马先生讲完，韬奋的短文也写成，自问用什么笔名，自答是马先生提供的内容，就用"马来"吧。

二、"孤峰"是韬奋 1928 年起用的笔名，此处的两篇文章是否出自韬奋手笔，有待考证，因此编入"备考篇目"。

补　遗

《社会改造原理》（罗塞尔著）

载 1919 年 12 月 15 日上海《新中国》杂志第 1 卷第 8 号，署名陈霆锐、邹恩润译。

《德谟克拉西与教育》（杜威博士著）

　　载 1920 年 1 月 15 日上海《新中国》杂志第 2 卷第 1 号,署名邹恩润译。

《社会改造原理(续)》

　　载 1920 年 2 月 15 日上海《新中国》杂志第 2 卷第 2 号,署名陈霆锐、邹恩润译。

《社会改造原理(续前)》

　　载 1920 年 3 月 15 日上海《新中国》杂志第 2 卷第 3 号,署名陈霆锐、邹恩润译。

《德谟克拉西与教育(续 2 卷 1 号)》

　　载 1920 年 4 月 15 日上海《新中国》杂志第 2 卷第 4 号,署名邹恩润译。

《社会改造原理(续完)》

　　载 1920 年 5 月 15 日上海《新中国》杂志第 2 卷第 5 号,署名陈霆锐、邹恩润译。

《邹恩润致石岑》（通讯）

　　载 1920 年 6 月 4 日《晨报》副刊《学灯》。

　　附：① 石岑复 M 君、恩润(通讯),载 1920 年 8 月 30 日《晨报》副刊《学灯》。

　　　　② 东苏复邹恩润,载 1920 年 9 月 7 日《晨报》副刊《学灯》。

《德谟克拉西与教育(续 2 卷 4 号)》

　　载 1920 年 7 月 15 日上海《新中国》杂志第 2 卷第 7 号,署名邹恩润译。

《德谟克拉西与教育(续)》

　　载 1920 年 8 月 15 日上海《新中国》杂志第 2 卷第 8 号,署名邹恩润译。

《科学底基础》（W. O. D. Whetham 著）

　　载 1920 年 8 月 13—23、28—30 日《晨报》副刊《学灯》,署名邹恩润译。

《我对于张、俞、舒三君"致共学社诸君书"底意见》

　　载 1920 年 8 月 31 日《晨报》副刊《学灯》,署名邹恩润。

《科学底基础(续 8 月)》（W. O. D. Whetham 著）

　　载 1920 年 9 月 2、3、5、6、10、13—16 日《晨报》副刊《学灯》,署名邹恩润译。

《穆勒底实验方法》（T. E. Creighton 著）

　　载 1920 年 10 月 26、28—31 日《晨报》副刊《学灯》,署名邹恩润译。

《穆勒底实验方法（续 10 月）》

  载 1920 年 11 月 3—6 日《晨报》副刊《学灯》，署名邹恩润译。

《杜威的"民治与教育"》

  载 1921 年 12 月 15 日《晨报》副刊《学灯》，署名邹恩润。

《美国的职业指导运动》

  1922 年 6 月 2 日作，载 1922 年 11 月中华职业改进社《新教育》第 5 卷第 4 期，邹恩润。

《〈职业教育研究〉编译赘语》

  收入 1923 年 3 月上海商务印书馆版《职业教育研究》单行本。

《伦理进化的三时期》

  载 1923 年 4 月 1 日上海《民铎》第 4 卷第 2 号，署名邹恩润。

《实施职业指导之资料》

  载 1923 年 11 月 30 日上海中华职业教育社《教育与职业》第 50 期，署名邹恩润。

《哥伦比亚大学职业教育科之内容——介绍研究职业的指导参考书》

  载 1924 年 5 月上海申报馆《教育与人生》周刊第 29 期，署名邹恩润。

《职业心理与职业指导》

  载 1925 年 1 月 20 日上海《教育杂志》第 17 卷第 1 号，署名邹恩润。

《参观江苏职业教育后的感想和建议》

  载 1925 年 7 月 20 日上海《教育杂志》第 17 卷第 7 号，署名邹恩润。

《抚今追昔》《天真烂漫的憨笑》《雄伟的气概》《赤膊的新郎》《奇伟的建筑物》《奇形怪状》《这也是家庭生活》《猴眷》《行动自由》《随处可去的剃头店》。

  以上十则载 1927 年 10 月生活周刊社《生活第 1 卷汇刊》，署名润。

《杜威先生略传》

  收入 1928 年 3 月上海商务印书馆版《民本主义与教育》，未署名。

《出狱返沪在欢迎会上的讲话（记录稿）》

  载 1937 年 8 月 5 日上海《新学识》第 2 卷第 1 期。

《拥护义卖》

  载 1938 年 12 月 25 日重庆《新民报》第 3 版，署名韬奋。

《中国政治发展的展望》

  载 1941 年 4 月 15 日香港《保卫中国同盟通讯》第 29 期，署名 T. F. Chow。

《苏日中立条约与远东局势》

　　载 1941 年 5 月 1 日香港《保卫中国同盟通讯》第 30 期,署名 T. F. Chow。

《汉奸父子争风吃醋的悲喜剧》

　　载 1941 年 6 月 28 日香港《大众生活》新 7 号,署名马来。

备考篇目

《"学阀"与"乱命"》

　　载 1925 年 3 月 16 日《新学生》第 32 期,署名孤峰。

《帝国主义的肖子肖孙》

　　载 1925 年 8 月 1 日《新学生》复刊第 2 期,署名孤峰。

(原载《古旧书讯》1988 年第二期,原题《我的补遗》)

《忆韬奋》书影

《忆韬奋》，学林出版社，1985年版

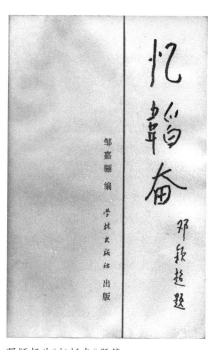

邓颖超为《忆韬奋》题签

《忆韬奋》初版附记

1985 年 11 月 5 日是父亲韬奋诞生 90 周年。应父亲生前友好和新老读者的要求,我编选了这本纪念集。

选入本书的文章以有史料保存价值的为主,适当选少量纪念文章。为节省篇幅,对于后出的文章中的重复和无实质性内容的部分,作了适当的删节,删节较多的在题目上以"摘要"标明,请作者谅解。编选的范围,从 1944 年 9 月至 1985 年 5 月为止。所收文章以发表先后为序(部分没有发表过的文章按写作年代插入),尽可能找到初次发表日期和报刊名称,并注明原载何处,一时找不到初次发表日期的,以初次编入书籍的日期为准,注明选自何书。页末注释凡本书编者加的均注明"编者注",原编者写的则注明"原编者注",以示区别。

为了给研究韬奋的同志提供较齐全的资料,本书第一部分收入了中共中央的唁电等文献,第三部分收入了主要的题词、挽词、诗歌等,有不少是未发表过的。此外,书末还附有"韬奋研究资料目录索引",收入有关韬奋研究的主要著作和文章,供参考。

个人能力有限,搜集资料难免有疏漏,恳切地希望父亲的生前友好和广大读者给予指正和补充。

最后,借此篇幅,向在编选过程中曾给予我帮助的上海文艺出版社的傅培根、吴铮,韬奋纪念馆的曹克昌、胡炎生表示谢意。

1985 年 5 月

(原载《忆韬奋》,学林出版社 1985 年 11 月版)

《忆韬奋》新版书影

《忆韬奋》，生活·读书·新知三联书店，   邹家华为《忆韬奋》再版题签
2015 年版

《忆韬奋》新版前言

今年，2015 年 11 月 5 日是父亲邹韬奋诞辰 120 周年纪念日。

我，作为他的女儿，义不容辞，应该有所表示。

30 年前，1985 年，为纪念父亲诞辰 90 周年，我编了一本纪念集《忆韬奋》，有百余篇文章，40 多万字，学林出版社出版。邓颖超邓妈妈还为内封题了词。之前，正巧编了一本《韬奋著译系年目录》，积存了不少资料，为我编这本书，争取了时间，提供了方便。我编选内容的着眼点是多一点有史料保存价值的文字，少量纪念文章。

重读书里的文章，感慨多多。30 年过去了，文章的作者大多已作古，可珍贵的是他们留下的文字，很多是亲身感受，第一手资料，真情，真实，对后继者研究韬奋是活的珍贵的史料。

今年春节，三联书店的王秦伟同志来访，真是无巧不成书，谈起纪念活动，我建议他接受再版这本书。他二话没说，拿起那本样书，说："好的，我拿回去看看。"不久，有了回音。他带着一位助手来了。当然是好消息：同意出版，后面最好再加点内容。

加什么内容？这本书的不足是大背景交待不够。那时是国共第二次合作时期，大后方，国民党政府处于统治地位。韬奋这支宣传抗战文化的队伍，逐渐壮大，生活书店从小到大，至 1938 年，已发展到 55 家分支店，国民党政府不能容忍这样的发展和正能量的宣传，对其进行了残酷的迫害。

生活团队是如何对付国民党的横蛮压迫和摧残坚持战斗的，我搜索自己的大脑记忆，选了四篇文章。

一、《重见天日》

　　这是一组韬奋当年送审文章,是被国民党图书杂志审查老爷不止一次批上"免登""应予免登""扣留""扣"等字样的文章。70 多年过去了,这些被扣的文章还能找得到吗?《韬奋全集》已经从几个出版社邀请了几位资深编审在动工了。公开发表过的作品比较容易找容易搜集;被扣留埋没的稿子到哪里找?冥思苦想,想到了"档案"。1991 年 5 月,韬奋纪念馆的几位青年同志和我找准目标,直奔南京中国第二历史档案馆的国民党档案。凭翻到的卡片找到了原件。认真鉴别,竟是韬奋的真迹。共 11 篇。我们按档案馆要求,动用上海市委宣传部、妈妈的工作单位,开了证明,办了正式手续,拿到了复印手稿。11篇,数量显得少了点。再少,这也是国民党迫害进步文化罪行的证明。这些文章,都已编入《韬奋全集》,重见了天日。想用压制的手段来进行政治迫害,消灭真理的声音,11 篇真迹失而复得是一个极有力的明证。办不到的。

二、徐伯昕《生活书店横被摧残的经过》

　　韬奋文:"书店一个个又被封闭是事实,忠诚于文化事业的青年干部一个个又锒铛入狱也是事实,我又怎能昧着良心,装作痴聋呢?""暴风雨似的摧残来势越来越凶!""被迫到这样的田地,我伤心惨目想到为抗战文化而艰苦奋斗的青年干部遭受到这样冤抑惨遇而无法援救,任何有心肝的人,没有还能抑制其愤怒的。我愤怒得目瞪口呆,眠食俱废!"沈钧儒文:"不记得是这一月廿日后哪一日子了,那是一个最不祥的夜晚,忽然见你匆匆推门进屋,行色像有点仓皇,手里拿着几份电报,眼眶里含着带怒的泪,告诉我昆明、成都、桂林、曲江、贵阳五处分店先后都被当地政府无理由地封禁。你说:'这是什么景象!一点不要理由,就是这样干完了我的书店!我无法保障它,还能保障什么!我决意走了!'我听了好久,想不出一句可以劝慰和挽留你的话来,只说了一个字:'好。'"

　　"面对国民党的横蛮压迫和摧残,他(韬奋)决定辞去国民参政员职务,拒绝参加 3 月 1 日即将召开的第二届国民参政会。"他胸有成竹,想好应对迫害的方案,秘密出走,另辟战场。

　　1942 年 11 月,在苏中根据地,韬奋曾解答一位书店同仁沈一展的提问,说:"从武汉到重庆,直到我离开重庆到香港,其后,回到上海,转到解放区,我的一切工作和行动都是在党和恩来同志指示下进行的。"

徐伯昕主持,汇总了各地寄来的种种受迫害的罪证,写出这篇"经过"。这是一份对国民党顽固派反动罪行的声讨书,分送给各位参政员。

三、徐伯昕《生活书店是怎样接受党的南方局领导的》

徐伯昕实干、忠诚、坚定,与韬奋精诚合作近20年,是生活书店事业发展的开创者之一,直至1948年生活·读书·新知三店联合为三联书店。

这篇文章徐自称写得不完全,即使这样,也能说明一些问题,澄清一些问题。地下党是秘密工作,单线联系,不完全是正常的。这是一篇重要的史料。希望了解情况的同志能补充材料,写出续篇。

四、邹嘉骊《徐伯昕记〈遗言记要〉是韬奋遗嘱的原始版》

重读这篇文章,勾起了我的回忆和联想。

2004年3月30日上午,徐伯昕叔叔的次子徐敏代表徐家,来我办公的地方,送来了一本泛黄的簿子。据称是从徐叔叔的遗物中清理出来的。其中有一篇《遗言记要》,鉴别内容字迹,是1944年6月2日韬奋口述,徐伯昕记录的。与1944年10月延安开追悼会公开发表的"韬奋遗嘱"不一样,是两个版本。为了解答这个疑问,我写了这篇文章。

增补的四篇文章勾勒出一幅艰难而复杂交错的战斗场面,怎么应对,需要极高的智慧和能力。三人行必有我师,向优秀的前辈学习也是追求前进之路。

值得一提的是,张仲实伯伯的公子张复在本书付梓前寄来了其父在不同历史时期怀念韬奋的三篇文章,以一个老战友饱含深情的笔墨追忆了韬奋的精神和品格,特此表示感谢。

最后,我想借这次再版的机会,摘录韬奋的一本译作《读书偶译》。

1933年7月14日韬奋乘意轮离沪,第一次流亡出国。在英国,他经常去伦敦博物院图书馆,认真阅读马列著作,写了大量英文笔记。1935年8月回国,立即投入抗日救国运动。这批英文笔记,一直延迟到1936年11月"七君子事件"发生,在狱中有了时间翻译整理编成这本书。书的内容是宣传"思想家"马克思、恩格斯、列宁他们的生平,以及理论学说。那个年代,出版这类书是要担风险的。韬奋不用习惯称呼,把人名加了保护色,马克思称卡尔,列宁称伊里奇。编这本书的过程,他又温习了一次革命理论的学习教育。这是指导他一生行动的基础。

简介摘录如下:

1937年10月,《读书偶译》由上海生活书店初版(收录于《韬奋全集》第14卷)。

《读书偶译》目次:《伦敦的博物院图书馆》《开头的话》《政治组织的理论和形式》《卡尔研究发凡》《黑格尔和辩证法》《黑格尔对于卡尔的影响》《卡尔所受的其他影响》《卡尔的理论体系》《卡尔的历史解释》《唯物史观的解释》《唯物辩证法》《辩证法和将来的社会》《卡尔的经济学》《驱赶的工作和被驱赶的工作》《关于价值论》《恩格斯的生平和工作》《恩格斯的自白》《伊里奇的时代》《伊里奇的生平》《伊里奇的理论》《后记》。

《〈读书偶译〉开头的话》(被羁押6个月后的6月2日下午记于江苏高院看守分所),收入单行本。

摘要:"这本《读书偶译》是撮译我在伦敦博物院图书馆里所写下的英文笔记的一部分。在看书的时候,遇着自己认为可供参考的地方,几句或几段,随手把它写下来,渐渐地不自觉地积了不少。近来略加翻阅,撮出其中的一部分,随手把它译出来,在一些基本的观点方面,也许可供有意研究社会科学者参考。""这只是一本漫笔式的译述,不是有系统的社会科学的书,但是也略微有一点贯串的线索。第一节可以算为简单的'导言'或'绪论';后面接着的是卡尔的生平和理论,附带谈到他的思想所由来的黑格尔;再后的是恩格斯的生平和工作;再后的是伊里奇的生平和思想。当然,这本书对于这些思想家的任何一个,都不能完全包括他们的一切,乃至某一部分的一切,只是撮述尤其值得我们注意的几个要点而已。""此外还有一点,这本书所撮译的,多为其他作家对于这几个思想家的解释;要作进一步的研究,还要细读他们自己的著作,本书不过是扼要的'发凡'罢了。先看了'发凡'的解释,对于进一步的研究也许不无小补。这是译者所希望能够贡献的一点微意。""每篇来源的原著书名,都附记在每篇的末了,以供参考。""理论和实践是应该统一的,所以我们研究一个思想家,不能不顾到他的时代和生平。尤其像卡尔和伊里奇一流的思想家。我们要了解卡尔怎样运用他的辩证法,必须在他对于革命运动的参加中,在他对实际问题的应付中,在他的经济理论、唯物史观,以及关于国家和社会的哲学里面,才找得到;关于伊里奇也一样,他的一生奋斗的生活,便是唯物辩证法的'化身'，我们也必须在他的实践中去了解他的思想。""革命的思想家的奋斗生活，常常能给我们以很深的'灵感'。我每想到卡尔和伊里奇的艰苦卓绝的精神，无时不'心向往'。""关于伊里奇，我最感到奇异的，是以他那样的奔走革命的忙碌，还有工夫写了许多精明锐利正确的著作，后来仔细研究他的生活，才知道他有许多著作是在流离颠沛惊涛骇浪中写的；是在牢狱里，是在充军中，是在东躲西匿干着秘密工作中写的。""伊里奇在将被暗刺以前，最后说了一句话值得我们永远的纪念。""他在被刺的那一天下午（1918 年 8 月 30 日），还到莫斯科的米克尔逊工厂（Michelson Factory）去参加会议，他在这会议里演说词的最后一句是：'胜利或死亡！'（Victory or death）即不向前求胜利，就只有死路一条。这是伊里奇当时为革命而奋斗的精神，也是我们今日为民族解放和人群福利而应有的奋斗精神！""我只是一个平凡的新闻记者，我所以要研究一些思想，是为着做新闻记者用的，更不怕'牺牲'什么'尊严和高贵'。或许有些朋友也和我一样地忙于自己的职业，要在百忙中浏览一些关于思想问题的材料，那末这本书也许可以看看，此外倘若抱着什么奢望，那是要不免失望的。"

《〈读书偶译〉后记》（七月十五日炎暑中挥汗写，记于江苏高院看守分所），收入单行本。

摘要："我向来有所写作，都偏重于事实的评述；关于理论的介绍，这本译述还是破题儿第一遭，虽则理论和事实本来就不能截然分离的。依我个人看来——也许是由于我向来工作的性质和方向——评述事实似乎比介绍理论来得容易些，尤其是比用翻译来介绍理论来得容易些。因此，我在译这本书的时候，时刻注意的是要尽量使读者看得懂；倘若更能进而使读者感觉到不但看得懂，而且觉得容易看，看得有趣味，那更是我的莫大的愉快！同时被羁押的老友李公朴先生听到了我的这愿望，在我看完第一次校样的时候，他自告奋勇，说他愿'代表'未来的读者，仔细替我再看一遍；每遇有他认为不很容易懂的地方，无论是一字一句一段，都很热心地提出'质问'，我也很虚心地领教，认为有修改必要的时候，就尽量修改。我在这里应该很诚恳地谢谢李先生。""张仲实先生的学识湛深，尤其是对于政治经济学的造诣，是我所非常敬佩的，我的这本书的第二次校样还请他很仔细地看过一遍。承他给我不少切实的指教，有好几处的名著译文，还承他对俄文原本仔细对了一下。本书里用的画像，有许多都是承张先生替我从各处搜集拢来的。他为了我的这本书，费了不少时间和功夫，这都使我非常感谢的。""在羁押中写作，不能多带参考书，遇有需要查阅参考的时候，往往写条子麻烦外面的几位朋友，托他们代为一查。受到我麻烦的除张先生外，还有金仲华和胡愈之两先生，我应该在这里一并志谢。"

这篇"新版前言"就以简介韬奋的《读书偶译》为结束语吧，增加一点"胜利"的红色。

2015 年 7 月 6 日

（原载《忆韬奋》，生活・读书・新知三联书店 2015 年 10 月版）

《忆韬奋》新版后记

　　编书是一件很开心的事。有了题目有了目标,按习惯的规程就可以动手操作起来了。1987年中国韬奋基金会成立,第一次理事会就决定要编《韬奋全集》。这是一个大工程,有组织,有分工,邀请一批资深编审,大家目标一致,辛勤劳作达十年之久,在1995年11月韬奋诞辰一百周年纪念日出版了。800万字14卷,工程大,容量大,适合积累的资料也大,阅读却并不方便。讨论结果,以全集作基础,编一本《韬奋年谱》,可以容纳更多全集之外的历史事实。全集的工作人员已经各回自己的单位。谁来接受这个任务?听取各方意见,最后决定由我"一肩挑"。从来没有编过年谱这类书,我满心忐忑,不知这条河的水有多深。没有理由退缩,在探索中一步一步向完成书稿的目标靠近。这一步一步也走了十年。2005年10月出版,上、中、下三卷,1397000字。这就是最后测出来的这条河的深度。

　　以上都是韬奋原著,少一本纪念集,我想起三十年前编的《忆韬奋》,初版收有一百多篇,多数是个人回忆,内容有点"细小",新版共增加了七篇文章,在前言中都有所交代。值得高兴和感谢的是,邹家华长兄为本书题写了书名。如此等等,弥补了初版的不足,明显提升了书稿的史料价值。书稿质量的提升,是和三联书店合作的成果。三联书店是生活、读书、新知三家书店的联合,邹韬奋是生活书店创始人之一,我们是第一次合作,却有着历史的渊源,有着自然的亲近感。

十分珍惜这本纪念集。人生苦短,已经没有可能再有这样的精力、功夫,去搜集、编选这样数量的资料,集成书留存人间了。为纪念父亲邹韬奋诞辰120周年,我义不容辞作了这番努力。

2015 年 7 月 29 日

(原载《忆韬奋》,生活·读书·新知三联书店 2015 年 10 月版)

《韬奋全集》书影

《韬奋全集》,上海人民出版社,1995 年版

编 辑 说 明

　　《韬奋全集》的编辑工作，经过多年的努力，终于完成了。胡愈之先生曾在 1948 年 6 月为《韬奋文录》作序时说："到处在鸡鸣。天快要亮了！天亮之后的第一件事，我要搜辑完成一部《韬奋全集》，作为人民对这位伟大爱国者的一种永久纪念，——这是我向亡友韬奋先生和读者诸君立下的一个心愿。"遗憾的是，由于种种原因，胡先生的心愿在他有生之年未能实现。今天，我们做完了全集的编辑工作，并把它付梓出版，不只是承继了胡先生的遗愿，也使胡先生的心愿如愿以偿了。

　　韬奋（1895—1944），原名邹恩润，江西余江人，我国著名的新闻记者、政论家、出版家，也是一位杰出的爱国主义者和共产主义者。韬奋先生的一生，写下了大量的著作和译作，对中国的政治、经济、社会、生活发表了精辟的见解和议论，对世界的状况作了翔实的考察。这些著译，不仅对于研究韬奋战斗的一生具有重要价值，对于研究现代中国历史和文化思潮，提供了丰富的史料，而且对于本世纪以来人们所反覆讨论的关于中国的政治经济、社会生活等问题，都有着切实而且深刻的思考，它所闪现出的思想光华，至今仍具有一定的现实意义。所以，编辑出版《韬奋全集》，是一项文化积累的大工程。我们赶在今年完成此项任务，还为着以此纪念韬奋逝世五十周年和诞辰一百周年。

·1·

《韬奋全集·编辑说明》

6

　　从全集中可以看出，韬奋的思想有一个发展过程。他的早期著作是从一个爱国知识分子的良知出发，议论社会，议论生活，并通过译述介绍西方的现状，以求促进中国的社会改革。但自他主编《生活》周刊后，便逐渐地认识到自己的历史责任，用他自己的话来说："在过去的八年当中，我担任《生活》周刊的主编，这个刊物的目的，是在中国鼓吹社会主义，同情中国的苏维埃运动，但是它必须在各种伪装的方法下进行自己的工作，因为它是在'白色恐怖'最厉害的上海出版的。"（《致高尔基》1934 年 7 月 26 日）三十年代，他从战斗的爱国主义者发展而为共产主义者，他逐渐成熟地运用马克思主义观点来观察问题、分析问题，并最终投身到中国共产党领导的人民运动中去。正如周恩来在纪念韬奋逝世五周年题词中所指出："邹韬奋同志经历的道路是中国知识分子走向进步走向革命的道路"。对于韬奋的思想发展和变化，我们只有从他的全部作品中才能清楚地看出来。一个共产主义战士，一个伟大的思想家，不是从天上掉下来的，不是从地下冒出来的，而是在社会的大动荡、大变革中涌现出来，经过斗争的磨练发展而成的。他是一个活生生的人，跟通常的人一样，也曾有过对一些问题的模糊看法和错误观点。用历史唯物主义的观点看问题，时代带给人们认识上的局限性，是在所难免的。所以，全集中收入的文章，包括早期著作，尽可能保持了原来面貌。

　　《韬奋全集》共十四卷，近八百万字。前十卷为著作卷，后四卷为译述卷，收入韬奋自 1914 年起至 1944 年止约三十年间写的全部著作和译述。

　　全集收入的文章，均按写作和发表时间为序编排；1946 年以前已收入专著、文集、选集的单行本，以原有形式编入全集，按出版时间为序，不再另列单篇。信箱、编者按语等文体的文

· 2 ·

《韬奋全集·编辑说明》

章，有些还同时附录与内容相关的原信原文，有些在附录原文时删节了与韬奋的按语、附言关系不大的文字。

从1923年到1946年，韬奋著译单行本已出版过近四十种，大多为韬奋本人所编。这次编入全集，除删去其中他人所著的部分文字外，保留了原书面貌，并加辑封和注释说明。

韬奋的译作有种种不同形式，有直译的，有意译的，有按原著内容译述的，有以原著为素材编写的，并夹有大量的编译后记、译者按语、译余闲谈等，其中以编写、译述居多。全集把这类文章都编入译述卷。编排次序和著作卷相同。一般的文字问题，除确认为笔误或排校差错者予以纠正外，都不作改动；当时被国民党政府审查删节的文字，刊登时多用"□"或"╳"表示，均依原样；对原著（如图表等）作删节或技术处理的，大多在文中注明；个别文字模糊不清，经多方努力仍不能辨认的，也暂以"□"代替；除早期著作圈点省略外，标点符号仍保持原貌；少数无标点的文言文，已请有关专家断句。

全集中的注释除写明原书、原文所注外，均为全集编者所加。

各卷所收韬奋著作起讫年份如下：

第一卷，1914—1927；

第二卷，1928—1929；

第三卷，1930—1931；

第四卷，1932；

第五卷，1933—1934；

第六卷，1935—1936；

第七卷，1937；

第八卷，1938；

第九卷，1939—1940；

《韬奋全集·编辑说明》

第十卷，1941—1944；

第十一卷到十四卷，收历年译作。

全集第一卷卷首收中共中央唁电，毛泽东、周恩来、朱德题词，周恩来致韬奋夫人的慰问信等文献。各卷收韬奋的部分手迹和生平照片。最后一卷附录胡愈之《韬奋文录·序》、范长江《韬奋的思想的发展》（摘要）、胡绳《韬奋著译系年目录·序》以及《韬奋年表》、《韬奋编著、翻译书目一览》、《韬奋的笔名和化名》等有关文章。

中国韬奋基金会

韬奋著作编辑部

1995 年 5 月

《韬奋全集·编辑说明》

《韬奋全集》编后记

经过近十年的努力，《韬奋全集》的搜集、整理、编辑、注释工作已全面完成，并定于今年 11 月 5 日韬奋诞辰一百周年之际，由上海人民出版社出版。

1944 年 7 月 24 日韬奋逝世后，我国出版界先后出版过茅盾、胡绳、史枚等选编，胡愈之作序的《韬奋文录》，由范长江作代序的《韬奋文集》三卷本，以及上海三联书店的《韬奋选集》，此外，还出版过韬奋的一些单行本和专题集。它们对传播韬奋的思想，起了很好的作用。但是，出版韬奋的全集，全面介绍他的著作，仍是文化、出版界前辈和广大读者的心愿。

韬奋的女儿邹嘉骊自 1980 年始，得益于前辈的指点，经过多年努力，编纂辑录了《韬奋著译系年目录》，并于 1984 年韬奋逝世四十周年时出版。该书由胡绳作序，胡愈之题签。以此书为基础，邹嘉骊开始了对韬奋文章的收集整理工作，终因个人力量单薄，工作进度缓慢。

1987 年 6 月 25 日，在全国政协礼堂举行了中国韬奋基金会成立大会。会后，主席张友渔即主持召开首次主席团扩大会，决定之一是要制定编纂《韬奋全集》方案。1990 年 7 月 24 日，在北京召开的第二次主席团扩大会上，重申要加快搜集、整理原稿，编辑、出版《韬奋全集》，以志永久纪念。

第二次扩大会后，在沪基金会领导王维，上海市新闻出版局领导贾树枚、冯士能、徐福生、孙颙，以及有关方面负责人多次举行会议，讨论具体落实编辑出版《韬奋全集》事宜，会议商定由中国韬奋基金会牵头尽快建立韬奋著作编辑部。这之后，经多方研究，确定由邹嘉骊、朱彦、郁椿德、陈理达等组成韬奋著作编辑部，由邹嘉骊负责。以后，又确定由上海人民出版社承担出版任务。整个工作得到上海市新闻出版局领导的指导、支持和关注。上海人民出版社领导陈昕等亲自安排了编审、校对、印刷和出版等工作。

　　韬奋作为一名杰出的新闻记者和政论家、出版家,他最活跃最光辉的历程,正是在整个抗日战争时期。他的文章的主旋律是大声疾呼抵御外敌侵略,宣传鼓动全民抗战。他紧密配合中国共产党的总战略,在国共第二次合作时期,在国民党统治区,以他特有的方式,宣传团结、抗战、进步,反对分裂、投降、倒退。集中这些文章,就是一部活的抗战史。在抗日战争胜利五十周年之际,我们重读韬奋当年的文章,依然激奋不已,更进一步体会到它们在当时所起的战斗号角作用。

　　编辑部成立之前,韬奋纪念馆业务部的部分青年同志,对韬奋的文章,不厌琐细,集中、剪贴、整理,出了大力;编辑部成立之后,又先后有汪习麟、柳肇瑞、吴慈生、夏绍裘、李文俊、赵继良等编审、副编审参加了编辑工作。中央和上海一些宣传、出版部门的领导同志和一些老专家、老干部都十分重视全集的出版,对编辑部工作进行了切实有效的关心、帮助和指导。北京、上海、香港等地的社会各界文化人士,对全集编辑倾注了极大热情,并纷纷提供线索和资料。在此,谨向上述同志和其他为全集出过力的同志们、朋友们,致以衷心的谢意!

中国韬奋基金会

韬奋著作编辑部

1995 年 9 月 18 日

　　(汪习麟、邹嘉骊执笔,原载《韬奋全集》,上海人民出版社 1995 年 10 月版)

《中国韬奋基金会》(图片集)书影

《中国韬奋基金会》(图片集),上海文艺出版社,2000年版

1985年10月,韬奋诞辰90周年前夕,我国新闻出版界、文化教育界的老前辈胡愈之、沈兹九、张友渔、张仲实、萨空了、夏衍、叶圣陶、陆定一、王炳南、巴金、沈粹缜等12人倡议成立中国韬奋基金会,倡议得到邓颖超等国家领导人和党、政、社会各界的首肯和大力支持

成立"中国韬奋基金会"的倡议书封面

倡议人签名

《韬奋年谱》书影

《韬奋年谱》，上海文艺出版社，2005年版

《韬奋年谱》编者的话

多年来，沉浸在编撰《韬奋年谱》的工作中。我做了近三十年的文艺编辑，从来没有编过年谱，太陌生了。年谱怎么编？心里一点数都没有。为了需要，参阅过多本已经出版的年谱，只是参阅，无法照搬。停下不干吗？心愿要落空，二十多年积累的大量资料随着岁月埋没，成为一堆没有生命的物体，太对不起它了。父亲临终前，用颤抖的手写下的"不要怕"三个字在我脑中显现。当年，是激励我们不要怕民族敌人、黑暗势力、反动派，现在是激励我们不要怕困难，不要怕挫折，实践会教会我们真知。经过几年努力，对于如何制作年谱有点体会了。

首先，最重要的，是要建立丰富的资料库。这项工作，我从20世纪80年代，辑录《韬奋著译系年目录》开始，就着手了。这是一个长期积累的过程。几十年来，书籍报刊上发表的回忆文章，已经出版的有关年谱，都是我编撰《韬奋年谱》的资料源。1995年出版的《韬奋全集》，更为编撰年谱提供了丰富的史料。韬奋一生没有记过日记，要编排出他的一生，只有凭借丰富的资料为依据，点点滴滴，辨别真伪，去芜存菁，整理、编写，排列出比较系统的材料，最大限度地为后人提供一份可靠的记录，让韬奋思想发展的脉络，由此而清晰、具体、生动、形象起来。

资料，有的已成书，只要认真阅读，选出有关内容，编成条目，输入框架；有的却是一团乱麻，需要一丝一丝梳理，去芜存菁，去伪存真，再编成条目，输入框架；有的事实细节不清，需要进一步调查核对，弄清楚了再输入框架；有的有信息，查不到原始出处，只能存缺。总之，这是一项细致琐碎的工作，需要较长的时间、耐力、踏实的作风、平和的心态，真像蚂蚁啃骨头，一点一点搬运筑巢似的，做成了，其乐无穷。浮躁、急功近利，恐怕很难做成。

《韬奋年谱》包括四部分要素：1. 活动；2. 篇目；3. 文章摘要；4. 相关的人和事。

活动。取之于大量的文字资料。各篇文章中，有明确的时间、地点、活动内容，都专门摘出，编成条目，循编年次序排列。没有注明的，根据所提到的人或事，作出比较客观的推断。

篇目。比较好操作。前有《韬奋著译系年目录》作依据，后有《韬奋全集》作补充，再者，全集出版后又有新的发现。三部分整理归拢，组成现在的样子，就有了一个相对完整的篇目。

文章摘要。摘什么，怎么摘，这是很费神思的。

在阅读大量文字稿的过程中，我不断地受到感动，不断地激起心灵的震撼。原作者们很多是父亲的同辈人，是我的前辈，在我的成长过程中，得到过他们无私的关爱和照顾。他们在我眼前活动起来。他们的战斗经历，他们的高风亮节，他们的道德风范，他们的崇高人格，都应该流传后世。编活他们的生动形象，是这本年谱应该努力做到的。

习惯的做法是编者在前台，用他的文字来复述原作者的意思，来介绍原作者。这样做，文字是简炼了，但是生动的事实、鲜活的时代风貌、活跃的战斗氛围，变成了枯燥乏味的几条杠杠，阅读兴趣大打折扣。寓教于乐，变成了有教无乐。书编出来谁看？没有人看，束之高阁，岂不浪费人力、物力、财力？虚度年华，多可惜。再有，编者在前台，他是主体，他有莫大的解释权，他可以对原著作精辟深刻正确地解释，引导读者去了解原作者，认识了解当年那个时代的历史；也存在另一种可能，在复述原作者文章的时候，有意无意地用现代人的心态、现代人的语言，掺合进解释词中，曲解原作者的意思。原作者已是故人，他哪里有为自己辩解的余地？这是一种误导式的操作。以讹传讹，时间长了，甚至几代人的努力，都难以纠正。那是一种过失。

我尝试着把历史人物推到前台，尽量引用原作者的原文，保留当年各种人或事件发生时的原始状态，保留原作者的风采，让他们在前台，用他们自己的语言，向读者讲述当年的故事。这样操作，我的第一感觉，是条目增加了信息量。各种人物在舞台上，不是身后有牵线人，而是举手投足，他们自己活跃起来，是有生命的形象。不是死板的，是活泼的，不是枯燥的，是形象的，就有了吸引力，读者就会有阅读兴趣。我的主观愿望是把这本年谱编得让青年读者有兴趣读，而且能读得下去。

　　我的信心建立在原作者精辟的叙述中。比如韬奋,他的文章大众化、口语化,文笔浅显、犀利、幽默、生动,有很大的鼓动性,当今的青年至少能够读懂,容易理解和接受。又比如茅盾,他叙事条理清晰,时间、地点,明明白白,可贵的是他公正宽容的态度,令人信服。对当今文坛树立良好风气,不失为一面镜子。于伶回忆东江纵队秘密营救韬奋和一大批文化精英的文章,更是一篇绝好而详尽的补白。萨空了的《香港沦陷日记》,增加条目不多,但是他亲身经历,第一手材料,真实可信,是不可多得的一份补白。我感谢他送我这本书。我的标准,凡是为年谱增加一条信息,经查实,确有价值,我会一直铭记在心。1999 年 10 月 20 日,我和刘仁寿老人在路上相遇,他知道我在编年谱,立即提供一条信息,说 1936 年,国民党中央委员、组织部副部长张冲化名黄毅,按照潘汉年给陈果夫信上约定的联络方法,在韬奋主编的《生活日报》上刊登启事。通过登报启事和潘汉年取得了联系。我回到单位,即刻翻出《生活日报》,一页一页寻找,在 7 月 7 日第二版的中缝,找到了这则启事。一个未确定的信息,变成了一条根据可靠、事实清楚的条目。我也许说得过分,真是高兴得心花怒放。还有……

　　年谱中一个压台的"史料",是中共南方局周恩来等领导人,对进步文化事业和一批文化精英(包括韬奋在内)的具体指导和关爱,不单是个人的魅力,而且是以党的文件、电报体现出来。

　　我希望做到这本书里的历史人物,不是一张平面的黑白照片,单薄而苍白,而是鲜活的、立体的,以他真实丰富的音容笑貌,激情满怀地走近我们,和我们一起走向未来。

　　相关的人和事。有些资料因为难得,查找艰难,比较珍贵,为了不让它流失,就在本年谱里"存照"了。

　　我闭门造车造出这点体会。为了做年谱,多少年,我几乎就生活在狭小的生活圈子里。新的两点一线。这点体会,对于行家,或许认为是老生常谈,没有新鲜感,对于我却是难得的一笔宝贵财富。现在最大的问题是这样操作,行家们能否认可,读者们能否接受。热诚期盼听取各方的指点。

　　年谱按编年循序排列,共分三个版块。

　　第一版块:1895—1932 年。包括韬奋的出生地,大家庭,童年,苦读生涯,初出茅庐,走上新闻出版之路。这时期,他事业初创,默默奋斗,还没有上舆论界的知名榜。他的名字和声望,是在风起云涌的抗日烽火中出现的。本版块,重点在摘编篇目和摘要。活动,多数从全集的文章里摘录出来,编成单独的条目,列在里面。本版块的特点,为研究韬奋的早期思想,提供了一份编年式的摘录和摘要。他的思想脉络是具体的,感性的,是能切身感受到的。

第二版块:1933—1937 年。被迫流亡,寻找出路,站在抗日救亡的前沿,以笔为武器,高举抗日大旗,唤起民众的觉醒,为抵御反抗日本国的疯狂侵略摇旗呐喊,虽坐监("七君子"事件)流亡,决不屈于强暴,绝不改变主张,带领他的一支小小的队伍,汇入抗日的洪流中,一往无前。

第三版块:1938—1944 年。配合共产党,在国统区,对国民党蒋介石的投降、倒退、分裂作不懈的斗争,讲究策略,有理、有利、有节,仍遭到忌恨、迫害,数十处生活书店分支店被查封,愤而出走重庆,到香港另辟战场。太平洋战争爆发,东江纵队营救,隐居广东梅县江头村,遭国民党通缉,被秘密护送至苏中苏北抗日根据地。病重,改名换姓,返回上海,环境险恶,轮番转换医院,诊治顽疾,终因不治病逝。贯穿其间的是一条鲜红的红绸带。正如 1942 年 11 月,他回答大众书店的一位同志时说:"从武汉到重庆,直到我离开重庆到香港,其后,回到上海,转到解放区,我的一切工作和行动,都是在党和恩来同志指示下进行的。"

本版块的特点。此期间,韬奋已是"社会名流",受到多方关注,对于他的活动,他的文章,都有一定的文字记载。挖掘当年的文字资料,搜集,整理,摘录,编写,就成了有价值的"活的史料"。"活的史料"多,是本版块的特点。可读性较前两个版块强。

这部书稿,最初有三位同志参与:邹嘉骊、陈挥、陈理达。按版块分工。

陈理达按约定要求,完成了第三版块的篇目输入,承担一定的组织联络工作,之后,因为主业,负责中国韬奋基金会上海常设机构的管理和业务工作,实在无法脱身,只得放弃,后续工作就由我来做了。

陈挥负责第二版块。用了不少工夫,编写出初稿,我们多次交换意见,他也修改过两遍。要年轻人迁就老年人的思路,很困难。他也是兼职的,也有主业和兼职的矛盾。不得已,现在第二版块也由我重新操作。对于他付出的辛勤劳动,应该给予肯定。

我原本两个任务:一,负责第一版块;第二、三个版块做好后,我来统稿。

现状不可能做到了,只得"一肩挑"。好在韬奋基金会给我配了一个助手。第二、第三版块的原文摘要,只需我用铅笔画出,她都能电脑输入,如期完成。她叫郭以欣。

再丰富的资料,总是有局限的,有些交叉回忆的细节,因年时太长,难以核对,只能取大事件存真,有的"并蓄",有的舍去。

编写这类图书,难免有疏漏和失误,衷心地期待行家们给我提出宝贵意见,更重要的是对事实的补充和纠正。引用的资料,我明白注明出处,以示尊重原作者,尊重原作者的劳动成果。

为阅读便利,我在每个条目的前面作一个记号:属活动性质的,注○;属篇目和摘要的,注⊙。

我是在中国韬奋基金会这个团队里制作这本年谱的,团队里的青年同志,在我困难的时候给我支持,在我苦闷烦恼的时候给我欢乐,使我在寂寞的工作中不感到孤单。谢谢他们。

《新文学史料》编辑部,答应在未成书前选登一部分,这对我是极大的鼓励。所以这样说,是我做了那么多年,一直是摸着石头过河,且学且做,且做且学,是否想在点子上,是否做在点子上,心里并没有十分把握。唯一自我肯定的一点,是一定在资料库里游走,一定要做到言之有据,绝不闭着眼睛胡编瞎造。要对历史负责,对读者负责。这样的编排是否合适,是否合理,有多大利弊,有什么更好的建议,期待行家们的指导。

2003 年 12 月 5 日

(原载《韬奋年谱》,上海文艺出版社 2005 年 10 月第一版,

2008 年 10 月增订本,三卷本)

快乐的追踪

——《韬奋年谱》付印前的几句话

满心愉悦，我竟又能面对电脑荧屏，点击鼠标，像一个个音符点击在五线谱上，演奏出悦耳的乐曲。"又能面对"，是因为几乎"不能面对"。是的，今年年初，我生了一场有惊无险的急病，惊吓了太多亲人和朋友，几乎"不能面对"。坏事变好事，惊动太多，反而调动了自己的、亲人的、医务的等多方面的积极因素，终于安然度过险情，转危为安了。于是就有了"又能面对"，自然是"满心愉悦"。

回到荧屏前，想想多年耕耘的《韬奋年谱》终于可以付印了，许多感人的事，许多感人的情涌上心头。

去年，《新文学史料》选登部分"年谱"时，我写了一篇《编者的话》，说到制作年谱最重要的"是要建立丰富的资料库"。如何丰富资料库？实践告诉我：一是要随时搜集，做到长期积累；一是不轻易放弃。

"年谱"中收入不少未收进《韬奋全集》的文章和史料。比如，1936年，日本当局如何向国民党当局施加压力，充当幕后黑手，相互勾结，共同制造震惊中外的"七君子"事件，压制抗日救亡运动；为营救"七君子"，宋庆龄如何致函冯玉祥，冯玉祥又如与蒋介石密电来往。1938年以后的部分，收入更多"活的史料"。如，国民党当局如何迫害韬奋，查封生活书店；太平洋战争爆发后，在周恩来的精心筹划下，地下党如何保护韬奋，避开国民党的通缉，安顿他隐居广东梅县江头村，以后又到了苏中根据地等。（为阅读方便，我在条目前加一个圈，注明全集未收，以示重点区别）

韬奋去苏中根据地和最后病重的日子，他自己写的自传体著作《经历》《抗战以来》《患难余生记》均未涉及，唯一可寻觅可依据的是散见各处的回忆文章。经过资料集中、整理、编辑，由星星点点，逐渐有了一个大概的面貌。很多老同志，包括我自己，正是通过这项工作，相对比较清晰完整地了解了韬奋这段鲜为人知的经历。

年谱编到后期，资料库里的材料用得差不多了。真的可以做扫尾工作了吗？我搜索记忆，还有两个心结埋藏在心头多年，牵挂着没有解开，必须作最后的追踪。

黄炎培先生是韬奋的前辈，是韬奋踏上社会，进入中华职业教育社，正式从事编辑工作的重要提携者之一。能反映两人交往的可靠资料是《黄炎培日记》。20 世纪 70 年代，出版过一本《〈黄炎培日记〉摘录》，从 1937 年摘至 1949 年，作为内部参考出版。我认真阅读，对与韬奋有关的条目作了标记。当时心里盘算：韬奋与黄炎培相识于 1922 年，以后围绕《生活》周刊、《教育与职业》、生活书店、国民参政会、民主党派等，很多活动是共同进行的。他们的友谊从上海一直延续到重庆，日记里肯定会有记载，只是选用的角度不同，这本"摘录"不可能包容我所需要的内容。从哪里可以读到全本的《黄炎培日记》呢？当时忙于手头的编写工作，心里打了个结：放到最后罢。到后期，有了空余时间，追踪"日记"成了首要任务。我有机会就打听。慢慢地知道黄炎培有几个子女在北京。我在上海，我的二嫂朱中英在北京，是个活跃分子。托她帮我打听。很快打听到黄的儿子黄大能和他家里的电话。准确的信息由此而来。整套日记不在他那里，归中国社会科学院近代史研究所保存。我仿佛看到标的，开始有目的地瞄准。研究所最初的回音使我有点失望。他们的理由是所里有规定，这套日记连所里同仁都不借，所外就更不出借了。怎么办？放弃吗？既确认"日记"里必定有记录，就不能轻易就此放弃。我详细申述情况，并且保证摘录限定在规定范围内，一定经所领导审阅同意后再发表。对方静静地在倾听。他的耐心给了我希望。果然，"不出借"变成"研究请示后听回话"。多好的兆头！不久传来了"同意摘录"的答复，同时规定只能由我本人在所图书馆借阅。这已经是很大的支持了，其他规则都能遵守。我的心情，像听抒情小提琴曲似的，快乐无穷。

2004 年 10 月 13 日，我和二嫂朱中英踏进研究所图书馆。这是一次极愉快的合作。管理员茹静年轻、热情，执行制度严格，有借有还，每天我们准时到研究所，她已经把要借的"日记"如线装书包装，一本本，蓝布封套，虽从书库里取出，却很少灰尘。我专事阅读，二嫂专事摘抄。三个人各司其职，配合却十分默契。短短八个工作日，除旧时摘抄的近四十条，这次新核对和摘抄的近百条，可谓解开了一个久悬的心结。《黄炎培日记》丰富了"年谱"的内容，帮助我们了解了他与韬奋交往的鲜为人知的新材料。

真心感谢中国社会科学院近代史研究所的领导。首先，是"同意摘录"，继而，当我们把全部资料请茹静转交所领导审读时，心里还在忐忑不安，不知道能不能通过，不知道在北京要等多少天。意外的惊喜！第二天上午就有了令人满意的结果。我满载而归。每看到"年谱"里《黄炎培日记》的条目，就会想到要感谢中国社会科学院近代史研究所。

在资料库里滤出一本手工制作的图书。它引出一段动心的往事。

1995年年初，一天，一位带有浓重四川口音的同行，重庆出版社的唐慎翔女士来到我面前。我有怪癖，历来羞于见陌生人，对她却是例外。少年时代在重庆念小学，我的四川话讲得也很"溜"，听她说话，像听到乡音，一下子拉近了我和她的距离。她讲了很多向生活书店老同志约稿的情况、重庆出版界的信息，问了很多我的情况。十多年过去了，至今还记得临别时她那火一样的话语："嘉骊，你身体不好，编韬奋先生的年谱当然好，但是工程太大了，我愿意帮你，四川重庆那边我帮你找，好不，莫客气嘛！"初次见面就托人家办事多不好。我迟疑着。在她一再鼓动下，我出了一个艰难的题目：40年代，生活书店在重庆出过一本读者信箱集，书名叫《激流中的水花》。就知道一个书名，其他情况一概不清楚。年代久远，半个多世纪以前的事了，又是在地域偏僻的西南角上出版的，日本帝国主义的侵略，把中国的版图分割成块块，图书的流通自然也极度不畅。寻找当年的资料，在上海很难收效，只有到原发地去，成功的概率会大一点。时隔不久，2月27日，收到唐慎翔寄来的韬奋为《激流中的水花》写的"弁言"，多么难得，多么珍贵，赶在"全集"出版前收入全集第9卷。5月，唐慎翔又寄给我一本"书"。这是一本经过精心手工制作的"书"。复印的封面、内封、版权页、弁言、目次，按常规依次贴到位，正文书心却是32开大小一色空白。这本"书"提供了一个完整的信息：《激流中的水花》是全民抗战社编，《全民抗战》信箱外集，1940年4月重庆生活书店出版，发行人徐伯昕，编著者全民抗战社，收入53篇与读者来往的信件，唯一的遗憾是正文没有复印。再收到唐慎翔的信，得知她患了恶疾，治疗后住到深圳她儿子家休养去了。结果令人伤感，她带着遗憾走了。当我重新拿起这本"书"的时候，想起唐慎翔这位可亲可敬的同行,她是开路先锋,是奠基石。为了"年谱",也为了实现唐慎翔的遗愿,我都要追踪《激流中的水花》的正文。于是,又开始了一场不懈的追踪。

我目标明确,联系重庆图书馆历史文献中心。联系的过程虽长了些,终于得到对方的全力支持,寄来了复印的正文。

值得大大书写的是,当读完这 53 篇正文后,心跳加快,我的直感,这是韬奋的手笔,是被遗忘了 60 多年的一组佚文。多么大的收获!我像听到了一组雄浑高昂的交响乐曲,兴奋不已。随即,冥冥中似乎有人在提醒我,不要冲动,不要冲动,要冷静,要冷静,严肃的事切忌武断。

我找了一位熟悉韬奋著作的老编审汪习麟同志。他参加过《韬奋全集》的编审工作,负责任,细致,严谨。他的读后感和我不谋而合。他来信中肯定"这些回信出于韬奋先生之手"。他对复信中的"称谓"、语气、用辞,到信末所署日期的习惯写法作了细致分析。

输入新发现的 53 篇佚文,就会想到唐慎翔,实现了她的遗愿;想到重庆图书馆,他们的全力支持,使"年谱"增加了"活的史料"含量,提高了书稿质量。为此,我表示衷心的谢意。

还有一件值得书写报告的事,关于韬奋遗嘱原始版的发现。这件事的详情我已有专文在 2004 年 7 月 20 日的《光明日报》和同年 9 月《出版史料》第 3 期刊载。可以认为这也是与"年谱"有关的一条"长篇注释",为了方便阅读,我把它收编进集子了。

快乐的追踪接近尾声,再有拾遗补缺的工作,寄托给有志于研究韬奋的青年后代了。

编"年谱"的时候,我参阅了很多资料,也引用了不少,心里明白引用资料必须征得版权所有者同意。由于参阅资料太多,有的打过招呼,有的却没有。我编了一份参考书目,供查询。版权所有者可与中国韬奋基金会韬奋著作编辑部通讯联系。

今年 11 月 5 日,是韬奋诞辰一百一十周年,在这样的日子,我把这本"年谱"献给亲爱的父亲和他的读者们。这是女儿久藏于心头的一份愿望!

2005 年 5 月 31 日

(原载《韬奋年谱》,上海文艺出版社 2005 年 10 月版)

《韬奋年谱》再版前的几句话

2005 年 10 月出版了《韬奋年谱》初版本。

按说这类书历来比较冷门，能出版印个几百本已属上好，足够了，万一好运，过个十年八年再印刷一次，那是上好上好的回报。而这本年谱出版才两年多再版是有其缘由的。因为初版本确实有多处不尽令人满意。经过沟通，出版社领导认为图书出版是一件严肃的事，必须严格要求，决定通过再版弥补初版本中的遗漏，附带将已发现的错别字改正过来。我很感动。这对社会上流传的"无错不成书"是个挑战，对提高书籍质量是个福音。

希望这次再版本出得大家满意。读者能买到一本相对完整的《韬奋年谱》，也是我此生最大的愿望之一。

2008 年 6 月

（原载《韬奋年谱》，上海文艺出版社 2008 年 10 月版第二次印刷，增订本）

《邹韬奋年谱长编》书影

《邹韬奋年谱长编》,上海交通
大学出版社,2015年版

邹家华祝贺嘉骊获奖

《邹韬奋年谱长编》新版前言

　　日子过得飞快，屈指算算，我离开工作单位已经二十多年。那时我还不到六十岁。按现在的说法，属于中年，还有点活力，可以找点事做。

　　我思索，自己最需要的是想多知道一点父亲韬奋的事。于是自己定位，先要调查研究，辑录一本《韬奋著译系年目录》。沿着父亲的足迹，跑旧书店、图书馆，讨教一位位老同志，等等，做成一张张卡片整理成册。1984 年 7 月，交由学林出版社出版了。辑录的副产品是编了一本纪念集《忆韬奋》，有 40 多万字。1985 年 11 月，也是学林出版社出版。

　　两本书出版，我的思想有了努力的目标。一步步走，先把手头的资料一张张剪贴起来。一个人操作，剪贴功夫倒是整齐到位，只是进展太慢。

　　贵人来了。1985 年 10 月，韬奋诞辰 90 周年前夕，我国新闻出版界、文化教育界的老前辈十二人倡议成立中国韬奋基金会。得到邓颖超邓妈妈的首肯。第一次理事会就决定要编辑出版《韬奋全集》。

　　从此，我不再是一个人操作，而是有组织作后盾。一个团体，有集体，有分工。剪贴资料除了我，韬奋纪念馆的青年同志都参加了。还分别从几个出版社邀请了多位资深编审，负责书稿编辑。努力了十年，1995 年 10 月，上海人民出版社赶在韬奋诞辰 100 周年前夕出版了。

　　团队活动结束了，几位辛苦了十年的老编审，以高尚的精神，不计名利报酬，发挥专业优质工作水平，完成了这项文化积累的任务。

　　书出版了，在我心中却留下一丝遗憾。问题出在我思想有障碍。事先统一在"全集"上，结果"全集"不全，真对不起不明真相的读者。原因是对有些文章有不同看法。没有人出面担当，是收还是不收。我争取了，没有成功。最后是权力起了作用，不收。

为了未收进的原作不至散失，我想在《年谱》里留下伏笔，便于大家有兴趣去查找。

顺势而上，以全集作基础，有条件编一本《韬奋年谱》。这任务最后落在我肩上。

怎么办？从来没有编过年谱类的书，更没有独立接受过这样的重任。一位善良的知交找我谈话。娓娓道来，给我鼓劲：行的，一个人，挑得起的，相信自己。好吧，上吧。这一上，1995—2005，又是一个十年。十年中有喜有悲。喜的是不断从阅读中得到《全集》外的信息。为了便于辨别，我在每条新条目前标一个○。悲的是1997年相依近70年的妈妈走了，剩我一个人，上海的家没有了。那段近乎崩溃的年月是靠编年谱、读韬奋的文章度过的。文章使我振作，给我希望。时隔不长，1999年，我的二哥又意外走了。手足之情怎么不悲痛?! 同样，是未完工的年谱编写，是韬奋文章的精神帮助我平复心中的悲痛。

1942年11月，韬奋在地下党的部署下进入苏中根据地。那是一个全新的天地。韬奋无时无刻不处在激动兴奋的心态下。他抱病考察、演说，宣传抗日形势，揭露国民党政府对进步文化的摧残迫害等罪行。他此行的目的地是革命圣地延安，终因病情转重，不得不由专员护送他回到上海。那时是1943年3月。这段生活资料很少，只有追踪寻觅，在南通等地区，点点滴滴，积少成多，经过编排整理，填补了这段过去很少有记载的历史。自然，有关条目的前面必定标有一个○。

2005年10月，书稿终于完工出版了，是上海文艺出版社出版的。上中下三本一套，一百三十多万字。我把它抱在怀里，沉甸甸的。我把它当宝贝，社会反响却有点冷清。我理解这终究不是一本畅销书，我有思想准备。突然有一天，我接到一个电话，对方的声音有点苍老，语速也慢："我找邹嘉骊同志。我是《解放日报》陈虞孙啊！"陈虞孙，还是基金会第一届的理事呢！我很快接口："我是邹嘉骊。"陈直言："书收到了。我生病，眼睛不好，不能看书。这套书不容易，祝贺你。"在冷清的氛围中听到前辈唯一的肯定，禁不住心动。

2012年，三联后人吉晓蓉领头组织编写三联后人回忆录，这套书因此受到关注，得到几位三联后人热情的反映，说他们编家史和父辈经历时，少不了要参阅《韬奋年谱》。这些话对我十年的努力是肯定和鼓励。

　　五年过去,听说上海交通大学出版社策划编一系列年谱,我这套书也有同志提名推荐纳入。打听推荐人,原来是曾经的同事,只是研究的对象不一样。文艺出版社也支持,提前中断版权,给我有了自主权。书稿交给出版社后,加紧工作,赶在韬奋诞辰 120 周年纪念前出版。比起初版,新版增加了新内容。

　　岁月流逝,我也在编书过程中,从中年进入老年,甚至高龄。这篇前言是出版社提议的,勾起我的回忆,谢谢他们。不提议、不思考、不写成文字,会淡忘的。

2015 年 9 月 30 日

(原载《邹韬奋年谱长编》,上海交通大学出版社 2015 年版)

《别样的家书——宋庆龄、沈粹缜往来书信集》书影

《别样的家书——宋庆龄、沈粹缜往来书信集》，上海人民出版社，2015年版

我的追念（代序）

沈粹缜

1981年3月15日为和宋庆龄同志商量李姐（燕娥）的安葬问题，我带着宋氏墓地的图纸去北京。16日下午3时半，她派车接我去她寓所。我准时4时到达，她已经在书房。别后又相见，感到分外高兴，她伸出双手迎接我，她告诉我3月上旬她不慎摔了一跤，现在就是腰痛，经常有低热。我不在意，想着过去有多次类似的事发生，经过医务人员的精心治疗护理，都恢复了，这次也会好的。我铺开宋氏墓地图纸，详细汇报了上海有关部门安葬李姐骨灰的打算，庆龄同志戴上眼镜，细细观看图纸。边看边谈到她记得宋氏墓地有八穴地。顿了顿，又指着图纸说，李姐的骨灰葬在左边，平行右边是她的。因为是小辈，都比她父母的墓穴低一些。说着说着，她深情地怀念起李姐：李姐虽然没有文化，但是是非分得很清楚，是位坚强高尚的女性。解放前在上海，国民党反动派多次以金钱、地位、介绍对象利诱李姐，要她监视庆龄同志与共产党人的来往，搜集情况向特务机关密告，李姐都严词拒绝了。从此李姐警惕性更高，保护和支持庆龄同志的革命活动。李姐16岁到庆龄同志身边，1981年2月5日去世，终年69岁，整整陪伴庆龄同志五十三年，她对人民革命事业也是有功的。

上海有关部门按照庆龄同志的指示，很快安排力量，筑妥了李姐的墓穴，4月2日举行了简单庄重的安葬仪式。4月4日我把李姐墓地和悼念、安葬仪式的照片给她看，她很高兴，赞扬了上海经办同志的

1

《别样的家书——宋庆龄、沈粹缜往来书信集·我的追念(代序)》

工作效率高、质量好。李姐的骨灰盒是2月17日迁返上海的。未迁上海前，一次，我去宋宅。庆龄同志要我和她一起去看看李姐的骨灰盒（骨灰盒暂存她家）。她又回顾起李姐对她的好处，一再叮嘱要为李姐立石碑，写上"李燕娥女士之墓　宋庆龄立"。她亲切地抚摸着李姐的骨灰盒，把脸贴在骨灰盒上亲了几次。我和她的保姆都不愿她久留在李姐骨灰盒前，劝她回房，我要送她回房后再走，她不肯，反而要看我走了她再回房，我知道那时只有快走，才能平静她激动的心情，于是依顺她的意思，向她告辞，她含泪拥抱，我不敢正视，低头匆匆走了。

李姐的安葬事宜告一段落，我准备回上海了，没想到庆龄同志病重，我就留下了。

我的心情随着庆龄同志病情的变化而起伏。她病情稳定时，我宽慰；她病情加重时，我焦虑。有一阵，她的病情明显好转，又接待起亲密的同志和友人了，我为此高兴，并且自信到固执的地步。可是现实太无情了。5月8日她出席了加拿大维多利亚大学授予她荣誉法学博士学位的仪式。会前大家担心她的健康，建议请王炳南同志代表她参加这次活动；她的发言事先录好音，到会上播放。开始，她同意了，准备工作都做好了，但不久，她觉得不妥，认为这样隆重的仪式，她不亲自参加，是一种不礼貌的行为。她坚持要亲自参加并讲话。那天她虽然还发烧，不能站立起来，但情绪欢快，精神还是那么振奋，亲自作了二十分钟的讲话。了解情况的同志都清楚这二十分钟的讲话是多么不易啊！她忍受住病体的严重痛苦，手里拿着一份中文讲稿，现看现翻译成英文讲出来。这时，我又存侥幸心情，祝愿她能恢复健康，至少能稳定一个较长时间。万万没有料到时隔几天，她的病情急转直下，到了危急的地步。多少次我守候在她的病榻前，她还能清醒地认识我；但又有多少次，我守护在她的病榻前，她却是昏睡着。生命终有极限，庆龄同志终于离开我们去了，永远去了。我抑制不住自己悲痛的泪水，听凭它默默地流着，默默地流着。往事随着泪水涌进

《别样的家书——宋庆龄、沈粹缜往来书信集·我的追念(代序)》

我的脑海。

我和庆龄同志认识不算太早，但相知神交已久。主要是受我爱人邹韬奋（1895—1944）的影响。韬奋早年敬仰孙中山先生。1926年10月他接办《生活》周刊以后，就曾连续多期介绍中山先生的生平；介绍中山先生革命的三民主义。后来国民党右派恶意造谣，中伤庆龄同志，韬奋又通过他的刊物，为庆龄同志辟谣。从韬奋处我了解到庆龄同志是一位极有气魄的女性。

1931年日本帝国主义发动了侵占东北的"九一八"事件，激起我全民族的反抗，国民党反动派屈服于日本帝国主义，伸出黑手，镇压抗日爱国运动。

1933年1月17日，中国民权保障同盟上海分会成立大会召开。会上选举宋庆龄、蔡元培、杨杏佛等九人为分会执行委员，韬奋亦是其中之一。这是韬奋有生以来第一次参加有组织的爱国团体。

1936年11月23日凌晨，在日本军国主义施压下，韬奋和其他六位爱国者遭到国民党非法逮捕。这就是30年代震惊国内外的"七君子事件"。

庆龄同志为七君子被捕发表了严正声明，指出：这种违法逮捕和捏造罪名，只能引起中国人民更高涨的抗日怒火和爱国义愤，全中国人民是不会饶恕日本军阀的。

庆龄同志的声明，对我们这些受害者家属，是一个巨大的精神支持，它增添了我们的斗争勇气。

为营救七位爱国者，庆龄同志和一些革命者、共产党人联合发起了救国入狱运动。她在"救国入狱运动宣言"中提出："要求政府和法院，立即把沈钧儒等七位先生释放。不然，我们就应该和沈先生等同罪"；并"愿意永远陪沈先生等坐牢"。"我们要使全世界知道中国人决不是贪生怕死的懦夫，爱国的中国人绝不只是沈先生等七个，而是千千万万个。中国人心不死，中国永不会亡！"1937年7月5日，庆龄

3

别样的家书——宋庆龄、沈粹缜往来书信集

同志在上海，避开国民党宪警的耳目，率领十一位同志亲赴苏州，向江苏高等法院提出自请入狱，以抗议反动政府的倒行逆施。她正气凛然、爱国爱民的光辉形象深刻在我心里。

以后我有幸见到庆龄同志，那都是在公众场合。她稳重、端庄、美丽，深得人民的爱戴。平时，人们言谈中提到"孙夫人"，总是和革命的三民主义、正义、爱国连在一起的。

1941年2月下旬，韬奋被迫出走香港，我随后带着孩子也到了香港。一天，韬奋从庆龄同志家开会回来，对我说："孙夫人募捐来大批救济物资，准备送往解放区，需要请几个人去帮忙整理。她让你也去，你去吧！"我欣然同意。就这样，我和廖梦醒、倪斐君等一起参加了整理工作。记得那天我遵照嘱咐，到了香港湾仔的一个仓库里。庆龄同志亲切地和我们握手，随后像谈家常一样提出了要求，她说解放区缺医少药，这些募捐来的物资有衣服、日用品、医疗器械、药品、奶粉罐头，品种很多，请我们帮助分类整理，集中装箱，她会想办法运到解放区去的。我们只用了几天时间就完成了任务，还编了物资细目。庆龄同志自己一有空也来帮着整理。在工作快结束时，她亲自派车子接我们几人到一家饭店吃饭。席间，她兴致很高，温和热忱，一时用英语和梦醒交谈，一时用上海本地话与我交谈，一时又用带上海口音的北京话与斐君交谈，对我们的工作表示满意和感谢。在座的还有庆龄同志的保姆、忠诚伙伴李妈——李燕娥同志，庆龄同志亲切地唤她"李姐"。她平易的作风、亲切的谈吐、和蔼的态度，显示了她谦逊的美德。在国内国际享有极高声望的"孙夫人"，是这样的伟大而平凡，可亲可敬，她脚踏实地动员和团结一切力量，为抗日战争、为人民的解放事业作出了贡献。

太平洋战争爆发，庆龄同志去了重庆，我们从此分手多年。

1944年7月韬奋患病去世，1945年5月，我患乳腺癌住院动大手术，以后隐居在敌伪统治下的上海。抗日战争胜利后，11月，庆龄同

《别样的家书——宋庆龄、沈粹缜往来书信集·我的追念(代序)》

志从重庆回到上海。她很快知道了我那几年的颠簸和不幸。她自己受特务监视，行动不自由，就一次又一次地派李姐来看我，送来日用品和水果。有一次她派车接我到她家去吃饭。她轻声慢语地安慰我："邹先生去世了，你不要太悲伤，身体要紧。邹先生的文章代表人民讲话，在蒋介石的黑暗统治下，为进步青年指明了出路。他用他的笔做了很多好事。你有机会也要到社会上去做事，你能做的。"她的真诚和体贴使我振奋。

1949年1月，北平解放了。大约在6月间，我被邀请到中南海参加第一届全国政协的筹备工作。政协开幕那天，我惊喜地又看到了庆龄同志。她是在邓颖超大姐的陪伴下，从上海到北京的。她的嘴角浮现着一缕欣喜的微笑。是啊！为实现新中国，她呕心沥血，以超众的才智，团结各种进步力量，支援了中国共产党的事业，而党的事业的胜利，又成了她前进的动力。

政协会议结束，庆龄同志对我说：解放了，中国福利基金会的工作要大大开展，先要增办一个托儿所。她约我担任这个托儿所的所长。我从来没有担任过领导工作，有点胆怯。她热情鼓励我，说只要爱孩子，工作就能做好的。在她的感召下，我开始正式走上工作岗位，并为能在她的直接领导下工作而高兴。1951年6月，我被调去上海市妇联搞儿童福利工作，我们经常有接触和交往。

1950年冬，庆龄同志和林伯渠、朱明、罗叔章、廖梦醒等同志去东北三省参观视察，她要我也陪同前往。我亲眼目睹庆龄同志勤奋忘我工作的情景。每天她大清早起床，用在生活起居方面的时间很少，大部分时间是用在看材料、做视察的准备工作上。每到一处，都认真听汇报、提问题，还要随行的同志帮助记录。晚间，经过一天的奔波劳累，她也不肯早早休息。她的眼睛不好，在灯光下看东西很吃力，拿来文件，就要我轻声读给她听。一路上，她关心所有随行人员。遇到房间挤，她就让我睡在她套间外屋。有一次，我连续几天不适，腹部胀

《别样的家书——宋庆龄、沈粹缜往来书信集·我的追念(代序)》

气，她竟坐在我身边给我按摩，那时她已荣任国家副主席。40年代，她在我心中留下的崇高形象，又重现在我眼前：她伟大而平凡，可亲可敬；她善于动员和团结一切力量，为新中国的建设继续奋斗。

几十年来，庆龄同志给我的影响和教诲是一言难尽的。她从来不以领导人自居，多次对我说："我们是老姐妹了，你有什么困难尽管对我讲。"她交托我办事，不论大事小事，总是信任地交托，但又表示很过意不去。这次病重，有一天她又对我说："你是我老姐妹了，你为我做这么多事，叫我怎么说呢？"我咽下悲痛的泪水，宽慰她："夫人，是老姐妹，你就不要放在心上，作为老妹妹，那都是我应该做的事。"她握着我的手久久不放，以后又亲吻了我。

在病中，我不时去探望她。她和我谈了很多。她曾对我讲过，上海是她的出生地，是她从事革命活动和居住时间最久的地方，她在这里交往过许多革命者和进步朋友。当年她将大批医药物资送往解放区，支援人民军队，也是从上海运出去的。新中国成立后，她在这里会见过许多国际友人。她还多次谈到上海有孙中山先生的故居，上海住处还有中山先生许多衣服，每年都是由李姐负责晾晒，现在李姐故去了，只得由她整理了。她约我等身体稍好后，帮她一起整理中山先生的衣服。还说，她的父母都葬在上海，她热爱上海，她去世后一定要把骨灰盒葬在上海万国公墓宋氏墓地她父母身旁。万万没有想到这些探望时谈心的话，竟成了她留给我的遗言。

在她弥留之际，5月21日清晨，我又来到她病榻前陪伴她。她睁开眼看到是我，便断断续续地说："沈大姐，你休息吧！……你休息了哦？……一定要休息。"一连说了三个休息。这就是庆龄同志最后对我说的话。我抚摸着她滚烫的额头和面颊，流下了阵阵热泪。

最令人难以忘情的是庆龄同志还给我留下了她生前的最后题词。早在今年初，韬奋纪念馆在着手编选《韬奋手迹》一书，要求我恳请庆龄同志为该书封面题签。春节，我从上海去北京，将此事向庆龄同志

《别样的家书——宋庆龄、沈粹缜往来书信集·我的追念(代序)》

当面提出，她高兴地答应了。但说现在手有些抖，等好些后再写。我看她的手总在发抖，便不忍心催她。2月下旬我由北京返沪前，在给她的信封上注了一句话："请夫人健康时再写。"以后，她的病情时好时坏，我就没有再向她提题签的事。庆龄同志却一直记着这件事。在她病危的前夕，5月12日清晨5时，她叫来身边的同志，说她要做事，让人扶着她，艰难地走到写字台旁坐下，用颤抖的手，写下了"韬奋手迹"四个大字，落款："宋庆龄题"，时间："一九八一年"，而且写了两张供选用。写完后请身边工作人员扶她上床躺下，说："我现在放心了。"还一再叮嘱将写好的字交给我。平日，我们之间长则一个月，短则三五天，即互通信息，她最后给我的信是3月8日，抬头称呼我"最亲爱的沈大姐"。想着她几十年的情谊，当我收到这件题签，听她身边工作人员介绍她写这几个字的情景，激动得心都发抖了。我又难过，又钦佩。这几个在她重病中挣扎着起来题的字，竟成了她最后留下来的题签。她就是这样用自己的心来对待朋友和同志的。庆龄同志的深情我将永远铭记在心头，珍藏在心灵深处。

　　庆龄同志从青年时代起，就有明确的革命信念和目标，虽遇艰险，却一生坚定，从不动摇。她为革命奋斗一生的光辉形象和业绩永远地深深地埋藏在我和亿万人民的心中。

1981年6月8日于上海，加力整理。

　　（摘自《宋庆龄纪念集》，第170—177页。1982年3月人民出版社出版。这次选用，文字稍作增改。——编者注）

《别样的家书——宋庆龄、沈粹缜往来书信集·我的追念(代序)》

《别样的家书》编后记

　　我一个人是完不成这本书的。完成这本书靠集体的努力,我只起了一个穿针引线的作用。

　　宋庆龄、沈粹缜往来信件,是北京宋庆龄故居管理处提供的;图片大部分是上海宋庆龄故居纪念馆提供的,少数取自韬奋纪念馆、出版博物馆(筹)、韬奋基金会上海办事处;有关的文字记录,主要摘自盛永华主编的《宋庆龄年谱》(广东人民出版社 2006 年版)。

　　专业指导:中福会沈海平;孙中山宋庆龄文物管委会朱玖琳;上海宋庆龄故居纪念馆麦灵芝、宫洁菁。

　　松散形团队经常联系的有:第二届中国韬奋新闻奖(1995 年 11 月)获得者张攻非,韬奋纪念馆林丽成、李东画、章立言、陈伟,《文艺报》原资深编辑吉晓蓉,《新民晚报》记者王欣,韬奋基金会上海办事处曹俊德、杂志编辑部毛真好,中福会邱海娣,原上海宋庆龄寓所管理员周和康,康平居委会原总支书记徐大书、青年干部乔星煜。

　　上海人民出版社承担了全书的编辑出版,社长王兴康、总编辑王为松均大力支持,编辑部的孙瑜主任具体挑起了这副担子,已从出版社离职的编辑毛志辉也付出了辛勤的劳动。

　　对以上单位和同志的帮助和支持我表示衷心的感谢! 鞠躬!

　　要结束这篇编后记真有点"情未了"。每个人都怀有一颗对书中主人公的敬重和热爱。每个名字的背后,都可以讲出他们各自帮助支持本书的特别奉献。没有功利的合作相处是最和谐的。

　　我属马,1930 年出生,今年是我的本命年。这个群体中我最年长,而我的心态还有点童心未泯,很愿意和比我年少的新老朋友交往。他们有活力、有追求,生活面广,思想活跃,有实践工作能力。和他们接触,能获得新的乐趣,与不同思想交流、争论,对多病、独居的老人来说,从中可以提高独立思考的能力,活跃脑细胞,延迟衰老,何乐而不为。

我羡慕,我向往这样不是亲人胜似亲人的纯真高尚友谊。跨越世纪,绵绵长达数十年。我在宋的信中两次荣获"小妹""妹妹"的称呼,倍感温暖。生活中一声"嘉骊"、一声"姑姑"、一声"太姑"、一声"阿姐""表姐"都蕴含着浓浓的亲情。有朋友尊称我为"邹老师""老邹""邹老",我真愧对。称我一声"编书匠",我会心里平服得多。总之,珍惜正能量的情,它是我们生活的动力。

2014 年 2 月 26 日

(原载《别样的家书——宋庆龄、沈粹缜往来书信集》,上海人民出版社2015 年 1 月版)

《别样的家书》编者感言

邹嘉骊参观宋庆龄故居文物馆

　　题解：2012 年 5 月 23、24 日，《新民晚报》记者王欣两次来家采访，阅读完宋、沈二位的往来书信后，谈感想时有一句话触动了我，她说：有些信写得很随意，像给家里人写似的，我脑子里突然冒出两个字"家书"。家书，意味着真情、温情、亲情，我们俩几乎同时说出"别样的家书"几个字。2012 年 5 月 27日，晚报就以这几个字为标题发表了王欣的采访纪实。

心　动

妈妈沈粹缜是1997年1月12日离开我们的,享年96岁,距今已经16年了。16年中,我除编书、生病、住医院,每每有机会提到妈妈,熟悉她坎坷经历的前辈和一知半解的小辈,都有愿望想多知道一点她的生平,总会提示我,说《韬奋年谱》编好出版了,妈妈一生点点滴滴也值得书写啊。也是。有时候一段真实的故事就是一段珍贵的历史。我心动过。苦于生活中不安定因素太多,何况编书首先要汇总、积累丰富的材料,光凭记忆总是不完全的。后悔过去全力注意搜集韬奋的资料,忽略了连带掌握有关妈妈的资料,因此迟迟动不起笔。

缘　起

2013年1月27日是宋庆龄名誉主席诞辰120周年。这信息像一束耀眼的亮光,激活了我的脑神经。脑细胞迅速活跃起来,搜索,转动。想起我曾经帮妈妈整理过的两篇纪念文章(《我的追念》《我心中的榜样》),还有妈妈生前捐赠给北京宋庆龄故居的两人近百封的来往信件。她们两位近半个世纪的交往,是一段不可替代的亲密而温暖的情谊,应该记载下来留存世间。我兴奋起来,似乎冥冥中又有贵人在推动助我行动起来。我的精神为之振作,病痛也减轻了。

项目团队

围绕这个目标,有意无意地组成一个项目团队。这个团队是松散型的,优势很明显,年轻,专业,有活力,每个人都有不同的特长。对比之下,队员中我年龄最长,长年轻队员的一倍或两倍,他们的优势正是我的劣势,是"弱势个人",只能蜗居在家作为。那就各司其职互补吧。我们分工自然,有什么特长,就做什么工作。凡是需要主内的工作,我就多承担点。

行动起来

向北京宋庆龄故居管理处借原件复制件是首要的。对方很快回应:"本来是人家的东西,家属来借用应该支持。"不久,电子版快件寄到。

整理信件颇费了点时间。对方保管时是以文物编号操作的,而我的习惯思路是信件按年月日排列。复印，梳理，核对，有的信没注明年份，还要作一点考证。总之，工作琐细而具体。所有接任务的同志，都带着一份对宋庆龄崇敬的心情负责完成交托的工作。有的年轻队员对宋庆龄知之甚少，通过工作，点点滴滴，多了不少了解。

上海宋庆龄故居纪念馆，从上到下全力支持。他们的保管部成了我的资料库，借书，寻找图片，输入信件等等，一路开绿灯，重要的是落在实处。纪念馆离我家近，联系方便，和馆里的同志互通信息，在弘扬宋庆龄爱心的感召下结成好友。

出版博物馆（筹）的领导不仅支持这项工作，并且配给我一位专业助手，平添一份我的自信心。

有趣的是去年8月的一天，杨小佛先生带着一位年轻姑娘来家探望。进门没有介绍，我以为杨老年高，那姑娘是陪同照顾的，圆圆的面庞，大大的眼睛，白净的皮肤，也不肯坐。她静静地听着我和杨老对话。话题离不开宋庆龄。我介绍了一篇对宋庆龄去世后的谈话记录，署名宋美龄，内容真切感人，有两三个杂志转载，我也想收进集子。突然，姑娘发话了："先要查到原始出处，鉴别真伪。"哦，发话像个行家，对上号了。我就是向北京的同志求助查找原始出处不着，才向杨老讨教的。姑娘直率地表述，说她那里有蒋经国和宋美龄关于宋庆龄去世后的来往信件材料，似乎与"谈话记录"的说法不一样。她主动表示明天就通过邮箱发过来供我参考。我喜上心头，原来是一位年轻的研究工作者，还是个热心人。失敬了！临走时他们放下一套厚厚的上、下两册盛永华主编的《宋庆龄年谱》。两位客人没表示，我在雾里，闹不清书是杨老送的，还是姑娘送的。临出门仍未通报姓名，真有点神秘。第二天邮箱发来的文件字小看不清，很快快递送来了大字的复印件。热情、高效率，给我留下好印象。通过邮件交往，才知道了这位姑娘（不是姑娘，是女士）的姓名和工作单位。原来是杨老的主意，要介绍她与我认识，人带来了，却忘了介绍。

赠我的这套书，真是雪中送炭了。我加紧阅读起来，惊喜地发现这套书里记载有不少妈妈的材料，很多事情我或者知道大概，或者从未听说过。很快多了一个想法，增加一个栏目："宋庆龄、邹韬奋、沈粹缜往来编年"。集中这些材料，扩大了信件以外，宋、沈交往的内容，为想了解我母亲的亲朋好友，提供一份丰富真实的史料。

定　位

　　妈妈是一位优秀的配角。在爸爸身边是这样,在宋庆龄身边也是这样,有的事是非她莫属的。原来知之笼统的事,有了细节的补充,人物、事件不再平面,而是活跃在纸上,立体、真实、可信。宋庆龄和妈妈所以成为挚友,更有据可依了。

姐妹情谊

　　妈妈比宋庆龄小八岁,又是宋的属下,宋平易近人,从不以领导者自居,一直尊称妈妈为"沈大姐""亲爱的沈大姐""最亲爱的沈大姐",还说:"我们是老姐妹了,你有什么困难只管和我说。"摘一个小细节。上世纪 60 年代,宋庆龄去东北考察,多人陪同,妈妈也是陪同者之一。每逢住宿客房不够分配时,宋总邀妈妈住到她的套间去。有一晚,妈妈腹部气胀不适,宋没请人找医生,自己坐到床边,轻轻地为妈妈按揉。一幅多么感人的景象。这份亲密的情、厚厚的爱,一直延续到生命的最后。宋庆龄病重期间,妈妈留在北京,经常陪伴左右,倾听和传递宋庆龄对异国他乡亲人的思念,安抚高烧带给患者的痛苦,转达高层领导对宋的关怀。那时妈妈已经八旬高龄,她一心一意,不辞辛劳,奔波在京沪两地,为实现宋庆龄的嘱托而忙碌着。

伟　人

　　宋庆龄,在逆境中奋斗一生,为国家,为人民,为崇高的理想事业奉献一切。她的著作,国内外专家、友人写的传记、纪念文,大量的图片,是我国现代革命史上的重要文献,永载史册,供后人学习、研究、传承,多么珍贵的精神财富啊!她,属于全人类!

关于妈妈

　　她的生平中也有可圈可点的亮点。妈妈走了 16 年,我没有留下缅怀只字,心存歉疚,借这次机会写一点她的可亲可敬的经历,保存一点文字资料备后人查考。

　　周恩来在抗战胜利的欢呼声中写给妈妈的慰问信里真情地论述了她。

　　1945 年 9 月 12 日,周恩来《致邹韬奋夫人沈粹缜的慰问信》里这样写道:

"粹缜先生：在抗战胜利的欢呼声中，想起毕生为民族的自由解放而奋斗的韬奋先生已经不能和我们同享欢喜，我们不能不感到无限的痛苦。您所感到的痛苦自然是更加深切的了。我们知道，韬奋先生生前尽瘁国事，不治生产，由于您的协助和鼓励，才使他能够无所顾虑地为他的事业而努力。现在，他一生光辉的努力已经开始获得报偿了。在他的笔底，培育了中国人民的觉醒和团结，促成了现在中国人民的胜利。……"

事实真是这样的。爸爸离不开妈妈。她是我们全家的保护神。在当年，进步文化人群里，他们的恩爱是公认的。

颠簸的家庭生活

爸爸是全家的主心骨，他的性格是多侧面的，在紧张工作时，通过他的事业竭诚为广大读者服务；同时，他对敌对势力决不妥协。

他不畏强暴。他在原则问题上可是个硬汉，绝不屈服。国民党用图书杂志原稿审查制度限制和扼杀进步文化；用无理的查禁来迫害生活书店；用封店、捕人等法西斯手段摧残生活书店；用造谣、诬蔑、威胁、吞并的手段企图消灭生活书店。韬奋表面上仍到国民参政会会场拍照、报到，仍旧像往常一样，照章办手续，参加即将召开的第二届国民参政会，实际上他已拟好辞职书，准备出走前交沈钧儒转递，送交大会，以示抗议国民党对生活书店、对进步文化的残酷迫害。他另有准备，秘密出走，另辟战场。蒋介石得悉韬奋出走，大怒，立嘱王世杰用参政会主席团名义，电广西桂林李济深："务必劝邹回渝。"电报3月5日下午到，韬奋已于当日下午二时和张友渔、韩幽桐夫妇同机飞抵香港，相隔约一二小时。李济深回电："邹已经走了。"如果晚走一天，或迟一个航班，韬奋会被特务扣留押回重庆。

爸爸在紧张工作之余也有活泼的一面。上世纪30年代，办《生活》周刊时期，逢周日，他会去电影院看一场歌舞片或者喜剧片。卓别林的《大独裁者》他不仅看了，还在之后的某个场合，仿效卓别林，表演一番，引起大家的欢笑。生活方面他更像一个大孩子，全部靠妈妈。妈妈会理家。每月交回工资，妈妈先按用途一个个信封装好，计划使用。会烹调。记得80年代，为筹建中国韬奋基金会，大哥嫂、二哥嫂，带我五人，在北京去拜访邓颖超邓妈妈，谈话间，邓妈妈忽然转脸对着我，一口纯正的北京话，说："小妹，你知道吗，你妈妈烧的红烧肉真好吃！"就这一句话，有多少潜台词啊！在重庆我们家里？怎么约见的？

有哪些人参加？那可是国统区，特务跟踪是寻常事，随时要保持高度警惕，如此等等。这句话我记了几十年。可惜以后没有机会见到邓妈妈，潜台词的答案追寻不到了。

1941年2月下旬，爸爸出走重庆到香港。香港的政治环境不那么压抑，宽松多了，他在工作之余会缠着妈妈学交谊舞，学在床上做保健操，开初妈妈不肯，爸爸说了，要身体好两个人都要好。这些事我至今还有印象。在爸妈的卧室里，桌上有两本英文版的学交谊舞和床上运动的书，书里有走舞步、床上运动的图画。可见他的乐观、活跃、幽默。

爸爸脱险了。重庆，国民党特务加紧了对妈妈的跟踪、盯梢。特务接二连三地闯进家门，盯着问，要妈妈劝爸爸回重庆。妈妈回应，他到哪里去我都不知道，到哪里去劝。特务又说：邹先生走了，希望邹夫人不要走。答：我没有打算走。问：那你为什么经常跑拍卖行卖东西？原来特务是有备而来的。妈妈答：邹先生走没有留下什么钱，家里三个孩子要吃饭，不卖东西日子怎么过。特务有点卖弄：听说邹先生已经到了桂林，住在什么地方，有哪些熟朋友？蠢材！主动给妈妈传递消息来了。妈妈从特务口里知道爸爸到了桂林，心中一定。她回答：我没有得到他什么消息，没有办法回答你的问题。特务什么口风没有套出来，灰灰地走了。

妈妈对付特务自有办法，胸有成竹。

爸爸一走，妈妈就开始走拍卖行，陪同她一起的是我们的房东太太，也姓邹，我们称她"邹伯母"。平时两人相处如知己。她的小女儿四五岁，乖巧漂亮，妈妈喜欢，认了干亲，孩子嘴甜，人前人后，"干妈""干妈"叫得欢。邹伯母是个仗义的人。她知道我们这家房客的底细，还是愿意租房给我们就是一例。她的儿子邹承鲁（1923—2006），是著名的生物化学家，中国科学院资深院士，第三世界科学院院士；女儿邹承颐，长期定居美国，至今，每次回国探亲我们都会见面、叙旧。七八十岁的高龄，叫起"干姐姐""干姐姐"还是那么亲热。我正缺个妹妹呢！当年，每次妈妈去拍卖行，邹伯母是仅有的陪同者，多少有点打掩护的意思。

我们住的房子叫"衡舍"，是一个大院子，两幢楼，前楼面积大，两层楼，中式大屋顶，住家是国民党CC派的头目之一陈果夫，记忆中是个结核病患者，精瘦，身穿长衫像挂在衣架上似的，经常手捧一个小痰盂，在楼房边的走廊上走动；后楼如一般小平房，多一层就是。我们家租在底楼，一间，十二平方米左右,每天上学、外出,过前楼是必经之路。如果妈妈一个人进出特别显眼,吸引特务的眼球,不安全,有邹伯母同行,可以分散特务的视线,让他们放松警惕。

妈妈就是在邹伯母的陪伴下,一点一点把家里的细软换成纸币。家成了一个空壳子,特务闯到家里,看房里摆设一切依旧,家具、日常用品都在,不像要走的样子。太自以为是了。他们没有想到妈妈"道高一丈",早筹划联络好了。一天早晨,我和二哥照常上学,大哥住校没回家,突然警报响了,大哥接到妈妈的电话,立即离校,我和二哥同样走出小学,趁躲警报,避开特务的视线,三个人朝指定的地方聚拢到一起,和妈妈登上约定的运输公司的卡车,逃出虎口,朝着爸爸的方向蜿蜒潜行。生活书店的干部曹吾(后改名曹辛之)与我们一路同行。特务们也躲警报,只是他们的目的地是防空洞,就这么失职了。

现在想想够胆大的,竟敢明目张胆生活在特务头目的眼皮底下。双方斗智斗勇,各有招数,胜败看结果了。特务们人多势力大,后台硬,本想缠住妈妈当人质,再招回爸爸,继续迫害生活书店这个进步文化堡垒,拔掉韬奋这个"异己分子"。结果不仅"主要人质"没看守住,连三个孩子也跟着保护神一起团聚去了。

沿路艰险,公路是山路,不时可以看到滚落山谷的车子。我们,妈妈带着三个未成年的儿女,脱离险境。这事发生在 1941 年三四月间。

1941 年 12 月 8 日清晨,日本偷袭珍珠港,太平洋战争爆发。日本飞机的炸弹尖嚣的轰鸣声此起彼伏。

上午,廖承志召开紧急会议,工委、文化界、新闻界的朋友都参加了。会议分析形势,商讨应急措施,并立即派人与东江纵队联系,以便疏散大批进步文化人。会上决定《华商报》12 月 12 日停刊,《大众生活》则在 12 月 6 日的新版30 号之后就不再出版。

同日,周恩来两次急电香港廖承志、潘汉年、刘少文,指示中提到宋庆龄、何香凝及柳亚子、邹韬奋、梁漱溟,应派人帮助他们离港。同日,港九轮渡下午起就不渡九龙的乘客到香港了。原住在九龙的人怎么办? 韬奋的目标特别大。于毅夫已经告诉他了,党决定今晚一定要把韬奋全家送过海去。

傍晚,韬奋携全家与《华商报》采访部主任陆浮等由九龙乘小渔轮渡海至香港。刚建立的新家不到一年,又被战争摧毁洗劫一空。

茅盾的回忆文中叙述:"(12 月 9 日)中午时分,邹韬奋来了。他们全家刚从九龙逃到香港,朋友们已为他找到了临时避难所,但只是空荡荡两间大屋子,什么也没有,连一口开水也弄不到。"

1942年1月上旬,在廖承志、连贯、刘少文、夏衍等的周密安排下,八路军驻港办事处机要员潘柱几经周折找到张友渔、徐伯昕,进而找到一批民主人士、文化人。其时,韬奋已六易其居。潘柱在香港铜锣湾的一个贫民窟里找到韬奋。韬奋听说很快就能把他和茅盾等送出香港,激动而慎重地表示:"应付这样的局面,我是毫无经验,你们要我怎么做我就怎么做。"潘柱提出为安全考虑,爸爸只能一人先走,妈妈、三个孩子同行目标太大。

很多年后,不止一次,我亲耳听妈妈接受记者采访,说到那次分离,她总是哽咽、流泪。原来那是爹妈两人一次单独的对话。房间里只有他们俩,窗外还响着枪炮声,爸爸含泪跪下了,握着妈妈的手说:今后我们能见面最好,不能见,你要带好三个孩子,有困难找共产党。看到妈妈流泪,我还体会不到她为什么会那样伤心。多少年过去,1997年,妈妈离开我们兄妹,走了。1999年又失去了二哥,亲身感受到那种撕心裂肺的痛楚,才体会到妈妈为什么会哽咽、流泪。战火中的分离,生死未卜,预见不到重逢的希望,那是生离死别啊!有朋友说爸爸坚强,弱点是性格中有伤感的元素。我的理解,再坚强的人,心里也有柔软的一块。那是人的本性。

1942年1月9日傍晚,爸爸向一位侍者换了一身唐装。当他看到茅盾夫人随茅盾一起上船,不胜惊异。茅盾写道:"他就想起自己的夫人和孩子们,低声说:'粹缜他们还是随后再走罢,孩子们怕吃不消;我都听从朋友们的意见。对于这件事,我一无经验。'"韬奋跟随茅盾等十多位同道友人,混杂在成万的难民中,由秘密交通员潘柱(以后又换了新的向导)带领,通过日军的几重检查岗哨与铁丝网架,翻越数个山头,历经磨难,一天走七十多里路,连续数天,于1月13日傍晚到达了宝安县白石龙的东江人民抗日游击队司令部驻地。

我们兄妹三人,在妈妈的庇护下,等待着接应。

在《秘密大营救》一书中,陈希贤《大鹏湾护航》的回忆文章中有一段:一月中旬,地方党组织把我们母子四人,由短枪队护送到西贡,交给护航队,再由护航队送到惠阳大队长处,下旬,转送到白石龙附近的阳台山区,我们奇迹般的和爸爸团聚了。

舍命护犊

这条路不好走啊，我们也是混杂在长长的难民群中！路过封锁线时，鬼子兵狰狞的贼眼，一下看到妈妈怀里抱着的两条毛毯，强盗一样伸手就抢劫过去，扔到成堆的衣物中。那是寒冬腊月，唯一能御寒的物品呀！怎么办？

刚过了封锁线，突然，妈妈一扫平时的温良贤淑，一个急转身，朝鬼子兵的方向疾走，迅雷不及掩耳，抓回了一条毯子。一去一回，瞬间，几秒钟、几分钟，为了保护三个孩子晚间不挨冻，她舍命护犊。保护孩子就是保护了爸爸，保卫了我们的家，保卫了在国统区黑暗统治下一块宣传正能量的阵地。伟大的母爱！英勇的母亲！等鬼子兵反应过来，我们混在难民群中早已经跑远了。

于伶在《邹韬奋同志在东江游击区》一文中这样写："韬奋全家在大草寮中欢聚团圆，大家为之欢庆，同时以沉重和深深的钦佩的心情，体味与分尝着邹师母从港战开始一百多个日夜，对韬公时时刻刻无法用语言描述得出的苦心怀念。"

阳台山

阳台山地势隐蔽，可防备日本侵略军和国民党顽固派的袭击。山上新建两座人字形大草寮，一座供起居住宿，一座供吃饭休息。我们和爸爸欢聚团圆就是在阳台山的"大草寮"里。那是生离死别、死而复生重逢的地方，欢乐之情随时会表现出来。一个大寮住有不止十对夫妻。平行两个草寮之间有一个粗大的树根，可以临时放放小件杂物或菜碗。

说起菜碗，我脑里忽然出现一个镜头。那时生活艰难，东江纵队想着办法改善这批文化人的生活。有一次，管伙食的同志宣布中午加餐红烧肉，每人一块。这真比现在的满汉全席更刺激。中午，大家围着树根，兴致高高地品尝美味。我无意间听到身边一位女士崔某轻轻柔柔地说：我还要一块瘦的。男士沈某皱着眉头，声音有点高，答：说好一人一块的。话是在众人面前说的，女士满脸泛红，马上含泪转过身去。唉，跟着逃难已经不易，她挺着肚子怀孕在身啊，就不能体贴好好说吗？七十多年过去了，那时我还小，说不出道理，只见她流泪我心里难过。奇特的现象，一句话竟在七十多年后在记忆搜索中出现在脑海。

在阳台山的两个多月，是我们家过得最幸福的日子。爸爸情绪高、活跃。

早晨醒来先做头部按摩,躺在统铺上做保健操,以后又把这套保健操传授给同寮的友人;有时带我们去小溪边捉虾摸小鱼;特别关心纵队的报纸,不止一次参观简陋的报社,建议把军办的《新百姓报》和《团结报》合并,改为《东江民报》,欣然挥笔书写了《东江民报》的报头;几次去报社,应要求写社论,受到欢迎。于伶文中:大家借替韬奋过生日为由,在一个春光之夜,围坐在山下一丘农田里,各人高举一碗又辣又甜的姜汤代酒,祝他健康长寿。有人鼓掌要寿星演讲。韬奋说:(大意)我邹韬奋是一个凡人,人生四十七,只想在苦的酸的辣的时代里干一点苦事业!后来偶然的机会,认识了潘汉年,我眼睛一亮!由于他,我跟胡愈之、鲁迅、宋庆龄、沈衡老等人多了来往,初步认识到要辣!再后来跟周恩来、董必武、王稼祥等几位的相处,我才认识我自己是太弱,太浅,太不够,太差了。

此时此刻,他享受着妻子、孩子亲密相聚的家庭温馨,享受着"二十年来,追随诸先进,努力民族解放,民主政治和进步文化事业"的生涯。

遗憾的是这样幸福的日子太短暂了。这样的全家福,亲密相聚,匆匆只有两个月多,却又要分离了。在如此阳光、自由的氛围中度日,这辈子也就仅此一次。

4月,形势变化,战事逼近,同宿的友人分别先后向内地撤移。周恩来得悉国民党下令通缉韬奋,立即电告连贯等,要求韬奋就地隐蔽,保证安全。蒋介石的通缉令是"就地惩办,格杀勿论"。他派出文化特务刘百闵到桂林等地进行活动。大队部领导齐集在一个国民党的破碉堡内,为我们全家和于伶等几个也要走的人饯行告别。妈妈护着儿女三人,心情沉重,由领队带着上路,辗转长途,最后坐上火车去了广西桂林。爸爸在地下党的安排下隐居到广东梅县江头村。那是个老革命地区,有地下党的联络点,反动派力量小,安全。

七八月间,周恩来派人转告韬奋:为了保证他的安全,使他能为革命继续发挥作用,建议韬奋前往苏北抗日根据地,还可以转赴延安。韬奋9月离开了江头村,11月到达苏中三分区。韬奋曾经回答过一位书店同仁的提问,说:"从武汉到重庆,直到我离开重庆到香港,其后,回到上海,转到解放区,我的一切工作和行动都是在恩来同志的指示下进行的。"

当地下党把妈妈从桂林接回上海与爸爸重逢时,爸爸已经重病在身。妈妈很快学会了打针,每天几次用棉签从爸爸鼻腔里捲出浓浓的排泄物。1944年7月24日清晨,爸爸已经说不出话,我和大哥也在病床边,一直照顾爸爸的几位生活书店同仁,都默默而沉重地等待着那残酷的时刻,只有妈妈含泪,发出轻轻的抽泣声,问曾耀仲医师:"还有什么办法吗?"爸爸从来是妈妈的精神支柱,相依相守,如今支柱即将倒下,妈妈再也经不起这样的打击了。她一直沉浸在悲伤痛苦中。

在徐伯昕的遗物中有半张纸,记录着爸爸病危前口述的一些话,其中讲到妈妈,有这样的记载:"夫人沈粹缜与先生结婚二十余年,情感弥笃,先生常谓彼一生之成就,一半有夫人的贡献。"妈妈,听到爸爸的话了吗?"常谓",是不止一次地向友人诉说的意思。他在病床上还恋着你,感激你。你们一定会在天堂再牵手的!

不能再写韬奋的事,要跑题了。本书主要是反映宋庆龄和妈妈沈粹缜近半个世纪的情谊啊。

我把收拢不尽的思维转到正题上来,同时希望保留上述这段离题的记忆。它出自一位高龄老人,要求她再梳理回忆一遍,真的很难了。虽说跑题,终究不是一点关联都没有。宋庆龄、邹韬奋、沈粹缜三人,在不同的时期,相互间都有不同内容的来往,都值得书写成为史料。保留比删除更有价值。

1945年5月,妈妈患乳腺癌住院动大手术,以后隐居在敌伪统治下的上海。8月,抗日战争胜利。11月,宋庆龄从重庆返回上海。她很快知道妈妈那几年的颠簸和不幸。宋庆龄自己受特务监视,行动不自由,就派李姐来探望。有一次她派车接妈妈到她家去吃饭,她轻声慢语安慰:"邹先生去世了,你不能太悲伤,身体要紧。邹先生的文章代表人民讲话。在蒋介石的黑暗统治下,为进步青年指明了出路。他用他的笔做了很多好事。你有机会也要到社会上去做事,你能做的。"她的真诚和体贴给妈妈以温暖和力量。

1946年6月蒋介石撕毁停战协定,发动全面内战。上海白色恐怖日益加剧。1947年5月,我和母亲随同生活书店徐伯昕、胡耐秋等转移香港,在筹备中的韬奋图书馆的大量图书也运往香港,胡耐秋、妈妈和我三人,继续在香港开始整理图书、登记图书的日常工作。1948年底,地下党潘汉年、连贯等授意一位我们熟悉的朋友王健,护送李公朴夫人张曼筠、女儿张国男、儿子李国友、萨空了的女儿萨苦茶、萨苦茶姐妹俩,我和母亲,还有张冲的女儿张潜这批家属同船去解放区。

在船上还真发生了一场有惊无险的小插曲。

王健任务在身,警觉地发现一个陌生人,手里的一张纸上写着"马叙伦、李公朴"几个字样。他很快示意把我们从甲板带到船舱去。有两个女警察在检查李伯母的行李,查出一个空镜框,从框后查出一张李伯伯的底片,周围空气顿时紧张起来,那陌生人不就是要找李公朴的家属吗！女警察问李伯母：底片上的大胡子是谁？李伯母答：是我公公。警察居然没有觉出问题。她们想不到面前的中年妇女就是底片上大胡子的妻子,想当然相信了"公公"是中年妇女的长辈,没有多追究。也许那时香港还属英国人管辖,警察对进步人士或共产党不那么对立,不如国民党反动派那么仇恨。

船到天津,我和妈妈被新的联系人接走去了北平,在我大姑母家落脚。原计划要去石家庄或张家口,北平城外炮声响,不能走了,和北平城老百姓一起见证解放,迎接解放,翻天覆地的大解放。我们的家从此也结束了颠沛流离、妻离子散、担惊受怕的生活。很快,离别了七八年的二哥,从延安到北平,找到了妈妈和我。大哥也有了音讯,1948年与二十多位优秀青年为国去苏联深造。多年分离的牵挂、思念不再飘缈,新生活开始了。

1949年1月,北平解放。大约6月间,妈妈被约请到中南海参加第一届全国政协的筹备工作。9月下旬,政协开幕那天,罗叔章和妈妈在中南海迎接宋庆龄,陪同她到怀仁堂签名报到。这次惊喜的重逢,改变了妈妈的后半生。宋庆龄开完政协会,约请妈妈和她同行回上海,担任中国福利会托儿所所长。从此,妈妈在宋庆龄的领导下,从事业到生活,亲密接触数十载,成为挚友。宋庆龄是妈妈的引路人,而妈妈应该第二次被评为优秀的配角,少不了的配角。爸爸有一文中说(大意)：一个人最幸福,是大家都需要你,少不了你的时候。

本书除了收入宋、沈二位近百封来往信件(宋九十多封,沈十多封),还有支持单位提供的二三十帧珍贵图片,"宋庆龄、邹韬奋、沈粹缜往来编年"集中《宋庆龄年谱》里数十条的有关条目,这些条目突破了信件的局限,扩展了信件以外两人交往的内容,归纳这三个版块为一体编成集。本书受编者能力精力限制,有关的书籍来不及阅读,肯定有欠缺,有遗漏。可欣慰的是宋、沈二位的信都是真迹,弥足珍贵。

2014年2月

(原载《别样的家书——宋庆龄、沈粹缜往来书信集》,上海人民出版社2015年1月版)

情未了

着手编这本书，起始于 2012 年 4 月份。当时的情绪经常处在兴奋状态，每天都在阅读中发现我过去不知道的新材料，它们丰富和扩大了本书主人公宋庆龄和沈粹缜数十年亲密交往的内容。书稿每天都有进展，真像红旗飘飘，完工有望。天有不测风云，人有旦夕祸福。我不自觉地超负荷工作，忽视了自身疾病的养护，引发心脏病急性发作，胸闷、胸痛，水肿从脚背升至膝盖，呼吸困难。6 月 20 日急诊我住进了医院，医生可能看我高龄还报了病危。真到这份上，心态倒坦然了、平静了，生死命运一切交托给医生主宰。一住就是 68 天，8 月 28 日终于出院了。医院的出院小结上，治疗结果两个字：好转。时过三个多月，我又腰病突发，剧痛，不能站立，封闭治疗后至今见好，止痛后能走动，不过仍在医院。躺在病床上，唯一定不下的是那本未完成的书稿，思绪依然围绕着它，久萦脑际……总之，停不下来。

我因脑力退化，决定改变单独操作编书，向好友吉晓蓉求助。

为什么？ 情未了！

宋庆龄和妈妈的通信，她们之间那化不开的浓情，感染着我，激起我对她们二位深深的敬意和怀念。为什么有这样浓厚亲密的友情？ 思来想去，不能不追溯到 20 世纪 30 年代。在黑暗的旧中国，1932 年底，宋庆龄以她坚定的政治抱负和崇高的威望，与蔡元培、杨杏佛等人，发起成立了进步团体——中国民权保障同盟。宋庆龄与邹韬奋的战斗友谊在先，才有了以后和沈粹缜之间绵延几十年的亲密友谊。

（一）

舞 台

在胡愈之介绍韬奋结识宋庆龄之前，胡对韬奋最初的印象，是"一个平常的知识青年""天真而热情""对一般问题的了解不够深刻",只是以自己主办的《生活》周刊杂志为阵地,联络大众,沟通社情国情,传达忧国忧民之声,宣传救国救民主张。他关注社会各个角落,注视各阶层的动态,力主抗日,反对妥协,为民呼吁,抨击时弊,探索国家的出路。他个人,则是游离于任何社会团体组织之外。他的政治视野和活动范围是有限的。

宋庆龄慧眼识韬奋,是她引领韬奋走入目标鲜明的进步政治团体——民权保障同盟,并以团体组织身份亮相社会。这是韬奋有生以来,第一次参加有组织的社会团体。

1933年1月17日下午4时,中国民权保障同盟上海分会在亚尔培路(今陕西南路)中央研究院召开成立大会,会议选举宋庆龄、蔡元培、杨杏佛、林语堂、伊罗生、邹韬奋、陈彬龢、胡愈之、鲁迅九人为中国民权保障同盟上海执行委员。

中国民权保障同盟的宗旨在于营救一切爱国的革命的政治犯,争取人民的言论、出版、集会、结社等自由,主席由发起者宋庆龄担任,副主席为蔡元培。韬奋第一次有了归属感:他不再是一个人战斗,他身后有了以宋庆龄为旗帜和灯塔的团体作坚强后盾。他登上了比杂志社广阔得多的政治舞台。他与同盟的全体成员在同一战线忠诚合作、携手战斗。韬奋和众人万万没有想到,宋庆龄这面旗帜和灯塔,还有一个秘密身份,那就是共产国际的代表。

崇信孙中山"民族、民权、民生"三民主义的邹韬奋,从此如虎添翼!

1932年发生的"一·二八"事变,邹韬奋就曾提出"必须有一个刻苦牺牲,以赤心忠胆为大多数民众拼命奋斗与实事求是的集团",这个集团就是能自愿吃苦的集团,"和夺得政权便一人成仙,鸡犬登天,不但自己纵奢极欲,还带着亲戚和党搜刮民脂民膏以自肥的集团,当然不同"。这年5月,为呼吁一致抗日,邹韬奋与史量才等知名人士曾发起组织过"废止内战大同盟",想为救国寻出一条生路。他一心想"利用这种空前的患难,唤醒我们垂死的民族灵魂,携手迈进,前仆后继,拯救我们的国族,复兴我们的国族"。作为战地记者,他写了多篇《血战抗日记》,并发起创办《生活日报》。邹韬奋称自己原是一个情急的人,"从前有事往往急得坐立不安,一夜睡不着。最近在惊风骇浪中生活,却处之坦然,心神镇定,老友新生大以为异",邹韬奋说,"这不难,生在这样含垢忍辱的中国,满目凄凉,过活原是不得已的事,至多奉上一条生得不耐烦的命,有什么大不了的事?"邹韬奋舆论表达的人生态度被人赏识,一经胡愈之引荐,他就成为中国民权保障同盟的核心成员。

提　升

在韬奋没有与中共组织正式联系之前,和宋庆龄这位伟大女性的交往,不仅拓宽了他的政治视野,而且提升了他的思想境界。1932 年,韬奋著文已认识到"中华民族有出路,我们才有出路";救国事业"不是靠着几个个人的修养便可解决",而"严密的组织,精密的理论,准确的信仰,具体的策略,纪律的行动,都是修养或造成革命力量的要素,因为必须有了这种种才能发生出革命的力量来","有力量的组织不是从天上掉下来的",而是"由人造出来的"。韬奋当时关于革命组织的特征、作用这段论述,只是他的初步认识。1933 年初他参加中国民权保障同盟,被选为执行委员,参与了一系列活动之后,开始有了在组织内践行的机会,并有了感性的体悟。他特别赞成同盟的《宣言》:"民权之获得保障,决不是出于统治者的恩赐,乃全由民众努力奋斗争取得来的。"他坚信担任同盟主席的宋庆龄,以她的阅历和身份,能以此组织号召"民众努力奋斗"。

1933 年 1 月 21 日,镇江《江声日报》经理兼主笔刘煜生被江苏省政府顾祝同枪决。只因他在文章中描写了社会生活之状况,当地政府指责他"以一区区报馆主笔竟敢与一国君主谈论同事",认定他有"共产嫌疑"。

2 月 1 日宋庆龄、蔡元培等和韬奋以民权保障同盟临时中央执行委员会的名义举行记者招待会,要求新闻界发表宣言,敦促南京政府严办顾祝同。宋庆龄义正辞严,即席发言,她号召上海报界领导全国新闻界罢工一日,以示坚决抗议。这次行动,不仅显示了团体的力量,也使韬奋看到了宋庆龄主持正义的胆量和魄力:要知道,她面对的南京政府领导人,正是她的亲妹夫蒋介石!时隔两三天,2 月 4 日,韬奋即以同盟执行委员的名义,就此事在《生活》周刊发表文章,题为《江声报经理刘煜生被枪决案》。文中指出:该案"是非所在,不仅是刘君一人的冤死问题,也不仅是《江声报》一个报馆的存亡问题,也不仅是新闻界的言论自由问题,是和中山先生所揭橥的'民权'问题有直接的联系"。指责国民党当局侈言"起草宪法",但"有法不能行",强烈要求对刘案"彻底根究以昭示于全国民众"。

这年,韬奋的社会活动大都是有组织的。5 月他与蔡元培、杨杏佛、胡愈之、洪深等 38 位文化界人士一起(其中大部分是同盟的成员),就丁玲、潘梓年被捕事件联名致电南京行政院长汪精卫等,呼吁给予释放或移交法院从宽处理。此后,韬奋与文化界著名人士的联系,早已不限于报刊稿件和通讯信件的往来,他与志同道合的"诸先进"们已结合成了一个爱国群体。

抗日爱国运动风起云涌。1936 年 11 月 23 日凌晨,七位各界救国会领袖在日本军国主义施压下,被国民党当局非法逮捕。这就是震惊中外的"七君子事件"。被捕的沈钧儒、章乃器、李公朴、沙千里、王造时、邹韬奋、史良七人,都是各界救国会的领袖人物。他们被关押在江苏高等法院苏州看守分所。

在七君子被捕的第四天,宋庆龄就对报界发表严正声明,反对违法逮捕爱国领袖,并警告幕后指使的"日本军阀当心","全中国人民是不饶他们的"。她大义凛然,气贯长虹,全国人民为之振奋、肃然起敬。宋庆龄不仅在口头上,而且付诸行动,发起"爱国入狱运动",提出"如爱国有罪,愿同沈等同受处罚;如爱国无罪,则与他们同享自由"。

1937 年 7 月 5 日,宋庆龄率领救国会一行 12 人,避开上海警宪耳目,亲赴苏州江苏高院自请入狱。宋庆龄质问高院院长:"救国有罪无罪? 如果无罪应把七位救国会领袖立即释放;如果有罪,则把我们一起关押起来。"宋庆龄是在向南京政府逼宫啊! 正是这天下午,妈妈沈粹缜和李公朴夫人张曼筠得知消息,特地买了水果、点心、蚊香等物品,亲去高院会客室慰问。作为家属,妈妈目睹宋庆龄营救七君子,为爱国,争自由,感佩不止。第二天,七君子致函宋庆龄表示感谢。国民党政府终于在 1937 年 7 月 31 日同意交保释放七君子。宋庆龄充满公理、正义、智慧和勇气的光辉,给予人民的是信心和力量。

战　友

"七君子"事件之后,韬奋用他犀利的笔,成为宋的亲密战友。"八一三"淞沪战争开始后,无论在上海、在武汉、在重庆,还是在香港,他都和其他救国会骨干成员一样,为"不做亡国奴",跟随着宋庆龄的脚步奋斗。他已经明确认识到,"个人没有胜利,只有民族解放是真正的胜利",而"形成民族统一战线,实现团结御侮的局面""有待于更艰苦、更忍耐的努力奋斗"。

1938 年 2 月,韬奋在中共秘密党员张仲实的引领下,第一次在武汉面见了周恩来,真正具体接触到了中国共产党这一主张抗战救国的政治组织,同时与宋保持着战友关系。周恩来和胡愈之一直是宋庆龄和韬奋两人共同的战友。

由宋庆龄创办的《保卫中国同盟新闻通讯》英文版是向全世界报告中国反日战况的一本新闻刊物,由爱泼斯坦负责编辑,与韬奋创办并主编的《抗战》三日刊和《全民抗战》《大众生活》香港版等刊物战斗在同一条战线上。宋庆龄

1933 年就是远东反帝反战同盟中国分会的主席。1938 年在香港,民权保障同盟更名为"保卫中国同盟"后,宋又出任世界反法西斯委员会的副主席。她的政治活动舞台扩展到全世界。1941 年初皖南事变爆发后,韬奋的事业遭到国民党的严重摧残,他愤而出走至香港,为参加筹办《华商报》、创办《大众生活》新版而奔忙。宋庆龄有了干将,即委任韬奋与金仲华负责编辑《保卫中国同盟新闻通讯》中文版。宋庆龄还在香港寓所设宴招待韬奋等人。保卫中国同盟还拨款资助中文报纸《华商报》在香港创刊。宋庆龄又邀韬奋、金仲华、邓文钊等保盟的执行委员参加该报的编委会。宋为创刊号的题词表达了与韬奋同样的心声:"为坚持抗战作有力之后盾,为保持团结作有效之喉舌,为实现民主作正义之呼吁,为人民幸福作公正之申诉,给予侵略者以严重之打击。"

金仲华是韬奋创办的生活书店理事会的理事,是他长期合作的好友,《世界知识》的主编。他俩在香港真心实意地成为宋庆龄依靠的笔杆子,竭力实现宋庆龄为《华商报》题的办报宗旨。韬奋开始撰写《抗战以来》,在《华商报》上连载。他一共写了 77 篇,近 20 万字。这部纪实兼政论的作品,现在既是抗战新闻史上的一部重要珍贵史料,又是研究韬奋与宋庆龄政治上高度默契的一个有力佐证。

评 价

宋庆龄一直视韬奋和金仲华为自己"忠实、坚定的同志和同事"。

1944 年 7 月 24 日,韬奋因长期颠沛流离,在白色恐怖的压抑中,患恶症病逝于上海。那时,上海是沦陷区,日本特务得到情报,正在追踪韬奋。为保护遗体,灵柩用假名存放在殡仪馆。宋庆龄领头,72 人签名在重庆《新华日报》第一版,号召各党派、各阶层 10 月 1 日举行追悼韬奋大会。那是国共第二次合作时期,因为有理有利有节的舆论影响,国民党左派很多人士参加追悼会,有些反对派为装门面也来参加。当天共有八百余人出席。会场四壁,挂满了挽词挽联。宋庆龄的横幅"精诚爱国"四字挂在会场正当中。救国会的挽联是:"历二十余年文化斗争,卓识匡时,很早就提出民主政治;有数十万读者拥护,真诚爱国,永远站在大众立场。"这对挽联简要概括了韬奋追求真理、战斗的一生。宋四字横幅中的"精诚"二字,寓意深,用情真。至亲好友、爱国人士都能体会到宋庆龄评价的精神。

宋、邹之间仍然情未了。1949 年 7 月 24 日,宋庆龄参加上海市纪念邹韬奋逝世5周年纪念大会,并著文。宋庆龄在致词中赞扬:"韬奋先生是一位伟大的爱国者。一位英勇的人民战士。他的斗争历史,提供了革命知识分子所走道路的一个最光辉的榜样。"指出:"在我和韬奋先生几年工作接触的中间,他所发挥的革命知识分子的特点,一直受到大家的敬仰。他完全舍己为公,凡是人民革命的利益所在,总是竭尽全力以赴,对于任何反人民、反民主的恶势力,他绝不肯作丝毫的片刻的妥协。"强调:"韬奋先生的一支笔,曾经鼓动了中国无数万爱国民众走上争取民族解放与人民民主的道路。在反动势力不断的迫害下,他不幸牺牲了生命,然而他的不屈不挠的斗争精神,将永远活在每一个人的心里。千百万革命爱国人民踏着韬奋先生的道路,在中国共产党与毛主席正确领导之下,正在完成他遗下的任务。"1979年,韬奋逝世35年,宋庆龄又亲自为他题词:"韬奋同志舍己为公,用他的一支笔,为革命利益奋斗一生的精神,永远活在人们心里。"题词刊登在1979年7月24日《人民日报》上。她不忘安慰深深怀念韬奋的沈粹缜,致函"注意身体,并告以近况"。她主动邀请接纳妈妈进入她的儿童福利事业。当她委托妈妈做事的时候,常常要说的一句话是"你行的",来增强妈妈的自信心。

在宋庆龄生命的最后,她病危前的一个多月,她仍把对韬奋的敬重放在自己的心中。妈妈纪念文中写的一段韬奋纪念馆请宋为《韬奋手迹》书写题名之事。1981年1月,妈妈向宋提出此事,宋"欣然答应,但表示现在手有些抖,等好些时再写"。5月12日宋已病重,一早五点,天刚放晓,她叫来工作人员,说要做事,让人扶着,艰难地走到写字台前坐下,用颤抖的手,写下了"韬奋手迹"四个大字,还写了两张供选用。然后她才被扶着上床休息,说:"我现在放心了。"

这是宋庆龄为韬奋做的最后一件事。韬奋这本手迹封面的题字,凝结着他和母亲与宋庆龄几十年的深情。他由宋庆龄引向政治舞台,以笔战斗到最后一息;宋庆龄又用笔,为他的手迹画上了一个句号。不久,她自己也安息了。这是宋、邹两人最后一次心与心的呼应。

(二)

延　续

宋庆龄与妈妈姐妹深情友谊的发展,是来自宋庆龄对韬奋的培植,是宋与韬奋战友情的延续,是信仰诤友的延续,也是人格欣赏的延续。宋庆龄与妈妈在彼此心中的地位，是谁也替代不了的。

1944年7月爸爸韬奋的去世对妈妈是一个沉重的打击。原来幸福而艰辛的家散了。当时我二哥远在广西，遭遇湘桂战争，随着书店的同仁逃难；大哥由秘密党员徐雪寒带领去了根据地；家里就剩下了妈妈和我两人相依为命，跟着徐伯昕等同仁东躲西藏，隐居在上海西部荒凉的谨记桥。我和妈妈还去过无锡一个华姓地下党员的老家躲藏。1945年11月宋庆龄从重庆回到上海。她很快知道了我们那几年的颠簸和不幸。她自己行动不自由，却一次次地派李姐去看望妈妈。一次宋派车接妈妈到她家吃饭，她轻声细语劝慰妈妈，让她不要太悲伤，身体要紧，并鼓励妈妈有机会也要到社会上去做事。

1946年国民党又一次发动内战，在白色恐怖下上海的进步文化事业困难重重，我们跟随生活书店转移去了香港。与宋再见面是三年后1949年的开国大典之前。1949年6月，妈妈参加了全国政协第一届会议的筹备工作。9月21日，妈妈与罗叔章在中南海怀仁堂门口迎接宋庆龄，陪同她去签到处。这是一次惊喜的重逢。会议结束后，宋当面提出请妈妈与她同行回上海，参加中国福利会托儿所的工作。

这一"同行"，便是以后近半个世纪同行的开始。

在首届全国政协会上，宋庆龄当选为中华人民共和国中央人民政府副主席。随着宋社会角色的变化，妈妈也发生着变化。她从一个深居家中被宋关照的韬奋遗孀，转变为宋庆龄社会活动的一位陪伴者，一个如影随形的配角。宋庆龄使妈妈进入了社会角色，她的社会活动范围也从此扩大了。我在《感言》一文中说过，这改变了妈妈的后半生，成为妈妈人生一个新的起点。

1949年10月，宋庆龄返回上海时，罗叔章和妈妈与宋庆龄同行。中途，宋和罗去南京拜谒中山陵。孙中山遗言如犹在耳："革命尚未成功，同志仍须努力。"冥冥中，两位遗孀的心也在悄悄地靠近。

宋庆龄很喜欢上海，这里是她的出生地和小时读书之地，而且还是她父亲和母亲的长眠之地。妈妈是江苏人，曾专攻刺绣，并当过美术专科教师，居住生活在苏州。与韬奋结婚之后，很多年生活工作在上海。上海也是韬奋去世和安葬之地。1946年，韬奋遗体落葬在上海虹桥公墓，墓地建造两个墓穴，一是父亲的墓穴，一是妈妈的寿穴，两穴合葬。上海留给两位女性铭心刻骨的回忆，实在是太多了！由于宋的扶助举荐，妈妈走出家门，担任了中国福利会托儿所的所长。

凡　人

在有些世人看来,宋庆龄是伟人孙中山的遗孀,高不可攀的国母;妈妈是文化名人邹韬奋的遗孀,是我们家的"保护神",她对邹韬奋事业的协助和鼓励,受到国家领导人的尊敬。两人身上好像都罩着一层神秘。其实,她俩的另一面,世人却多有不知:她们也是凡人呀!平凡的女人,失去了另一半的孤独女人,一身都是病痛的高龄女人。只不过,她们都曾经美丽过、灿烂过、潇洒过、快乐过;进入人生晚年后,都有思念丈夫和子女的牵挂,经历过各种政治风波,受过多种磨难,她们也需要有倾诉烦恼的地方,有能相互抱团取暖的友人,有能无所不谈说悄悄话的闺密。在宋庆龄身边,不乏好友和助手,工作助手如金仲华,翻译如王安娜,生活助手如李燕娥,但既能下得厨房又能上得厅堂的,经常来往于宋身边,充任闺密角色的,恐怕我妈妈就是少有的一个了。

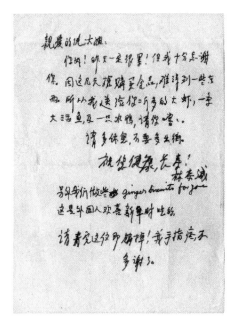

宋庆龄给沈粹缜的信

她们彼此送的日常小礼品,无论吃的还是用的,都很实用。今人看来,平常得微不足道,甚至会认为"拿不出手"。宋常差人送妈妈一些吃的,如几块姜饼,几只大虾,几个川橘,一条活鱼,以及她亲手做的妈妈爱吃的京葱牛肉烧豆腐。高级点的,是一块衣料,上海买不到而她能得到的一篮子洋菜,还有外国友人送的水果……我妈妈呢,几块月饼或圆形的大松糕,一盒肉饺或熏鱼,用来煮粥当药吃的一小袋米仁、百合和红枣,以及宋庆龄爱吃的洋点心柠檬派之类。这时,宋总不会忘记专门回封信感谢一句:"你送的柠檬派十分可口。"

生活中的一些琐碎、烦恼的事是不便托保姆和秘书去办的,再有宋的喜好,有时别人也不易细微体悟到。我妈妈的一些特长受到宋的青睐。宋庆龄年轻时,是闻名中外的美女;到了晚年,内心仍然有爱美之心。外出参加会议,在家接待外宾,下基层巡视,她都很注意自己穿着仪表。这时,她最近的参谋就是我妈妈。什么颜色质地的衣着相配协调、戴什么样的围巾增色、穿有跟鞋还是平底鞋……宋庆龄相信沈粹缜作为苏绣大师沈寿之后,当过美术高级教员、工艺美术方面的顾问,她的鉴赏眼光和品位很有参考价值。当然也有失算的时候。有一次,宋托妈妈为她买块布料,妈妈只考虑了宋的身份和出席的场合,大概买了块质地上好、颜色鲜亮的布料,宋庆龄很直率地写信对妈妈说:"你代买的布料,老实讲,我是不能穿的,因为太漂亮。"她所要的,竟然是土布!就是从前农村妇女穿的那种蓝印花布。很意外吧?那时正值"文革"期间,妈没有想那么多。那时崇尚黑色、灰色。两星期后,妈妈才好容易找到这种布买了送去。宋庆龄年轻时身材好,喜欢穿旗袍。年纪大了,发胖了,过去一些衣服就不能再穿,常托妈妈找手艺好信得过的裁缝帮她改。光旗袍就改过好几次。对于式样、接缝、针脚等,妈妈当过严师,蒙混不过去的。做这种事,很接近妈妈的专业——她是教刺绣的艺术科班出身嘛!

宋庆龄与孙中山唯一的孩子在大革命的战乱中流产了,接着又痛失心爱的伴侣!她与孙中山有过誓约,相守一辈子,所以一直单身。作为一个女人,她也渴望自己能体味母爱的释放。于是她义务抚养了警卫秘书隋学芳的两个女孩儿,从两岁多一直养到二十几岁。后来,一个当了演员,一个出国。其间,她的快乐总是与苦恼相伴。妈妈作为三个孩子的母亲,完全能体会母爱释放的乐趣。宋庆龄作为国家领导人,她的自由因身份受到限制,包括有些烦恼、痛苦是不能随便向人倾诉的。妈妈是她忠实的倾听对象,无论宋在信中或见面时怎样诉说她的痛苦和烦恼,如皮肤病导致脸肿,有红斑,不便见外国友人啊,两个女孩令人操心的青春期问题啊,她俩的缺少教养的弟弟妹妹和他们的生母如何闹事啊,保姆钟兴保生病,一时找不到合适的保姆等等,完全和常人一样,有时简直和普通的老太太一样,也反反复复、絮絮叨叨。她对妈妈说:"这些烦事可真多呀!"妈妈耐心地听她说,尽心尽力帮她想办法,力所能及时,总是搭一把手,帮宋去做一些不便亲自做的事。出面找女孩不听话的弟弟"劝说劝谈",帮着操办女孩的婚事,帮着处理家庭的收支开销,买花篮为她的友人祝寿等等。宋庆龄待她家的老保姆李姐亲如姐妹,李姐病重去世一些善后工作,妈妈也按照宋的嘱咐去办。李姐病时,宋庆龄很焦虑,为减轻李姐的病痛,托人购买进口药,托我妈"买点青菜和青橄榄给她泡茶用"等。宋关爱李姐,平等对待,细微之处真情毕露到家了!对我妈妈也是一份深情。宋总是对妈妈的身体"时刻放不下心来"，她说我妈妈"身边没有一个好人照顾"（我是个病孩，虽然在妈身边，几十年还是妈照顾我——编者注），总是劝妈妈住到她家里去养病，因为她的住处"每天有大夫来，房间又暖和"。爱屋及乌。宋庆龄又因妈妈关照着我，国事那么繁忙，还记得为我的病找医生，亲自拿药。我感谢成为爱满天下的宋庆龄直接关爱的一个，至今想起都感动和温暖。

对于宋庆龄和我妈妈之间的闺密之情，宋庆龄不止一次在信中写道："这么多年来，你一直是我亲密的朋友。经常在想念你。"就是在一个城市中，书信往来，她也是为"从片纸上飞寄我的友情"而感激。如果在家中接待外宾或友人聚会，妈妈有时因与她分处京沪两地没有去，宋就说："没有你在，觉得缺少什么似的。"妈妈也有回应，称宋妈是"几十年老姐妹"，说宋"一直像亲人一样关怀着我，那么真诚，那么周到，它时时温暖着我的心"。"我从来是把您当作自己人的。过去是这样，现在，将来也是这样。""您的盛情我永铭记在心间。"这是妈妈对宋掏心窝的话。她每次去宋寓所，都要事先打招呼说："千万不要准备饭，我们谈一下心就行。"一位记者感叹说："她俩认识不算太早，相知神交已久。"事实真是这样。

互诉衷肠

来往通信是她们互诉衷肠的重要形式。1950 年 7 月 5 日，宋在给罗叔章的信中这样写："在我健康方面，也较舒适，精神比较前愉快，并且在最近期间，我和沈大姐曾去看过电影两次及（参加）宴会两次，并不是单独去的，而是先由梅处长（梅达君）夫妇多方面布置才去，请您放心。我这两次的出游，精神上很觉愉快。"1980 年 2 月 4 日，宋邀请我妈到北京家中养病，说："我很过意不去，你身体不好还送春节礼品给我！我听到你旧病又发了，心里非常难过。""我希望你能到北京我家养病。每天有大夫来，房间又暖，不怕风大、下雪，这些都较医院好！……请你考虑一下，早些来这里休养。"宋庆龄关爱妈妈的心思，想得太周到、太超前了。1980 年 5 月 17 日，宋在给妈妈的信中有这样一段话："您一直在我心上。我希望您要当我是自己人，不要客气，要用钱请您拿我的用。原来我要交给您五千元留给你用的，但事繁，忘掉写清楚了。请现在取出5000 元自己用，今放在银行不要，没意思！我遗嘱上已写清楚了这件事。"此事距宋去世前一年。她这么早就作了这种安排，妈妈又感动又感激。妈妈现存的回信底稿说："孩子们一个都不用我负担，每月的工资足够我用了，……我从来是把您当作自己人的,过去是这样,现在、将来也是这样。您真诚关照的心意我完全心领了,您的盛情我永远铭记在心间。待必须时我一定请求帮助,绝不见外的。"宋去世后,妈妈把这笔钱捐给了上海宋庆龄基金会。

"文革"中,上海首先把三联书店打成"黑店",爸爸成了当然的"黑店大老板",三联同仁都成了黑店伙计,不少人受到冲击、折磨、批判,还有人以死抗争。妈妈处境也不好,但可能不是主要的批斗对象,没有受太大冲击,只是遭到不公正对待,被下放到里弄听公用电话,我两个哥哥的性质则已不属人民内部矛盾了。妈妈所受的歧视和屈辱不敢告诉宋,怕她担心。我想,她身居北京令人窒息的空气里,各种事件会让她推断出各种情况,有一封信中不是提到了"三个月失去了五位好同志和朋友"而感到难过吗,她也在为妈妈的安全担心,她自己有倾诉的需要,才发生《感言》一文我所提到的让我们搬到她父母的独幢老宅避风头一事。

从宋仅存的几封"文革"信函中,我们常见到宋相同心态的不同表达:"烦恼的事发生太多了","有别的事使我不愉快,但见面时讲吧","告诉你不愉快的消息","北京一些老朋友,都在准备下乡去","三个月失去了五位好同志和朋友,使我很难受","福利会的一位翻译蔡曼云,一年多没有消息了","不知什么缘故,她被关起来"。她的一位表妹倪吉贞遭毒打,被扫地出门,无处投诉跳楼自杀了,编《中国建设》的得力助手金仲华被迫害致死……她多次写信对我妈妈说"希望我能回家","准备回上海"。除了对局势的感受外,还"有些噜苏事,见面后讲你听吧!"1973年10月妈妈在北京301医院住院检查期间,宋庆龄想办法找她,"但未成功",可见想见面的急迫性。她在信中对妈妈讲:"什么事都写给你听听",因为"我们不是一般的朋友呀!不能经常在一起谈心,更使我难过"。

"文革"中一批信遵宋嘱"烧毁",从仅存的信中,"四人帮"垮台前后有两件事仍使我深思,令人印象深刻。一件是1976年初周恩来总理去世,在悼念活动中,宋遭到无谓的批评,忍无可忍,为了表示对"四人帮"恶行的抗议,她胸有成竹,准备辞去全国人大副委员长的职务。这件事表现了宋庆龄的清醒和勇气。往常她总是希望多看到妈妈的信,这时却反常地在信中说:"请不要回信了,越省力对你越好!"为什么?她没有预计到"四人帮"会垮台得那么迅速、那么彻底。再说那年连续发生的大事太多了!周、朱、毛先后去世,唐山发生大地震。人们还没来得及从惊恐和悲伤中缓过劲来,党中央果断、迅速地采取措施,"四人帮"倒台了!宋庆龄不需要采取公开的形式与恶势力抗争,而是与全国人民一起同庆"四人帮"的覆灭。另一件事,是 1979 年 8 月,在接见日本仁木富美子后,她写信给妈妈,说起日方友人谈起"和霸权主义奋斗"时,她提出"我们妇女现在多在学习张志新烈士的奋斗精神"。这的确是当时媒体宣传的一个热点,看来平常;但以宋庆龄的身份,能这样说出,是有反思历史勇气的。妈妈与她一定有心灵感应,只是她不会说出或写出来。

最后的使命

　　妈妈经历过两次撕心裂肺的诀别,一次是韬奋去世,另一次是宋庆龄病逝。

沈粹缜去北京拜会宋庆龄(1980 年 11 月 27 日)

　　1981 年 3 月以后,宋庆龄病重,妈妈一直守候在宋庆龄的寓所。

　　在宋两位秘书的记事本上,妈妈是探望宋庆龄频率最多的一个。5 月 15 日,宋庆龄病危,20 日,宋神智有时清醒,有时有表情。宋庆龄问身边工作人员:"我在什么地方? 在去厕所吗?""钥匙在哪里?"当她看到妈妈来到身边时,会清醒地问:"沈大姐你休息没休息?"21 日清晨,妈妈来到病榻前陪伴,无声的陪伴常常胜过有声的问候,宋睁开眼睛看到妈妈,断断续续清醒地对她说:"你休息了哦……一定要休息。"5 月 22 日宋病情有所好转,令人宽慰。终究病情太沉重了。

5月29日,妈妈后半生的亲密友人,相依相伴的宋庆龄,因白血病永远闭上了她美丽的双眼!

宋的骨灰由邓颖超领队送回上海,妈妈和其他友人同机前往。在飞机上,她的悲痛得到友人们的慰问,他们称妈妈是"孙夫人亲爱的朋友沈粹缜女士"。这是妈妈最后一次陪伴她的闺密同行了!在万国宋氏墓地(今宋庆龄陵园),妈妈参加了隆重的葬礼——她可以倾心相诉的好友永远地长眠在这里了……

1981年6月4日,葬礼结束,邓颖超带队从上海回到北京。由她起草了《执行宋庆龄同志遗嘱的办法(方案)》,6月10日报送胡耀邦,当天即批示"同意"。6月14日,时任中央组织部长的宋任穷也批示"我完全赞成"。为落实这个方案,成立了临时小组。临时小组由八人组成:邓颖超,全国政协主席;廖承志,全国人大副委员长;高登榜,中共中央办公厅副主任;汪志敏,国务院机关事务管理局副局长;李家炽,上海市机关事务管理局副局长;童小鹏,中央统战部副部长;杜述周,宋庆龄警卫秘书;沈粹缜,邹韬奋夫人、中国福利会秘书长。在"八人小组"第一次会议上,明确对北京、上海的宋庆龄寓所进行清理,北京由汪志敏主持,沈粹缜、李家炽、杜述周、张珏(宋庆龄的英文秘书)参加;上海由李家炽主持,沈粹缜、周和康、孙志远以及上海市委行政会计张媚娟参加。知道"八人小组"的工作和分工后,我清楚了妈妈这段重要时期生活的重要内容,这是她和宋庆龄近半个世纪相知相伴后最后一次为亲密友人宋庆龄服务了。北京、上海两地的清理小组都有妈妈参加,作为宋的挚友,是她的荣幸,我作为女儿,又觉得有点残酷。因为宋庆龄走了不到一个月,妈妈像失去亲人一样的悲痛远远没有淡去,睹物思人,只会加深她感情上的痛苦。

关于上海清理工作,周和康提供了详尽的记录。"寓所清理工作是从1981年的7月22日开始,一直到8月31日结束,历时1个月10天,每天早晨8时开始工作,12时吃午饭,所有清理工作人员,都在寓所小餐厅吃午饭,伙食由厨师唐江操办,费用每人分摊自理,由我经手办理结算。饭后休息1小时,一直到下午5时结束。"(周和康,原上海宋庆龄寓所管理员,工作26年之久,见证了宋庆龄在上海寓所内亲自布置的陈列原貌)凭我的直觉判断,周和康写的回忆文章,真实准确可信。妈妈参与和见证了宋庆龄收藏的很多重要文献,这是她应该感到幸运和幸福的事。当时天气闷热,妈妈什么也没有顾及,只是埋头实干,算算她有81岁高龄了。

正是清理宋庆龄的遗物,妈妈想到了宋庆龄生前写给她的九十多封书信,她在酝酿要把这些信捐献给国家。这些信函在今天已成为珍贵的国家文物。妈妈生前亲手把它们捐赠给北京宋庆龄故居了!

重新认识妈妈

本书编到现在,补充、集中、汇总妈妈的材料,我改变了对妈妈的看法。过去,家庭遭遇不幸时,妈妈是我们的"保护神",保护了三个孩子,保护了爸爸。1945年9月12日,周恩来给妈妈的《致邹韬奋夫人沈粹缜的慰问信》中这样写道:"我们知道,韬奋先生生前尽瘁国事,不治生产,由于您的协助和鼓励,才使他能够无所顾虑地为他的事业而努力。"

新中国成立以后,我们都投入到建设热潮,对妈妈除支持和鼓励她走出家庭进入社会,却也带有一点世俗的眼光,包括我自己,认为她是带着爸爸的"光环"在工作,本人没有多大能力。我自己也忌谈"光环"。似乎妈妈擅理家、会过日子是一个小女人的形象。事实上妈妈的"光环",从来没有为此谋求过任何私利,相反发挥了她特有的作用。

近百多封书信,二十多张照片,以及有关的文字记录,都证明妈妈的后半生为宋庆龄做了不少不为人知的事,做了不少宋庆龄想做而不便做的事。这些事,妈妈口紧,从来没有向外人张扬述说,书信(宋近90余封,妈妈近20封)这次全文披露,从1957年11月至1981年3月有二十多年的时间跨度,亲密感情的逐渐深入;二十多张照片,有新中国成立初期宋庆龄参观东北三省,在上海参观考察闵行地区电机厂、松江农村,参观国棉十七厂,接待外宾等社会活动,妈妈免不了是陪同者。宋庆龄生命的最后,从宋两位秘书的文字记录看,妈妈更是频频探望宋庆龄。有些记录没有"探望"两个字,却有事实的记录,如1981年4月14日,那天妈妈受委托在宋庆龄卧室传达邓小平等中央领导对宋庆龄待遇的最近指示:宋庆龄和何香凝是辛亥革命的两位老人,享受国家元首的待遇。(摘自英文秘书张珏的《张珏记事本》)又如,1981年5月17日,华国锋前去寓所探望宋庆龄。后,华国锋来到小客厅慰问医务人员,在与沈粹缜的谈话中说:"宋副委员长是1958年(应是1957年)向刘少奇同志提出入党的,后来告诉她留在党外好。以后她又提出过。这次接受她为名誉主席,我们宪法规定没有名誉主席,人大常委紧急决定她为名誉主席。"(摘自宋庆龄警卫秘书杜述周的《杜述周回忆材料》)再如,1981年5月22日、23日,廖承志接待了从国外回来探视慰问宋庆龄，孙中山、宋庆龄的后人孙穗英、孙穗华等。合影时，妈妈也受邀与经普椿同座，等等。这些活动都未在秘书的记录中呈现，没有注明"探望"字样。

最可贵的是，在宋庆龄病重的时候，妈妈陪伴左右，静静地倾听着宋庆龄的嘱咐。宋庆龄摆脱了一切繁文缛节、世间纷争，回归到童年："我想美龄了。"希望美龄"现在能来就好了"，又说"美龄假使能来，住在我这里不方便，可以住到钓鱼台去"。她请求妈妈帮她接待妹妹宋美龄，"早上接她来，晚上送她回去"。妈妈及时向邓颖超作了汇报，不久，接到回音，听说宋美龄不能回来探亲的消息，宋叹了口气说："太迟了！"宋庆龄所以将此事托付给妈妈，因为她知道妈妈认识宋美龄。抗战期间，在重庆，宋美龄倡导新生活运动妇女指导委员会，她聘请沈粹缜为顾问。现在的国人是很少有这种经历了。

跟随妈妈的足迹，我感到她和宋庆龄的关系越走越近了，她们的感情也越来越深了，从一般的亲切关心发展成为亲密挚友，相互都不可或缺，交往的内容既亲切，又带有神秘和私密性。

不少友人说，我妈妈一生当了两位名人的配角，一位是我的父亲邹韬奋，一位是孙中山夫人宋庆龄。当得都很称职，堪称"最佳"。妈妈去世后，她灵堂上两个大柱，挂着一幅对联：

上联是：

宋庆龄挚友同兴民族福利，宁静淡泊缔造未来献丹心

下联是：

邹韬奋伴侣共度风雨人生，茹苦含辛抚育儿女为人民

这副对联真实地评价了妈妈这位"最佳配角"一生对宋庆龄和邹韬奋的奉献。至今遗憾的是她离世近十七年，各种原因，既未能与父亲合葬，也未能被宋庆龄陵园中的"名人墓园"接纳，孤独地在烈士陵园墓的干部骨灰存放室。我曾去"名人墓园"祭扫过，那里有杜重远夫妇、金仲华、马相伯等，还有中福会的老顾问耿丽淑、中福会儿童剧院院长任德耀，都是妈妈生前的好友。我属马，今年是我的本命年，85 岁，我不知道能不能在我有生之年，看到妈妈入土为安。

2013 年 12 月于上海

（邹嘉骊口述，吉晓蓉、毛真好记录整理，原载《别样的家书——宋庆龄、沈粹缜往来书信集》，上海人民出版社 2015 年 1 月版）

《别样的家书》出版座谈会上的发言

邹嘉骊出席《别样的家书》出版座谈会(2015 年 1 月 27 日)

各位领导,各位同志:

今天是宋庆龄 122 周年诞辰日,我用了两年多时间编了《别样的家书——宋庆龄、沈粹缜往来书信集》这本书,去年年底出版了,这是对宋庆龄诞辰最真诚的缅怀。

编这本书我的心情一直处在兴奋、感动的状态下,因为阅读参考书的过程中,不断地发现宋庆龄和妈妈的新的史料,特别是宋庆龄给妈妈的 90 多封来信,以及妈妈给她的回信。这些材料极其珍贵,以前宋庆龄有信来,我是随手看,看过就过去了,没有认真思考。这次集中起来读,才深深体会到宋庆龄和妈妈的高尚与亲密的友谊。举一些例子。比如宋庆龄生活拮据的时候,要妈妈送点钱去,如何包装,如何托人,都有具体要求,事情办成了,宋庆龄会写一张正式的收条,平时她给妈妈写信都是用化名"林泰",而这张收条却是正正式式地落款"宋庆龄"。作为国家级的领导人,却照她亲密经办人的要求,写了一张正正式式的收条。这张收条也收在这本书里了,特别有趣的是,她是用绿颜色的墨水笔写的,我觉得这张收条特别有价值,它的价值体现了宋庆龄清澈透明的心灵。就是在这些生活细节上,看到她们交往的原则和亲密。这种高尚的情操,不是一朝一夕修养成的。它经常感动我、震动我,似乎做人就应该这样做。书里面类似的震动我的事例太多了。有一点小小的说明,有的钱,是国家特批补助宋庆龄的。再举一个例子,比如宋庆龄的英文秘书张珏同志的记事本上,有一段记录,在宋庆龄重病的时候,邓小平和中央的一些领导,做了一个决定,说参加过辛亥革命的元老,宋庆龄、何香凝两位享受国家元首的待遇,这个决定是妈妈在宋庆龄的卧室里向她宣读的。我真有点迷惑,这样重要的决定,怎么会是妈妈去宣读呢? 我总以为,妈妈服务宋庆龄,更多的是琐碎的小事,事实却不是这样。我写了一段"重新认识妈妈",她默默地为宋庆龄做了很多宋庆龄不能做或者不便做的事情。有人说,这本书从一个侧面较详细地反映了两位主人公不平凡的一生,资料性也很强。我认可这样的评价,我很羡慕她们这种又亲密又温暖的友谊。

在写妈妈生平的时候,她的前半生我是和她共同经历过的,我还能用文字表达出来,而她的后半生,我是在编这本书,看她们来往的信件、图片,还有一些有关的史料,才了解妈妈在宋庆龄身边所发挥的作用,是值得敬重的。

妈妈一生当了两位名人的配角,一位是我的父亲邹韬奋,一位是孙中山夫人宋庆龄,应该说当得都很称职,可以评得上最佳。

我应该感谢很多同志,在我的编后记里都一一留名了。有的帮我修理电脑,有的帮我寻找资料,有的提供图片,凡是我有要求,总是热情地帮助。再举两个例子,在编书过程中,我讨教了研究宋庆龄的专业人士沈海平、朱玖琳。给她们看了初稿,沈海平提了个建议,要写一篇大文章,我犹豫了,大文章写什么内容呢? 心里不太有底。又想,她是专业研究者,我记住了这个建议。当编到为什么宋庆龄这么厚爱沈粹缜,为回答这个问题,我追溯到 30 年代,宋庆龄与邹韬奋相识相知的过程,他们的战斗友谊在先。这不就是实现一篇大文章的建议了吗? 新中国成立后,宋庆龄和沈粹缜有了密切的交往,深化了她们的情谊,果然,形成了《情未了》这篇长文。而朱玖琳她只用了一个晚上就把我原来文章中不符合事实的地方做了修正。这都为书稿质量的提高发挥了作用。

最后当然应该感谢上海人民出版社，没有出版社的专业操作，这本书也是出不来的。在研究宋庆龄这个领域，我终究是一个新手，只是为研究者提供了一份比较丰富的史料，欢迎大家对这本书提出意见和建议。万一这本书可以再版，这些意见和建议都是很珍贵的。

谢谢大家。

2015 年 1 月 27 日

叙情篇

爸爸，你的理想实现了！

　　十年了，爸爸，我回想以往的一切，对比现在，更深切地怀念你。说来你是病死的，可是谁都知道没有国民党反动派的迫害，你不会过颠沛流离的生活，也就不会这样早离开我们。爸爸！是黑暗的反动统治夺去了你的生命！

　　十年了，你临离开我们的情景，仍是鲜明地在眼前：

　　在上海的上海医院一间病室里，除母亲低低的哭泣外，寂静无声。床边站着曾耀仲医师和几位同志。你瘦如枯柴的躯体躺在床上，神智还很清楚，胸脯却急促地掀动着，嘴颤颤地似有千言万语，但已无法叙出。妈妈给你一支笔，一个练习本，你用仅有的微力颤抖地写出了不成形的三个字：不要怕。我懂得你的意思，你不单教我们不要怕你的死，更重要的是不要怕敌人。爸爸，即使在那样的时候，你想着的还是别人，而不是自己。你的手脚开始冷了，妈妈哭泣着问曾医师是否还有办法挽救你的生命，曾医师沉重缓慢地摇了摇头。十年前的今天，你永远离开我们去了。

　　爸爸！五年前我们的国家从黑暗的腐朽的反动时代解放出来，成为劳动人民自己掌握政权的时代，并且开始建设我们自由幸福的国家。如今又公布了人民自己的宪法草案，将进一步建设更美好的未来。这是你生活的理想，斗争的目标。爸爸！你和先烈们的理想有的实现了，有的正在实现着，你和先烈们的血汗没有白流。

　　再可告慰于你的是我们兄妹几人和母亲在你的影响下走上了正确的人生道路：在党的长期亲切关怀和培养下，成长为无产阶级的先锋战士，或正向这个方向努力。

　　十年来，革命斗争虽然尖锐，建设事业虽然艰苦，我们工作得却是无比愉快！爸爸！你热爱人民，热爱祖国，如果你还活着，看到现在这样美好事业的蓬勃发展,你将以怎样的精力投入工作啊!

爸爸,放心吧! 全国人民在党的领导下,一定要为我们伟大的理想,争取进一步的胜利!

(原载 1954 年 7 月 24 日《北京日报》)

重读周恩来同志给我的慰问信

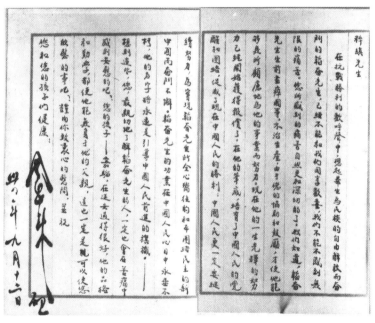

周恩来给沈粹缜的慰问信(1945 年 9 月 12 日)

重读周恩来同志给我的慰问信,按捺不住激动的心情,往事随着泪水涌上心头。

1940 年冬,在重庆。一天晚上,韬奋突然提出要带我去见一位"先生"。一会儿,果然有汽车来接我们,到了目的地,我才知道那是曾家岩 15 号,是八路军办事处。邓大姐在门口迎我们,进了屋,周恩来同志从里间出来。他目光炯炯,和我握手握得那么有力。平易亲切的问候,一下就把我开始有的一点局促解除了。仅仅是初次相识，几句简短的交谈，却给我留下了难忘的印象。这是一位可以完全信托的"先生"。周恩来同志和韬奋去里间谈话，邓大姐在外室一直陪着我。夜深了，我们才回到家。我对韬奋说："在这里，书店一个一个被查封，受国民党反动派的气，不如到延安去，那里自由，不担惊吓。"韬奋似乎早已成竹在胸，他说："延安是要去的，那是以后的事。现在党需要我在外面用这支笔讲话。"韬奋在事业上作了决策，我向来是顺从的。平时，韬奋提起周恩来同志，总是亲昵地称呼"恩来先生"。

韬奋依靠党，我依靠韬奋。有了他，再大的艰难，再大的困苦，我们都度过来了。每次重逢格外欣喜。但是最后一次重逢，却是辛酸而悲痛的。

1941年12月8日太平洋战争爆发。香港的一批文化战士，在东江游击队的接应下，陆续回到国统区。韬奋却不能归去。他在香港《华商报》上长篇连载，揭露国民党当局反共反民主，投降日本侵略者的种种黑幕，惹怒了他们。他们落井下石，发出了通缉密令，一旦发现韬奋，就要"就地惩办，格杀勿论"。在中共地下党组织的安排下，我带着三个孩子隐居在广西桂林郊区，韬奋隐居在广东梅县江头村。到我再次见到韬奋，那是1943年8月前后了。他已经在中共华中局的直接关怀下，从苏北根据地秘密返回上海，动过切除恶性肿瘤的手术了。他患的是中耳癌，以后扩散成脑癌。经过手术，他的脸形变了，整个轮廓有点歪。我看着被病痛折磨的韬奋，辛酸得落泪，他却安慰我说："这样更好，不会有人认识我了。"癌症无情地夺走了他的生命。1944年7月24日，韬奋离开他的亲人、他的人民、他的祖国，先走了。

韬奋走了，家也四散了，原有的家庭的欢乐和温暖也不存在了。他给予我的乐观、勇敢的精神也跟随他走了。我不知道该怎样活下去。孩子是我的安慰。可是二儿子嘉骝不在身边。湘桂战争后，生活书店的同志带着他逃难去了，音讯杳无；大儿子在身边，换了假名在学校读书，但是敌占区的学校会给孩子多少好的影响呢？女儿因为家庭生活颠簸，受了惊吓，患了病。我束手无策。我带着女儿随韬奋的战友住在徐家汇谨记路唐家宅。才住了一两个月，就发现有可疑的人在门口窥视，我和女儿很快转移到无锡一位华姓老太太家里。1945年三四月间，根据地又派同志来接我和女儿。根据地医疗条件差，要求我们进去以前作一次全身检查。命运竟这样捉弄人。检查的结果，我患有乳房癌，需要动大手术。到根据地去因此成为泡影。

1945年8月抗日战争胜利，我的心情更凄楚。我并不奢望，只想韬奋能多活一年零两个月,看到一点他为之奋斗的抗日救国事业有了成果也好啊。
1945年初秋,韬奋的战友转来了周恩来同志给我的慰问信。读着慰问信,
我像孩子见到了久别的母亲,忍不住哭泣起来。正是这位可以完全信托的
"先生",抚慰了我心灵的伤痛。韬奋是不在了,但他的精神还在,人民还想
念他。人民在中国共产党的领导下,正在为实现韬奋的理想继续在奋斗。
而我却沉浸在个人失去亲人的悲痛中。慰问信温暖了我的心,给了我生活
的勇气,我要走出家门,为新中国贡献自己的一份力量。1946年,邓大姐亲
自登门,进一步劝导,要我参加救国会和许广平同志负责的中国妇女联谊会
的活动。从此,我走上了社会。我原来的家是不存在了,但是千千万万先烈
奋斗换来了新中国,社会主义的大家庭给我的欢乐和温暖远远超过了过去。

    周恩来同志给我的慰问信不单是慰问我个人,更是代表中国共产党,慰问
千千万万与我同命运的人,鼓励他们摆脱个人主义的羁绊,投入到革命的洪流
中去。慰问信是促我进步的动力,几经辗转我都一直珍藏着,直到1956年筹
备韬奋纪念馆,才把它作为珍贵文物移交纪念馆保存。今天重读它,仍是我进
步的精神武器,我要铭记心间,至永远永远。

                    (沈粹缜口述,加力整理,原载《文汇报》1981年1月8日)

杜重远和韬奋的友谊

　　杜重远先生是一位赤诚的爱国主义者和民主主义者。青年时候他抱着实业救国的愿望,东渡日本,学习七年,于1923年间回国,在辽宁沈阳创办了我国第一座机制瓷厂——肇新窑业公司。

　　杜先生原是韬奋主编的《生活》周刊的热心读者,1931年6月他来上海,找过韬奋,初次相识,谈得很融洽,韬奋赞扬他办实业的爱国精神。"九一八事变"发生,杜先生流亡关内,到上海寻找抗日救亡的出路,访问了很多抗日志士,也访问了韬奋。他们很快成为知己,共同的目标使他们结成亲密的战友。

杜重远送给韬奋的细瓷花瓶(上海韬奋纪念馆藏)

1933 年底,《生活》周刊因刊载同情福建人民政府事变的文章,被反动派查禁。当时韬奋流亡国外,杜先生利用他当时与国民党上层人物的关系,见义勇为,挺身而出,在不到两个月的时间里,办妥了注册备案手续,办起了《新生》周刊,宣传抗日救国,表面上新办了一个杂志,实际上是《生活》周刊的原班人员,胡愈之、艾寒松、徐伯昕等继续负责编辑发行工作。关于杜先生创办《新生》周刊这件事,韬奋在他的最后的遗著《患难余生记》中写有这样一段话,他说:"这好像我手上撑着的火炬被迫放下了,同时即有一位好友不畏环境的艰苦而抢前一步,重新把这火炬撑着,继续在黑暗中燃着向前迈进。"

1935 年 5 月,杜先生创办的《新生》周刊因登载《闲话皇帝》一文被查封,杜先生被捕入狱。七月间,韬奋在美国芝加哥《论坛报》上看到"新生事件"的发生及杜先生含冤入狱的消息,抑制不住悲愤,当即发电报慰问,并提前归国。八月间韬奋回到上海,船一靠岸,我们还来不及讲话,他就交出行李,雇了一辆出租汽车到漕河泾监狱探望杜先生。韬奋自述会见时的情景:"刚踏进他的门槛,已不胜悲感,两行热泪往下直滚,话在喉里都不大说得出来!"又说:"我受他这样感动,倒不是仅由于我们友谊的笃厚,却是由于他的为公众牺牲的精神。"可见他们的友谊是在抗日救国工作中建立起来的。

1935 年 11 月,韬奋接过杜先生的火炬,筹划创办了《大众生活》,继续宣传抗日救国。《大众生活》以大量篇幅宣传报导了中国共产党领导下的北平"一二·九"爱国学生运动,同时批判"攘外必先安内"等种种妥协卖国的谬论。正义的舆论使反动当局感到震惊忌恨,迫害接踵而至。

蒋介石派来特务头子张道藩、刘健群找韬奋谈话,进行威胁,妄图压制韬奋的抗日救国呼声。又派杜月笙用欺骗手段,想把韬奋骗去南京,言下之意,如果拒绝,在上海住下去,安全就不一定有保障。朋友们和读者也纷纷向韬奋报告刊物将被查封,韬奋也将被拘捕或遭陷害。种种迹象表明蒋介石蓄意迫害,上海是待不下去了。但是转移到哪里去呢?经过商量,认为住到杜先生家里比较稳妥。因为外界都知道杜先生尚在狱中,杜夫人为了便于照顾杜先生,住在离监狱较近的一个庙里,家里无人。再则杜家在金神父路(今瑞金二路)安和新村 8 号,离我们住的吕班路(今重庆南路)万宜坊比较近,韬奋隐藏在那里,我照应起来也方便。我去找了杜夫人,杜夫人一口答应,还说她家里的东西随我们使用。

这是 1936 年初的事。春寒料峭,一天晚上,夜深人静,韬奋换上一件中式咖啡色厚呢长袍，带了盥洗用品，我拿着电筒一起来到安和新村。周围邻居都已入梦，我们靠电筒的一束微弱的光进了杜家。从此韬奋在杜家避难，我每天安排好家务，到傍晚避开人们的视线，带上饭菜和韬奋需要的书报，去安和新村8号。有时白天也在那里陪他。房间里厚厚的深色窗帘日夜拉得紧紧的，人们不会想到这个空房子里还隐藏着一位抗日救国的战士。住了不到一个月，韬奋即去香港筹办《生活日报》。回忆这段往事，深感在患难中杜先生一家给予我们的支持和友谊是十分珍贵的。

1936年9月8日杜先生出狱。他不改初衷，继续为抗日救国奔走。当时新疆督办盛世才是杜先生的老同学，多次邀杜先生入疆。1939年，他带了家眷从香港出发经昆明到了新疆。万万没有想到盛世才是个心狠手毒的反动军阀。初期，他为了巩固自己在新疆的统治，伪装进步，邀请大批进步人士入疆工作，后来为了投靠蒋介石，撕下伪装，积极反共，残酷迫害共产党员和进步人士，下毒手杀害了毛泽民、陈潭秋、林基路等共产党人。杜先生是他的老同学，不能公开枪杀，就以莫须有的罪名诬陷暗害。1940年5月，以找谈话为借口，将杜先生骗入监狱，严刑逼供，周恩来同志和沈钧儒、韬奋、黄炎培等多方设法营救无效，盛世才终于下了毒手，用毒药针将杜先生秘密杀害在狱中，连尸骨都被毁灭。这是解放前反动派欠下的又一笔血债。

杜先生的一生是爱国的一生。他在民族危亡的紧要关头，以无私的精神，响应中国共产党的号召，做了大量有益于人民的工作，是应该载入史册的。

1983年6月

（沈粹缜口述，加力整理，原载《统战工作史料选辑》1983年12月第三辑）

韬奋的新闻道路

父亲韬奋在小学读书的时候，受国文老师的影响，就喜欢文科；看了名记者黄远生在《时报》上发表的"北京通讯"更是着迷，即萌发了长大要当新闻记者的念头。为此，在大学二年级时，他毅然从"工程师的摇篮"的南洋公学（交通大学的前身）转考到圣约翰大学文科。1921 年毕业后，走"曲线就业"的道路，几经周转，才进了中华职业教育社编辑股工作。1926 年 10 月接办了该社创办的《生活》周刊，从此，他如愿以偿地走上了自己喜爱的编辑记者的岗位。

《生活》周刊 1925 年 10 月创刊，1933 年 12 月被国民党政府查封，前后八年中，连增刊、特刊在内，共出版四百八十期。父亲从 1926 年 10 月接手到 1933 年 7 月被迫出国流亡，主持该刊近七年。七年，《生活》周刊从一个不被人注意的内部小刊物，变成为风行海内外，深入穷乡僻壤的有广大影响的刊物；发行数从每期两千多份直线上升，递增到上万份，四万份，八万份，最高达到十五万五千份，创造了当时期刊发行的新纪录。父亲通过《生活》周刊联系作者，联系社会，参加斗争实践，而实践又促使父亲学习马克思列宁主义，使他从一个爱国主义民主主义者转变为社会主义共产主义战士。

历史告诉我们，不是所有的民主主义者都能转变为共产主义者的。父亲所以能完成这个转变，最根本的是由于他自觉地接受了马克思列宁主义，接受了中国共产党的领导。但是为什么他能做到这两点呢？这与他独特的思想和经历是有关系的。1937 年 3 月 21 日，父亲在狱中为自传《经历》一书的题词，是我们探索他思想变化的一把钥匙。父亲的题词是"推母爱以爱我民族和人群"。这就是父亲能完成转变的思想基础和核心。母爱是无私的。父亲正是以无私的爱来"爱民族和人群"，随着时代的进步，不断丰富和提高"爱"的内容，战斗了一生。从父亲主持的近七年的《生活》周刊上，可以看到他走向进步,成为共产主义者的鲜明脚印。

早期,他的办刊方针是"暗示人生修养,唤起服务精神,力谋社会改造",企图以此"力求政治的清明"和"实业的振兴",选用的稿件偏重于"有价值有趣味"。在这样的方针指导下,刊物的言论虽然洋溢着爱国的热情,充满正义感,但是也有不少带有浓厚的改良主义色彩。譬如不问社会制度,在刊物上宣传青年要"择业安业乐业",注意"人生修养"和职业道德;热心介绍中西方世界的政治家、科学家、实业家的奋斗成功史。父亲崇仰中国民主革命的先行者孙中山先生,热心宣传孙中山先生的生平和学说,希望以此"启发有志者希慕之思想",达到社会改良的目的。这时,父亲"爱民族和人群"的界限还是模糊的,对所谓好官吏、好政府存在一定程度的幻想。可贵的是他没有停留,他一直在执着地探求人生,寻找着中国社会的出路。

父亲在接办《生活》周刊后不久,即先后开辟了"读者信箱"和"小言论"专栏,使这个职业教育指导刊物"渐渐地转变为主持正义的舆论机关"。这两个专栏,后来成为父亲办报刊一贯坚持的特色,也是他"爱民族和人群"无私精神的体现。通过"读者信箱",他广泛接触了社会各阶层的群众,"与读者的悲欢离合、酸甜苦辣打成一片",向他们学到了许多书本上学不到的知识,而这正是他走向进步,走向革命的一个极坚实的基础。他以满腔热诚,竭尽心力解答读者提出的各种各样的实际问题,包括求学、求职、家庭、社交、恋爱、婚姻、法律等等。凡是自己能答复的,一定尽心竭力地答复,他曾说过答复读者来信的热情"不逊于写情书";凡是自己解答不了的问题,还专门聘请专家予以解答。有一次,父亲收到一位患肺病的读者来信,信中流露出悲观厌世的情绪,父亲接读后,立即请教医学顾问,写了一封几千字的长信去,鼓励之余,详细介绍治疗肺病的方法。信寄出后父亲仍寝食不安,直到收到那位读者的回信,知道他已从父亲的信中汲取了力量,鼓起了战胜疾病的勇气,才放了心。父亲对待读者无私而真诚的爱,赢得了广大读者的爱戴和信任,更多的信雪片似的飞来;而读者的来信,也给父亲极大的教育,他们提出的各种问题,也磨练了父亲的思考力。

父亲主张新闻记者应该成为"人民的喉舌"。在"小言论"专栏里,父亲总是抓住当时为大多数人最关心的问题,用通俗易懂的语言,加以简明的评论,开门见山,尖锐泼辣,矛头指向反动官僚、政客,社会邪恶势力和不良现象,也抨击帝国主义的侵略行径。正义的言论招来了某些人的非议和政治上的迫害。对待非议和迫害,父亲的态度极鲜明,他说:"我深信没有骨气的人不配主持有价值的刊物","我的态度是头可杀而我的良心主张、我的言论自由、我的编辑主权,是断然不受任何方面任何个人所屈伏的。"

1931年"九一八"事变发生,日本帝国主义大举入侵,国民党顽固派采取了"攘外必先安内"的反动政策。残酷的事实促使父亲的思想发生了急剧的根本性变化,从爱国主义民主主义者向社会主义共产主义者飞跃。宣传抗日救国、抨击卖国投降,宣传资本主义必败、社会主义必胜的文字,成了《生活》周刊的中心主题。它从"主持正义的舆论机关"变成了高举抗日救国大旗的号角。他在刊物上还介绍宣传社会主义的苏联,介绍革命文豪高尔基。长篇传记《革命文豪高尔基》就是先在刊物上作了点滴介绍,得到读者的热情鼓励,父亲花了半年业余时间,将这本近二十万字的书编译出版的。当时,这本书在读者中引起过热烈的反响。

由于父亲鲜明的政治倾向,迫害接踵而来。1933年7月,父亲被迫流亡海外;年底,《生活》周刊终于被反动政府查封。在最后一期上,刊登了父亲早在1932年10月写妥的《与读者诸君告别》的文章,文中严正指出:"本刊同人自痛遭无理压迫以来,所始终自勉者:一为必挣扎奋斗至最后一步;二为宁为保全人格报格而决不为不义屈。"父亲的"爱民族和人群"在抗日救国的群众运动中有了新的充实和提高。

1935年11月23日出版的《大众生活》第一卷第二期的"信箱"文字中,父亲回顾《生活》周刊时说过:"倘若诸友认为《生活》在当时对于社会不无一点点的贡献,我觉得大概是因为它的愚钝,是在能反映着当时社会大众的公意,始终不投降于黑暗的势力,始终坚决地不肯出卖大众给它的信用。"这几句话也可以看作父亲对《生活》周刊品格的一个小结。

《生活》周刊社初创时,一共只有两个半人,全部编辑工作父亲一人承担。他"模仿了孙悟空先生摇身一变的把戏,取了十来个不同的笔名,每个笔名派它一个特殊的任务。……这样一来,在光杆编辑主持下的这个'编辑部',似乎人才济济,应有尽有!"随着事业的发展,人员略有增加。1932年成立了生活书店,父亲一直担任总负责人。《生活》周刊之后,父亲还先后创办了《大众生活》周刊、《生活日报》《生活星期刊》《抗战》三日刊,1938年7月7日《抗战》三日刊与《全民》周刊合并为《全民抗战》出版,父亲继续担任主编。他积极宣传团结抗战,鼓吹进步,抨击国民党的倒行逆施。1936年11月,他和沈钧儒等七名救国会负责人遭非法逮捕入狱（即著名的"七君子事件"），在种种迫害面前，父亲更坚定更自觉地接受了马克思列宁主义。他爱祖国，爱人民，爱党的赤诚之心溢于言表。"推母爱以爱我民族和人群"的题词在这个时候产生，决不是偶然的。

1944年7月24日，父亲因患癌症医治无效病逝。临终前再一次向党中央提出入党要求。党中央经过审查，接受了父亲的请求，追认他为中共党员，在唁电中对父亲作了很高的评价，指出："韬奋先生二十余年为救国运动，为民主政治，为文化事业，奋斗不息，虽坐监流亡，决不屈于强暴，决不改变主张，直至最后一息，犹殷殷以祖国人民为念，其精神将长在人间，其著作将永垂不朽。"同年11月15日毛泽东同志题词："热爱人民，真诚地为人民服务，鞠躬尽瘁，死而后已，这就是邹韬奋先生的精神，这就是他之所以感动人的地方。"这题词充分而准确地点明了父亲的"推母爱以爱我民族和人群"的丰富内容，点明了他所以能转变为共产主义者的思想核心。

1981年7月1日，在庆祝党成立六十周年的大会上，胡耀邦同志代表党中央的讲话中，提到父亲是现代历史上卓越的科学文化战士之一。这是父亲的光荣和幸福，也是新闻工作者的光荣和幸福。

（原载《编辑记者一百人》，学林出版社1985年版）

他像兄长、父辈一样关心我们

　　1 月 16 日晚上，我从新闻联播节目中听到胡愈老病逝的噩耗，忍不住悲痛的心情，一个人在病房里哭了起来。

　　我和胡愈老相识已经半个多世纪了。我深深体会到胡愈老是韬奋的挚友和亲密的同志。是他首先用共产主义思想影响和教育了韬奋。20 年代末期，韬奋接办了中华职业教育社创办的《生活》周刊。这个刊物从初期偏重于个人修养教育和职业指导，转变为主持正义的舆论阵地。"九一八"事变后，成为积极宣传抗日救亡主张的"人民喉舌"，这个转变是和胡愈老的积极帮助分不开的。以后，胡愈老又支持韬奋创办《生活日报》《生活星期刊》等进步报刊。在韬奋转变和走上革命道路的每个重要时刻，都有着胡愈老的扶持和帮助。韬奋创办了生活书店而胡愈老亲自为书店起草了生活合作社章程，拟定了进步的出版方针、出书计划，并组织许多进步作家为书店撰稿，从而出版了大量马克思主义书刊。在国民党实行文化围剿的白色恐怖下，生活书店能成为进步文化的一个堡垒，与反动派作斗争，这都是在胡愈老的亲自指导下进行的。

　　1936 年 11 月"七君子"被捕，胡愈老做了大量组织工作，声援营救"七君子"。该案是 1937 年 6 月在苏州审理的。有名的《爱国无罪听审记》一文，就是胡愈老在审讯的当天，坐镇上海，晚上生活书店张仲实等同志赶回上海将听审的详细情况，向他汇报。胡愈老边听边写，挥笔直书，写了一部分，即油印数份，派人送各报馆，分四批才送完。赶在第二天见报，及时有力地揭露了国民党当局迫害爱国志士的反动行径。胡愈老还发动爱国入狱运动，亲自陪同宋庆龄等著名爱国志士赶赴苏州，抗议国民党的反动暴行，那天的情景，我是亲眼目睹的。

　　胡愈老在党的领导下，长期从事新闻出版工作，从事爱国统一战线工作，作出了卓越的贡献。他是我国进步文化事业的先驱,是杰出的政治活动家,是卓越的马克思主义者和国家领导人。

我和我的子女在 18 日给北京沈兹九大姐的唁电中说:"几十年来,他像兄长像父辈一样关心我们。他的突然离去,使我们感到由衷的难过。愈之的一生是战斗的一生,是鞠躬尽瘁为人民服务的一生。他以一个战斗不息的共产主义战士的光辉形象离开我们,我们将永远怀念他,学习他,纪念他。"

1979 年胡愈之、李文宜、张仲实、沈兹九、沈粹缜于北京颐和园合影

(按:以上是邹韬奋夫人沈粹缜同志于 1986 年 1 月 27 日在中国民主同盟上海市委为追悼胡愈之同志而召开的座谈会上的发言稿。沈因病住院,发言稿由其女邹嘉骊同志宣读。)

(沈粹缜口述,邹嘉骊整理,原载《出版史料》1986 年 12 月第 6 辑)

重见天日
——新发现的韬奋佚文 11 篇

1939 年冬,国民党掀起第一次反共高潮,先父韬奋和他带领的那支新闻出版队伍,也遭到严重的迫害。韬奋创办的生活书店设在国统区的分支店,一个个被查封,人员被逮捕;他主编的刊物给国民党图书杂志审查委员会送审的文章,不止一次地被批上"免登""应予免登""扣留""扣"等字样,如石沉大海,再也见不到踪影。半个世纪过去了,这些不见踪影的文章,这些属于人民、属于社会的财富能找到吗? 心系梦绕,有机会就打听,能找到吗?

1991 年 5 月,韬奋纪念馆的青年同志打先锋,我随后,在南京中国第二历史档案馆的国民党档案里查到卡片,拿出原件,经过认真鉴别,竟是韬奋的真迹。对于这个新发现,觅宝人的喜悦是无法用文字表达的。按照档案馆的规定,请韬奋夫人沈粹缜工作的单位以及上级领导中共上海市委宣传部开出证明,终于得到了原稿复印件。经过整理,共有佚文 11 篇,其中复读者来信八封,政论文二篇,呼吁书一篇,共两万余字。

1995 年 11 月 5 日是韬奋诞辰 100 周年。为纪念抗日战争胜利 50 周年,纪念为抗日战争鞠躬尽瘁的文化战士邹韬奋,我和韬奋纪念馆的几位热衷于搜集、整理韬奋文稿的同事,将这组手稿全文,加上必要的注释供奉给当今的读者。国民党检查官当年的批复也摘录在案,以立此存照。

文稿产生于国共第二次合作后期,在国民党统治下的重庆,一方要团结、抗战、进步,一方却要分裂、投降、倒退,这段历史事实,以及斗争的尖锐和复杂,在韬奋的文章里是可以具体而生动地领略到的。11 篇文章已全数编入

《韬奋全集》，文章题目是韬奋拟定的。借此，向促成这些文稿得以重见天日的单位和个人，表示深深的敬意和谢意。

（原载《中国出版年鉴》1996 年 11 月版）

附篇目：

一、在战场上感到的情形

二、五月的最大教训

三、简复石子山秋萍

四、简复张北张有余

五、简复巴东钱啬庵

六、关于苏联访问团

七、简复广西严振民、乐山罗邵民

八、越看越苦闷

九、怎样使侨胞满意？

十、舆论的力量

十一、对国事的呼吁

心中的绿洲

我今年已经 96 岁了，因为高龄，身体又弱，行动不便，不能参加今天的会，非常非常遗憾。我想，如果健康允许，又能自理行动，就是 96 岁，我也会要参加今天的会的。

邹韬奋同志诞辰 100 周年纪念会在北京人民大会堂召开(1995 年 11 月 5 日)

解放前，韬奋是我生活的支柱。有了他，生活再艰难，再险恶，我也能应付。常常是有了情况，韬奋先走，我带着三个孩子，躲过特务的盯梢和纠缠。1941 年严冬，我带着三个孩子跟随东江游击队的地下交通，从香港出来，过封锁线时，敌人抢走了我仅有的两条毛毯，为了孩子不受冻，我不顾生命危险，从敌人的刺刀下夺回一条毛毯。闯过一个个险滩，渡过一个个难关的目的是和韬奋团聚。但是，在国统区哪里有安定团聚的环境呢？韬奋创办的生活书店，一个个被查封。文章经常被大块大块地删改、整篇整篇地被扣留，杂志上开天窗是家常事。我曾经问过韬奋，为什么我们不到延安去？他说他的岗位在这里，延安以后会去的。韬奋病重的时候，他自己和我谈起根据地，谈起病好了以后要到延安去。韬奋，没有看到抗日战争的胜利，没有看到新中国的成立。不过，他生前亲眼看到了东江游击队，看到了苏中抗日民主根据地，他的心中已经有了希望。延安，是他心中的一块绿洲。

今天，举行这样隆重的纪念会纪念韬奋百年诞辰，我的心情真是久久地不平静。韬奋离开我们已经五十多年了，是中国共产党，是我们的国家和人民，一直在想起这位称得上是优秀的中国人。韬奋的思想和他的著作，都将成为社会的财富流传人间。我感谢今天参加会的各位领导、各位同志和朋友，谢谢大家。

今天也是我的生日。我和韬奋的生日是同月同日不同年，借韬奋的生日，也度过了我的生日。我比韬奋幸运的是看到了新中国的成立，为社会主义出过一份力，现在又在国家，特别是在上海得到市领导和很多单位部门的关照，安定的生活伴我度过晚年。

（本文为韬奋夫人沈粹缜在"邹韬奋同志诞辰 100 周年纪念大会"上的发言，由邹嘉骊执笔）

（原载《新民晚报》1995 年 11 月 7 日）

寻找父亲韬奋的遗文

1995年11月5日是韬奋诞辰一百周年，上海人民出版社隆重出版800万字14卷本《韬奋全集》，这对韬奋是个极好的纪念，也是我国新闻出版史上的一件大事。

1944年7月韬奋逝世后，生活书店再版过一些韬奋著作单行本，但是岁月流逝，这些书籍已经很难寻觅；1948年7月，茅盾、胡绳、史枚等前辈先编了一本《韬奋文录》，16万字，由胡愈之作序，它距今也将近半个世纪，早已成为珍本。全国解放后，韬奋逝世十周年时，由范长江、胡愈之、胡绳、徐伯昕、柳湜、史枚等组成编委会，范长江主持，于1956年1月出版了三卷本《韬奋文集》，约150万字。它为人们了解韬奋、学习韬奋提供了一份系统的教材，很快就脱销了；1979年，香港三联书店再版过一次。80年代以来，虽有几本文选或选集出版，但都没有像1956年《韬奋文集》编得那么系统。

韬奋一生，在他亲近的共产党人中，最敬佩两个人，一位是周恩来，一位是胡愈之，他们是韬奋从爱国主义转变为共产主义的重要引路人，起着不可代替的作用。1948年，胡愈之在《韬奋文录》的序言中说："韬奋直到最后一息，还在惦念着流亡在海外的老友，他的遗嘱把整理遗著的重大责任，交付给我……天亮之后的第一件事，我要搜辑完成一部《韬奋全集》，作为人民对这位伟大爱国者的一种永久的纪念……这是我向亡友韬奋先生和读者诸君立下的一个心愿。"四十多年过去了，胡愈之也离开了我们，这历史的心愿有待后人去实现了。

我从1980年开始，得益于前辈的指点，细水长流，经过多年努力，于1984年韬奋逝世40周年时辑录出版了《韬奋著译系年目录》，胡绳作序，胡愈之题签，我以此书为基础，开始了文章的搜集整理工作，但是个人的力量终究单薄，工作进度缓慢，不可能完成 800 万字这样的大工程。

1987 年 6 月 25 日，中国韬奋基金会成立。主席张友渔召集会议，在第一届第二届主席团会上，先后决定编纂《韬奋全集》，加快工作进度，力争韬奋百年诞辰时出书。1990 年基金会在沪的领导同志和上海市新闻出版局，以及有关方面负责人多次商讨决定，由韬奋基金会牵头，尽快建立韬奋著作编辑部，这样，从组织上作了保证。

既然是出版《韬奋全集》，首要的是要求"全"。我们分两步走，首先委托韬奋纪念馆业务部，组织一些青年同志，按照"系年目录"，将已经有的韬奋初次发表的文章，集中、整理剪贴成册；同时要补漏，要想方设法寻找新的线索，发现新的文章。这件事早在辑录"系年目录"以前就开始了。比如，1933 年至 1935 年，韬奋被迫出国考察两年，这期间给夫人沈粹缜有 100 多封家信，据说韬奋的家信是极有情趣的，情真、意深、诙谐、幽默，夫人把它们当宝贝一样珍藏着。抗日战争爆发，一家人要逃难、撤退，夫人把这包信寄托给了一位极要好的朋友。不久，"鬼子进村"，首先要抓抗日分子，抗日分子的书信也在搜查之列，那位好朋友抵不过敌人的压力，背着把这包信变成了灰烬。还有一位，从 1927 年就是韬奋《生活》周刊的特约通讯员，笔名"寄寒"，原名凌其寒，以后当了国民党的职业外交官，和韬奋曾经有过密切的信稿来往，以后又保持着长期联系。他牢记韬奋 1940 年给他"待机而动"的叮嘱，坚持到 1949 年，参加了国民党驻法大使馆和驻巴黎总领事馆全体同仁联名通电的起义行动。当我们满怀希望找到他时，回答是韬奋给他的大量信件，已在当年日本侵略者轰炸上海，虹口燃起的一场大火中化作灰烬。可见《韬奋全集》"全"不了，日本侵略者也有一份推卸不掉的责任。

在寻找文章的线索中，常常有找不到的懊丧，但是也有成功的喜悦。

一、韬奋在自传《经历》中提到他在中学时经济来源断绝，为了救穷，曾以"谷僧"的笔名初次投稿《申报》副刊《自由谈》。正巧《申报》影印本出版，我和一位同行顺着"中学时代"翻阅，从 1913 年查到 1918 年，心想已经查阅到"大学时代 1917、1918 年"了，但是一遍查不到，再查一遍，仍然没有结果。查不到的症结在哪里呢？在寻找过程中《〈申报〉索引》出版了，不费吹灰之力，在 1919 年找到了"谷僧"笔名的文章十多篇。原来，是韬奋记错了，把"大学时代"错记成"中学时代"，而我们又自以为已经"查阅到大学时代"了，一步之遥，没有跨出去，就达不到既定的目标，好在我们编辑部的同志在这种问题面前，都有一点"不轻易罢休的"的韧劲,这个难题终于圆满解决了。

二、资料来源说1941年四五月间,在香港,在宋庆龄主办的《保卫中国同盟》英文半月刊上有韬奋的文章,以后找到了中文版的篇目,没有找到文章。到90年代,中国福利会出版了一本专题资料书,无意插柳,却帮助我们找到了文章,不过英文版仍是个"悬案"。

三、韬奋不止一次地控诉国民党检查官扣留他的文章,那已经是半个世纪以前的事了,能找到被扣的文章吗?1991年5月,韬奋纪念馆的青年同志打先锋,我随后,在南京中国第二历史档案馆的国民党档案里,发现了韬奋的卡片,拿出原件,经过认真鉴别,竟是韬奋的真迹。这个新发现、新收获,对于觅宝人来说,其喜悦、其激动,真非文字所能表达。经过整理,共有佚文十一篇,其中复读者来信八封,政论文两篇,呼吁书一篇,共约两万字,是1939年至1943年在重庆,国民党反动派掀起反共高潮时被审查老爷扣留的。这组文章,或者用大量事实,揭露日本帝国主义对我国的侵略,国民党当局却苟且偷安、一再退让,以及当局对抗日军民的剥削、迫害等罪行;或者用复信的方式,揭示了抗战青年,因为阅读生活书店的书籍而遭扣押,以及当局对广大侨胞不作保护反而随意敲诈、肆意拷打等事实;或者以政论形式,含蓄而尖锐地从理论上阐明舆论宣传的本质,以及历数帝国主义列强长期侵略蹂躏我国的屈辱历史。这些都是国统区生活的一个缩影。

四、再有的文章寻找了很多年,长期是个"悬案",这次,既弄清了情况,又找到了原作,例如1941年,韬奋在《世界知识》上发表的文章《德苏战争与中国》,目录有,就是找不到文章。想了很多办法,找了很多单位,逐渐弄清事实。原来,同样的卷数期数,有上海版和香港版之分,韬奋的文章是在香港版上。于是缩小寻找范围,找到了香港版。但是找来的香港版,目录页、正文页都是"天窗",只在"编辑室"栏目里提到要寻找的篇名,真是日暮途穷了。因为托的同志、朋友多,反馈的信息也多,柳暗花明,中山大学图书馆寄来的复印件,竟是目录页上有篇名,正文页上有文章,到这时,我们真像见到久别的亲人一样激动。

五、寻找文章的动人故事很多,其中最令我难忘的是重庆出版社的唐慎翔同志。年初,当我打电话托她找文章的时候,她已经得了晚期胃癌,我不忍深说下去,她却又宽慰又长我信心,说:"没得关系嘛,我的病会好的,到时候还要参加韬奋先生的纪念会噢。"那些时候,我们几乎三天两天通一次电话。收在 1940 年生活书店出版的《"全民抗战"信箱外集——激流中的水花》的弁言，就是她托着了重庆图书馆馆长，从长年积厚的尘埃中找到了这本"信箱外集"，找到的这个缺篇。圈内同志知道这是一篇"悬"了几十年未找到的文章。从电话中知道她为治病每天来往于医院，不久又知道她住进了医院。此刻，我仿佛又听到了唐慎翔那带着浓重的四川口音，在我耳边回响。"嘉骊，嘉骊，我告诉你嘛，那本信箱集年头太长了，稍稍碰一碰就掉渣，全书复印做不到，我想办法造了本假书，除正文是白页外，其他封面、目录、版权页都是复印的，粘贴得像真书一样，弄好了就给你寄去。留个纪念嘛！我是很崇敬很崇敬韬奋先生的。嘉骊，全集要紧，你也要保重身体噢。"过不多久，我收到了那本滚烫滚烫的"书"。当全集赶在韬奋诞辰 100 周年出版时，再也找不到唐慎翔了。她在生命的最后时刻，像她找到的那篇文章的篇名《激流中的水花》一样，像一朵晶莹的"水花"，融入"激流"中去了。人生就是这样，或者仅是一朵"水花"，很快被蒸腾得无影无踪，或者融入"激流"，汇入江河流向大海，虽然也是无影无踪，却是永不干涸的。

六、韬奋主编杂志的"信箱"栏，是他联系广大读者的一块宝地，有的复信末尾，署名韬，但也有不少简复并未署名。未署名中有漏编的吗？汪习麟同志重新阅读韬奋主编的报刊。一天，在 1937 年汉口出版的《抗战》三日刊中，读到一则回答读者黄衣青的短简。黄衣青？上海少年儿童出版社也有一位老编辑叫黄衣青，是不是就是她？老汪当即打电话问她：你 1937 年秋冬在哪里？82 岁高龄的黄衣青马上回答：在广西桂林，从事小学教员工作。时间、地点、职业，都和短简中说的情况相符。再问：你有没有给韬奋先生写过信？她说时间长了，记忆不清，希望提供材料。随即我们将"短简"复印件寄去。不久黄衣青来信说，她当时从日本求学归来，在桂林从事抗日工作，思想很苦闷，写信给韬奋先生，回信就登在《抗战》三日刊上。有了这位当年的读者作见证，我们更有信心鉴别出未署名的韬奋简复来。结果竟认真鉴别出三万多字。这又是一个很大的成绩，是我们编辑部细致工作的成果。正是在编辑部内外，有一批热情关心全集的个人和单位，其中有藏书楼的黄志伟、二医大的陈挥、《新民晚报》的领导和记者，如是等等，全集才不断地向"全"靠拢。整个寻找工作还没有结束，直至全集出版，还有一篇只能作"存目"处理，因为赶不上时间，1941 年发表在香港《华商报》上的一幅题词，只能收到年表中去了。工作进入尾声时，我们才认识到，全集必须求"全"是正确的，但是任何时候"全"总是相对的，

《韬奋全集》的编纂过程，正具体地体现了这个原则。

编辑过程中，我在和负责编审韬奋译作的同志讨论中，有了新的认识。韬奋的翻译作品，过去只是单本孤立地去读，这次按年月编排，四卷集合起来，发现韬奋的译作中，贯穿着一条色彩十分鲜明的红线，那就是他以自己独有的思维形式，自觉而系统地宣传马克思主义。韬奋生活战斗在国统区，环境不允许他直接公开宣传马克思主义，怎么办？他换了种形式：翻译出版外国作者的作品。这方法既保护了自己，又宣传了马克思主义。从 1936 年至 1941 年，韬奋通过翻译出版的《读书偶译》，系统地宣传介绍了马克思、恩格斯、列宁等无产阶级革命领袖的生平和理论；通过翻译出版《苏联的民主》，以实例宣传了科学社会主义；翻译出版《从美国看到世界》《社会科学与实际社会》等译作，宣传了马克思主义的基本理论。韬奋不仅在新闻记者、出版家、政论家等岗位上有突出的贡献，在复杂的斗争环境中，自觉宣传马克思主义方面也是出色的。《韬奋全集》共 14 卷，前 10 卷为著作卷，后 4 卷为译述卷，收入韬奋自 1914 年至 1944 年止约三十年间的全部著作和译述。韬奋作为一名杰出的新闻记者、政论家和出版家，他最活跃最光辉的历程，正是在整个抗日战争时期，他的文章的主旋律是大声疾呼，抵御外敌侵略，宣传鼓动全民抗战。他紧密配合中国共产党的总战略，在国共第二次合作时期，在国民党统治区，以他特有的方式，宣传团结、抗战、进步，反对分裂、投降、倒退。集中这些文章，就是一部活的抗战史。今天，我们纪念韬奋百年诞辰，重读韬奋当年的文章，依然激奋不已，更进一步体会到这些文章在当时所起的战斗号角作用。

（原载《上海滩》1996 年第一期）

送别胡绳同志

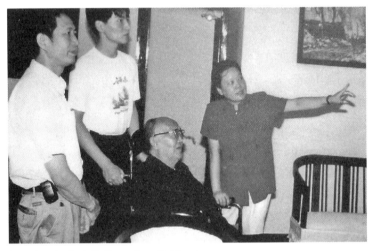

胡绳参观韬奋故居(2000 年 9 月 12 日)

　　11 月 5 日上午,接三联老同志岳中俊电话,告知胡绳同志病逝,想从我这里得到证实。我不敢相信,也不愿相信这是事实。因为一个多月前,9 月 12 日上午,我还陪他去韬奋纪念馆参观。那天一早我到达他下榻的住所,八点半就出发了。他行动不便,坐在轮椅上,上下车都有同志照应。纪念馆馆长陈保平和工作人员都到馆门前迎接。胡绳同志专注地看着底层展室的展品。有一位同志提问请教,黎钢(胡绳的媳妇)问他有记忆吗?他明确回答:"38 年。"思路清楚,语句肯定。大家都笑了,称赞他记性好。我用上海话凑近说话,小沈(纪念馆的工作人员)在边上说:"听不懂的。"我说:"听得懂的。"胡绳同志眼神带点亮,笑着说:"听得懂的。我是苏州人。"纪念馆的同志请他签名,在落款写日期的时候,他顿住了,有人说今天是 9 月 12 日,有人说今天是中秋节。胡绳同志略作思索后,选择了有意义的"中秋"两个字。周围人群的脸上洋溢着喜气,都为在这吉祥的节日,团聚在韬奋馆的展室,默默地祝愿,祝愿老人在好心情下战胜疾病,延年益寿。拍照的时候,一会请这位一起拍一张,一会儿请那位一起拍一张,我在边上都感到难为他了,他却微笑着听任摆布十分高兴。参观故居底层的时候,他仔细听了这些遗物是如何征集陈列的。回到住地,按平时,他总是进卧室休息了,那天他进了卧室很快又回到会客室,坐在写字台前安静地翻阅报纸,进而让人将轮椅推到靠近我和黎钢身边,听我们说话。静静的,静静的。我心里一阵激动,一阵酸楚感慨。胡绳同志今年 82 岁,是当年在爸爸身边协助工作的最年轻的编委。1996 年 9 月 5 日下午,我陪同《韬奋在上海》电视片摄制组去胡绳同志北京寓所采访他。在录音带上留下了一段他的回忆。1935 年至 1937 年抗日战争前两年间他在上海,时只有十七八岁,很年轻,过着一面自学一面写作的生活,虽然不认识韬奋,却已经给《生活星期刊》《大众生活》写文章了。1938 年,胡绳同志在武汉加入中国共产党。开始认识韬奋。1939 年至 1940 年在重庆,他参加生活书店的编辑工作,主编《读书月报》,有更多的机会接触韬奋。1941 年皖南事变后,韬奋摆脱国民党特务的跟踪监视去香港,中间有一段路程他们是同路的。5 月,韬奋在香港复刊新版《大众生活》,胡绳同志是编委中最年轻的,只有 23 岁。几十年过去,给我始终如一的深刻印象,他是一位学识渊博的"青年学者"。80 年代,我摘录编辑了一本《韬奋著译系年目录》,请他写序言,那时他在高位,而我只是一个普通编辑,心中犹豫他能否为我写序,结果没有多余的话语,他很快寄来文稿,满足了我的请求。如今,这位 82 岁的老人,安静地坐在我们身边,听着我和黎钢在聊天。我轻声问起他的病情,黎钢说检查结果"已经扩散",不过本人没有痛苦的感觉,倒还平稳。我听了十分激动,他在明知自己病情恶化的情况下,犹念念不忘对韬奋的深情,一定要到韬奋纪念馆来作一次瞻仰。这种情谊是何等高尚啊。岁月流逝,年华不再。我祝祷这位兄长一样的"小叔叔",希望他能凭借自身的抵抗力和先进的医疗技术,战胜恶疾,康复延寿。临离开时,黎钢说过不了几天胡绳同志的儿子会来上海看望,我心想"真好,是该多享受享受天伦之乐"。我还答应过几天陪同一起去参观浦东。谁知病情突变,他在上海就匆匆走了。我 5 号出差,12 号晚车回上海,没有赶上告别会。胡绳同志,请接受我迟到的送别,走好,一路走好。

(原载《联谊通讯》2000 年 11 月 5 日第 76 期)

手足情深

——怀念二哥邹竞蒙

二哥的少年时代

幼年时期的邹竞蒙,摄于上海重庆南路万宜坊寓所前(1933 年)

邹竞蒙,原名邹嘉骝。1929 年 2 月 17 日出生于上海劳神父路玉振里 5 号(今合肥路 458 弄 5 号),是我国现代新闻出版史上著名的新闻记者、政论家、出版家邹韬奋的次子。他有过快乐的童年,先后在上海位育小学、重庆巴蜀小学、桂林中山中学就读。

邹韬奋"毕生为民族的自由解放而奋斗"。抗日战争时期,在他主编的刊物上,他大声疾呼,宣传停止内战,一致抗日,揭露国民党顽固派不抵抗、真反共、摧残进步文化事业的罪恶行径,遭到蒋介石政府的忌恨和迫害,全家过着颠沛流离的生活。邹竞蒙的少年时代随着父母在动荡不安中度过。

一生两个遗憾

邹竞蒙生前讲过,他一生有两个遗憾:一是 1944 年 7 月,父亲去世时他不在身边;二是 1995 年 11 月 5 日邹韬奋诞辰 100 周年的纪念大会,他差一天没能参加。

第一个遗憾。1944 年 4 月邹韬奋在上海病重,隐姓埋名,轮番转医院,诊治顽症。夫人沈粹缜、长子嘉骅已到他身边,地下党派人到桂林接嘉骝和妹妹,当时,他"梦想着那张毕业文凭",提出妹妹先走,他 7 月拿到文凭再走。短暂的三个月行期的推迟,竟成了他终身的遗憾。7 月,湘桂战争爆发,"文凭没有拿到,反而逃了一场难"。他跟着生活书店一对年轻夫妻,混迹在难民群里,火车停停走走,走走停停,从柳州到贵阳,差不多是他一个人走的。到贵阳已是 11 月了,方得知父亲逝世的消息,他说不出的难过,身在异地,他无处诉说自己的悲痛。在贵阳住了一个多月,又千辛万苦到了重庆。那时正是国共第二次合作时期,重庆是国民党政府的陪都,是"国统区",邹韬奋是国民党的通缉对象,作为他的遗孤,收留、生存都很困难。由沈钧儒引见,经周恩来副主席介绍,嘉骝被安排去了革命圣地延安。数年后,在几次秘密传递给母亲的信中,他多次讲述到当时的心情。1945 年 12 月 14 日他在给母亲的信中写道:"姆妈:在桂林时我很少想家,但是在贵阳我闻见父亲逝世的消息,这使我苦恼好久,我总在懊悔,我没有及时回上海。在这时我才看了父亲的书,才知道我父亲的幼年青年时代的痛苦,这时我才感觉到父亲是个伟大的人物,但是也来不及了,我永远看不见我所敬爱的父亲,这是我将终身遗恨的一件事。这时我才想起我的家,想起姆妈,想起哥哥,想起小妹。"1946 年 3 月 13 日来信说,"那时苦恼非常,每天时常出去,在马路上无目的地转","我想不出怎样能挽回那错处","总想不出","直到现在我还时常想着这事,希望姆妈宽恕我这不可挽回的错处"。

第二个遗憾。1995 年 11 月 5 日在人民大会堂举行邹韬奋诞辰 100 周年纪念大会,二哥因公务于 11 月 4 日乘飞机离京出席国际会议。妻子中英劝他推迟一天参加大会后再动身。他说:"国际会议不能因我个人原因而改期,父亲的百年诞辰我从内心深处以实际行动纪念他。"但是,回国后,他还一直念叨这心中长久的遗憾。

在阳光下

到革命圣地延安,是他人生的转折点,参加了革命,加入了中国共产党,结束了流离失所的流浪生活。在保存的几封珍贵来信中,他断断续续写了那段别离情和全新阳光的生活。"姆妈:离开姆妈已两年多了,心中很想念姆妈和家中的情形,但总苦于得不到家中的信息。前几天,我开心得要命地接到骅哥来自山东的信。几年得不到家人的信,现在总算得了一些消息,所以快活非常。在骅哥来信中才知道一些家中情形,得知妈妈和小妹的身体不甚好,希望姆妈和小妹多多保重身体。""来延不久进自然科学院半工半读,至去年十月,组织上调动,去美军观察组弄气象工作,因为美国气象人员撤走我们顶替,将来就接收他们的。""附最近照的两张照片,来信可寄陕西延安外宾招待所。""亲爱的姆妈:您寄给我的信,在四月十几号就收到了,心中高兴得要命,躺在床上看,走着看,坐着看,至少看了十几遍,心中真是又悲又喜,盼望了几年的信息,终于来了。以前我总以为姆妈没有收到我的信,所以心中很着急,现在见姆妈来信并知道身体还好,心上那块石头掉了下来,更看到小妹来信,我看到她的字,我又想起小时候吵架,两条辫子,翘起倔强的嘴,那是多么神气呀!希望小妹早日恢复健康。""现在这里的学习很紧张,除了正课气象学外,还学报务、电学、英文等,工作很少,这主要是为了工作好,所以才学习,至于生活上没有问题,吃、穿、住,尤其在机关好些,几乎每天均有肉吃,比起中山中学四块油豆腐好许多倍。""在这里,我们没有事时就可以私人生产,改善自己的伙食和日用品,现在还讲讲营养买些鸡蛋吃吃,自己还种了西红柿,粉红色的,我和一个同学种了四十棵苹果树,还学了怎样种、上粪,在寄这信前才上了一次粪,手上还有些不好闻的臭味呢!每棵西红柿至少有五斤以上,四十多棵一熟了,那真是走出吃两个,走进吃两个。姆妈不是主张多吃西红柿吗?我一定不忘姆妈的嘱咐,多多吃几个,可惜这只有一个人享受,不然的话,恐怕小妹和哥哥也喜欢吃我种的西红柿吧。""亲爱的姆妈……前几天遇到邓先生(注:邓颖超),承她告诉我姆妈的近况,心中很高兴,但又很挂念姆妈和小妹,因为知道姆妈及小妹身体不甚好。希望姆妈和小妹多多保重身体,不要太节省了,反而损害了健康。""明天是除夕了,不是打内战的话恐怕已经可以团圆了。我以前不是给姆妈写信说过吗!两年或三年一定可以见到的。有时我梦想还产生一个奇迹,使我们母子俩相见的。""我在这里还算是技术人员,所以还有一些津贴,上月的够买一只半鸡,虽然很少,但在这里也是很好的了。有的干部一月还没钱买肥皂呢。"

1945 年 9 月 12 日,在抗战胜利的欢呼声中,周恩来给韬奋夫人的慰问信中,特地提到邹竞蒙,他说:"您的孩子——嘉骝,在延安过得很好,他的品格和勤学,都使他能无负于他的父亲,这也一定是可以使您欣慰的事吧!"

五十多年前,周恩来对邹竞蒙的评语似乎已经概括了他的一生。他正是以无限忠诚于共产主义事业的坚定性、无私的品格和勤学,团结一大批气象专家、气象工作者,数十年如一日,为我国气象事业的现代化,呕心沥血,做出了前无古人的业绩。连任两届世界气象组织主席,使中国的气象事业得到了国际的公认。诚然,五十多年不是一帆风顺、风平浪静过来的。对于开拓者或创业者来说,阻力常常会转化成动力,这却是不争的事实。

天地对话

二哥,你走了已五年了。我常常会默念你。每天听天气预报,就会想到你。你为我国的气象事业现代化倾注了一生的心血!我国气象事业现代化,正是有你这样优秀的开拓者作领队,方方面面的老百姓才有了今天这样高超的"气象享受"。有了它,人民提高了抵御灾害性天气的能力;有了它,最广大的老百姓多了一个时时刻刻知冷知热的贴心人。你心里还有一个心愿没有实现,那就是增设气象频道。你一生为最广大的老百姓服务,心中还牵挂着服务老百姓的这支气象队伍,这也正是继承了父亲"真诚为人民服务"的精神。

二哥,你是我心中的偶像。你的无私令人敬重。你为气象事业,为他人,是全身心地投入、热心帮助,为家人却不肯"越雷池一步"。

几十年来,我们兄妹分居北京、上海两地,在并不频繁的交住中,我不止一次地听到你向高层领导、向地方领导,建议增设气象频道,以使气象工作更好地服务人民群众,也想从中增加气象事业的收入,改善气象队伍的工作环境、生活待遇。牵涉对利益分配,增设气象频道的呼吁和建议,艰难而困难重重。这是你生前多年努力而未成的一件大事。

邹竞蒙(1975 年)

你是我心中的偶像,是英雄!英雄,是可以随口说说的吗?不是。我有理由。人们说你是被歹徒抢劫遇难的。遇难?不可抗力吗?我知道,对待理想,我们有时甚至可以忍辱负重;对待强暴,二哥的血液中有着不可逆转的基因,那就是抗争。事后有人惋惜,说,唉,把包给那坏蛋不就没事了。如果那样,就不是邹竞蒙了。一个忠诚的"公仆",永远是临危不惧,而不会听任宰割的。我从公安机关得到的信息,说歹徒主犯自供他所以要举刀,是因为二哥死死地揪住他胸口的衣领不放,歹徒既抢不到二哥手中的小皮包,又逃不脱身,于是举起了尖刀匕首。荒唐的逻辑! 一个妄图转嫁祸首的自供,道出了一个最真实的事实,那就是当时在狭小的轿车驾驶舱的空间里,进行过一场正义与邪恶的搏斗,是生死的拼搏! 二哥是在一比三的弱势下,与歹徒作毫不妥协的生死搏斗牺牲的。这就是我的二哥,我心中的英雄和偶像! 什么原因忽略了这段无比英勇的事迹? 这可是发生在我们国家一位优秀领导干部身上的英勇事迹啊! 时间抚慰了心灵的伤痛。最终太阳仍以不变的自然规律,从东方升起。二哥,五年过去了,天上人间,割不断我们的千丝情怀,让我们迎着太阳,共享阳光的温暖吧。二哥,我是你的"小妹",虽然没有你优秀,却是一个挥不去亲情的好妹妹。不好意思,是已年过古稀的"小妹"。抑郁了五年的"悄悄话",今天终于有机会倾诉,把"悄悄话",把事实的真相诉于大众,相信你会翘起大拇指,对我说:"好样的,小妹,你进步了。"

(原载《中国气象报》2004 年 2 月 7 日)

纪念邹韬奋逝世 60 周年座谈会上的发言

各位前辈、各位同志：

参加今天的座谈会，心情很激动。60 年前的 7 月 24 日，父亲韬奋离开了我们，60 年后的今天，我们在座的各位却能聚会一堂。我们是幸存者，又是幸运者。幸存者，是多少先烈在我们前面，以生命为代价，庇护我们，度过了那个苦难的岁月；幸运者，是我们有幸将我们的人生献给了社会主义出版事业，或者说继承了韬奋的事业。各位前辈都是高龄，还继续在发挥余热，有的到了晚年，还获得了韬奋荣誉奖。我作为后辈，向各位表示深深的敬意，对各位能远道前来参加这次座谈会，我也代表筹备这次活动的四个单位，表示由衷的感谢。

今天，在韬奋逝世 60 周年的时候，我们几家单位联合召开这次纪念座谈会，为大家提供一个畅叙旧情的平台，大家欢聚一堂，共同来缅怀韬奋，学习韬奋，弘扬韬奋精神。在座各位，一生崇敬韬奋。回顾当年三店艰苦创业的历程，你们对出版工作一往情深，几近痴迷。相信大家的精彩发言，会给出版史留下珍贵的史料，给后代留下一份宝贵的精神财富。

下面向各位前辈汇报。我最近写了一篇文章，文章题目是《徐伯昕记〈遗言记要〉是韬奋遗嘱的原始版》。事情发生在今年的 3 月 30 日，徐叔叔徐伯昕的儿子徐敏同志给我送来了一份徐伯昕的手稿，我仔细阅读后，不禁兴奋起来。《遗言记要》原始版完全是父亲韬奋的口述。父亲那充满深情的口气，如同就在我们身边娓娓道来，分外亲切。详细情况我都写在文稿里发给大家了。

就有文字可考据的，60 年前，1944 年三四月份，徐雪寒受华中局委托，从苏北根据地第二次潜入沦陷区的上海，来探望问候韬奋。那时韬奋已经自知在世不会长久，曾要求徐雪寒为他草拟遗嘱，这件事后来没有下文。同年 6 月

1号深夜,三点多钟,父亲突然昏厥数分钟,他唤来了当时最接近的几位同志和妈妈,这就有了6月2日的韬奋口述,徐伯昕记录的这份《遗言记要》。为鉴定这份《遗言记要》,我作了一些考证,我觉得这些考证是有说服力的。恳请前辈们指正。

祝愿各位前辈,特别是从北京来的各位,路途辛苦,望多多注意保重身体,做到休息好,参加会议精神好,开开心心来上海,健健康康回北京。谢谢大家。

2004 年 6 月 21 日

父亲的嘱咐

2004 年 7 月 24 日，是我父亲邹韬奋逝世 60 周年的纪念日。60 年前的清晨，上海医院的一间病室里，寂静无声，只有妈妈低低的哭泣声。父亲静静地躺在床上，嘴在颤颤地抖动，似乎还有话要说，但已经发不出声音了。妈妈递上一支笔和一本练习本，父亲用仅有的、最后的一点力气，颤抖地写下了三个不成形的字——"不要怕"。随后，父亲的手脚开始渐渐凉下来，7 点 20 分，他永远地离开了我们，离开了他的亲人，他的同志，他的事业。

今年 3 月 30 日，父亲的战友徐伯昕的儿子送来了 1944 年 6 月 2 日由父亲口述，徐伯昕记录的一份《遗言记要》原始稿。原始稿提到了对三个孩子的嘱咐，其中对我的嘱咐，更引起了我对父亲无尽的思念。在已经发表的遗嘱中，说到我的只有一句话，即"幼女嘉骊爱好文学"，而《遗言记要》中，他是这样口述的："小妹爱好文学，尤喜戏剧，曾屡劝勿再走此清苦文字生涯之路，勿听，只得注意教育培养，倘有成就，聊为后继有人以自慰耳。"看到这段口述，好像时间倒退了六十多年：我，一个十多岁的小姑娘，多次依偎在父亲身边，他平和细语，娓娓道来，劝我不要走清苦的文字生涯之路，而我却犟犟的，不听，他奈何我不得，只得退一步，要求家人注意教育培养，如果有成就，也是对他后继有人的一份安慰。这就是父亲生前对我的最后一点期望，实现他的期望，要靠我的努力，更靠父亲临终前给我们留下的三个字——"不要怕"。回顾我的一生，正是用父亲的"不要怕"，和我自身的"害怕"较量了一辈子。"不要怕"，成了我终身受用的精神力量。

今天，我们的出版事业兴旺发展，已经大大超过了韬奋的时代。韬奋在天有灵，一定会因为这样的后继有人而感到欣慰。作为家属，我很感慨，人民没有忘记韬奋。他的躯体离开了我们,他的精神却还陪伴着我们,和我们一起进步。

（原载《编辑学刊》2004 年 7 月 24 日）

徐伯昕记《遗言记要》
是韬奋遗嘱的原始版

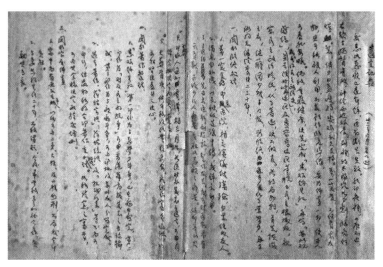

徐伯昕记录的《遗言记要》（1944 年 6 月 2 日）

2004 年 7 月 24 日，是父亲邹韬奋离开我们 60 周年。

正在想，编了多年《韬奋年谱》，应该在 60 周年纪念时反馈给社会点什么。巧的是，我有幸得到一份与公开发表的《邹韬奋先生遗嘱》不同的"遗嘱"。很值得书写报告大家。

3 月 30 日上午，徐伯昕叔叔的次子徐敏代表徐家，来我办公的地方，送来了一本泛黄的簿子。据称是在徐叔叔的遗物中清理出来的。我仔细阅读后，不禁兴奋起来。

簿子薄薄的，小 16 开本稿纸大小，共 33 页，薄牛皮纸做的封面、封底，簿内有五篇文稿，全是直行书写。第一篇是无格白色纸，占 1 页，正反面直行书写，题为《遗言记要》，下注"卅三年六月二日口述"。第二篇是红格稿纸，占小半张纸，题为《家属近况》，一百多字，写有祖父邹庸倩、大姑母邹恩敏等八位家属的年龄、住址，按内容推测，近似简介，文后有简单记事：①遗像、②遗嘱、③讣告、④事略、⑤新闻电稿，文首写有"钱处"二字。第三篇是第一篇《遗言记要》的整理稿，占 1 页，下注"六月二日口述"，未注年份。第四篇是一张白色无格片艳纸，占 1 页，末尾书"民国卅二年十月廿三日写于病榻"，是韬奋《对国事的呼吁》一文的遗墨手迹。第五篇也是用的红格稿纸，占 29 页，是徐伯昕写的《韬奋先生的一生》，文尾缺页，全文未完。

其中最弥足珍贵的是第一篇：《遗言记要》。我把《遗言记要》一文的字迹和《韬奋先生的一生》的字迹作对照，可以确认字迹出自一人之手。《韬奋先生的一生》末尾有这样几句话："六月一日深夜三时左右，（韬奋）突然晕厥数分钟。二日即召来最接近的朋（友）"。又读了徐伯昕 1979 年 7 月在《人民日报》上发表的纪念韬奋的回忆文章《战斗到最后一息》，其中即引用了《遗言记要》中的一段文字，并说"这种豪迈的雄心壮志，深深地感动了当时陪着他的同志和家人"。再读了陈其襄、张锡荣、张又新等写的有关文章，说到"口述"中的有些内容，同他们都分别谈过。由此可以推定，《遗言记要》是由父亲口述，徐伯昕手书。它记录了 1944 年 6 月 2 日的情景：父亲向身边的战友们口述他最后的嘱咐，一件件，一句句，一点、两点、三点，口语化，生活化，充满着对人间，对世界的爱恋深情。整篇文稿，今日读来，仍如亲历其境，深切地感受到当时凄凉悲壮的气氛。他忍受着恶病带给他的巨大折磨和痛苦，那么虚弱，而对所嘱咐的事情却思虑得那么周到，那么详尽。他既交代善后，又期盼着生的希望。那时，我们的祖国正蒙受着战争的苦难和屈辱，他无限深情地依恋战斗着生活着的这个不平的世界。他还很想"再与诸同志继续奋斗二三十年"！

徐敏提出，既然肯定是韬奋的遗言，为什么当年发表的《邹韬奋先生遗嘱》和这《遗言记要》的文字表述很不一样呢？

我把两个版本作一番对照，联系当时的环境，就明白了。

未发表的《遗言记要》全文如下：

　　　我患此恶疾已达年余，医药渐告失效。头部疼痛，日夜不止，右颊与腿臀等处，神经压迫难受；剧痛时太阳穴如刀割，脑壳似爆裂，体力日益瘦弱,恐难长久支持。万一突变,不但有累友好,且可能被人利用,不若预作临危准备,妥为布置一切,使本人可泰然安眠。倘能重获健康,决先完成《患难余生记》,再写《苏北观感录》《各国民主政治史》,并去陕甘宁边区及冀察晋边区等抗日民主根据地,视察民主政治情况,从事著述,决不做官。如时局好转,首先恢复书店,继办图书馆与日报,愿始终为进步文化事业努力,再与诸同志继续奋斗二三十年!

一、关于临终处理:

1. 万一突变时,即送医院,转交殡仪馆殡殓,勿累住处友人。

2. 消息勿外泄,以免被敌造谣中伤,或肆意利用。

3. 遗体先为名医解剖检验,制作报告,或可对医药界有所贡献,而减少后人重犯此恶疾之痛苦。继即举行火葬。

4. 派人通知雪(注:徐雪寒)、汉(注:潘汉年),转告周公(周恩来),如须对外发表遗言,可由周、汉全权决定内容,电告各地。

5. 火葬骨灰,尽可能设法带往延安,请组织审查追认,以示我坚决奋斗之决心。

二、关于著作整理:

1.《患难余生记》第一部分与恶势力斗争,已在病中写完,第二部分为《对反民主的抗争》,可用香港华商报发表之专论辑成,第三部分为与疾病斗争,可由沪地及苏北友人分写完成。

2. 过去著作,《萍踪寄语》《萍踪忆语》及《抗战以来》等书尚可印行,但最好能将全部著作重加整理。如能请愈之审查,可由其全权决定取舍或增删。

三、关于家属布置:

1. 家中尚有老父在平,以后可由二弟、大妹及二妹照料,不需我全部负担。

2. 与妻共同生活二十年,不能谓短,今后希望参加社会工作,贡献其专长。

3. 大宝、二宝,从小专心机件构造,有志于电机工程,可予深造。我此次患病,感于医生亦甚重要,如二宝愿习医学,在高中毕业后,即入医科攻读。小妹爱好文学,尤喜戏剧,曾屡劝勿再走此清苦文字生涯之路,勿听,只得注意教育培养,倘有成就,聊为后继有人以自慰耳。

4. 我二十余年努力救国工作,深信革命事业之伟大,今后妻子儿女,亦应受此洗炼,贡献于进步事业,或受政治训练,或指派革命工作,可送延安决定。

四、关于政治及事业意见:

1. 对政治主张,始终不变,完全以一纯粹爱国者之立场,拥护政府,坚持团结,抗战到底,能真正实行民主政治。

2. 对事业希望能脚踏实地从小做起,一本以往服务社会与艰苦奋斗之精神,首先恢复书店,继则图书馆与日报。

3. 至于事业领导人,愈之思虑周密,长于计划,尽可能邀其坐镇书店,主持领导。仲实做事切实,亦应邀其协同努力。办报时仲华与仲持,亦可罗致。

五、关于其他方面:

1. 如能查得愈之安全消息,速设法汇款前去,以资补助。

2. 伦敦购回之英文本古典政治经济史与马恩全集,盼能保存于将来创立之图书馆中,以留纪念。

1944 年 10 月 7 日,延安《解放日报》首次发表的《邹韬奋先生遗嘱》全文如下:

我自愧能力薄弱,贡献微少,二十余年来追随诸先进,努力于民族解放、民主政治和进步文化事业,竭尽愚钝,全力以赴,虽颠沛流离,艰苦危难,甘之如饴。此次在敌后根据地视察研究,目击人民的伟大斗争,使我更看到新中国光明的未来。我正增加百倍的勇气和信心,奋勉自励,为我伟大祖国与伟大人民继续奋斗。但四五年来,由于环境的压迫,我的行动不能自由,最近更不幸卧病经年,呻吟床褥,竟至不起。但我心怀祖国,惓念同胞,愿以最沉痛迫切的心情,最后一次呼吁全国坚持团结抗战,早日实行真正的民主政治,建设独立自由幸福的新中国。我死后,希望能将遗体先行解剖,或可对医学上有所贡献,然后举行火葬,骨灰尽可能带往延安。请中国共产党中央严格审查我一生奋斗历史,如其合格,请追认入党,遗嘱亦望能妥送延安。我妻沈粹缜女士可参加社会工作,大儿嘉骅专攻机械工程,次子嘉骝研习医学,幼女嘉骊爱好文学,均望予以深造机会,俾可贡献于伟大的革命事业。

韬　奋

一九四四年六月二日口述签字

那个年代,祖国的大好河山支离破碎。在中国的版图上,有共产党领导的解放区,以延安为中心,有国民党统治的国统区,陪都在重庆,有日本侵略者占领的沦陷区,东北在日本军国主义操纵下,成立以傀儡皇帝溥仪为代表的伪满洲国;民族矛盾与阶级矛盾交错,民主与独裁交错,光明与黑暗交错,战火纷飞,人民生活在水深火热之中。中国共产党领导的中国人民,与日本侵略者,与国民党反动派进行着不懈斗争。这种斗争有公开的,也有秘密的。《遗言记要》中提到的生前好友:周恩来、潘汉年、徐雪寒、胡愈之、张仲实、金仲华、胡仲持,还有韬奋自己和记录者徐伯昕,他们或是优秀的中国共产党党员,或是非党布尔什维克,在各自不同的战斗岗位上,为民族的解放,为共同的目标理想艰苦地奋斗着。

1944 年 6 月,记录《遗言记要》前后,上海还处在敌伪统治下,外面风声很紧,街上经常发生进步人士被捕或遭暗杀的事,极端恐怖。我们得到情报,文化汉奸陈彬龢向日本人透露,韬奋可能在上海;不久,又有情报,传闻韬奋在上海治病,敌人正在千方百计追寻韬奋的下落。陈与父亲早年共过事,认识父亲,为了防止意外,商量对策,几次改名换姓,先后调换医院,还曾住到可靠群众的家里,从而避开了敌人的耳目。徐伯昕与中共地下党员陈其襄、张锡荣、张又新,母亲沈粹缜,姑母邹恩俊等,在极端秘密状况下,随时提高警惕,共同肩负着掩护父亲在上海治病的重任。可以想象,《遗言记要》在这样情况下产生,口述者和记录者,还有见证者,都承担着怎么大的风险。残酷的恶病缠绕着父亲,使他将不能再为这不平的世界呐喊了。

这份临终前的遗言是怎样处理的?

对这份《遗言记要》,也许父亲原本没有打算公开发表,所以那样真挚直白地提到他结交的许多革命者和共产党人,并把遗愿托付给共产党。可以想见,在那样险恶的环境下,不可能公开发表《遗言记要》。发表了,就是自我暴露,就是给敌人提供明靶。父亲很清楚,所以明确嘱咐"消息勿外泄,以免被敌造谣中伤,或肆意利用"。又嘱咐死后"即派人通知雪、汉,转告周公",更重要的是"如须对外发表遗言,可由周、汉全权决定内容,电告各地"。

1944年7月24日清晨,父亲韬奋与世长辞。由掩护的同志们决定:请徐伯昕和张锡荣分赴淮南和重庆向党报告。徐伯昕带着"韬奋遗嘱",于8月中旬,到达苏中根据地华中局。

8月18日,在苏北新四军军部所在地隆重举行邹韬奋追悼大会,党政军民各界人士数千人参加。当时,陈毅去了延安。代军长张云逸,代政委饶漱石,生前好友范长江、钱俊瑞、于毅夫、徐雪寒等在会上致词发言。

9月2日,周恩来获悉韬奋在沪病逝,向中共中央提议:(一)在延安开追悼会,先组筹备会;(二)《解放日报》发表追悼文章;(三)中央致挽电。毛泽东同意照周恩来意见办。噩耗传到重庆,激起大后方人民的极大悲愤,悼念父亲的活动变成对国民党迫害进步民主的控诉。9月25至27日,连续三天在报上发表由宋庆龄、林祖涵、董必武、于右任、邵力子、孙科、冯玉祥、沈钧儒、张澜、陶行知、郭沫若、沈雁冰、夏衍、徐伯昕、徐雪寒等72人署名发起的文章,刊登讣告启事,公布于10月1日举行追悼大会。9月28日,中共中央向家属发出唁电,其中称:"惊闻韬奋病逝,使我们十分悲悼;接读先生遗嘱,更增加我们的感奋。""先生遗嘱,要求追认入党,骨灰移葬延安,我们谨以严肃而沉痛的心情,接受先生临终的请求,并引此为吾党的光荣。"10月1日,在陪都重庆,召开了盛大的追悼会,郭沫若、沈钧儒、莫德惠等发言者热泪横流,台下群众泣不成声。10月7日,延安党中央机关报《解放日报》报道父亲逝世的消息,公布中共中央发出的唁电,并发表社论《悼邹韬奋先生》,表示沉痛哀悼,同版发表了《邹韬奋先生遗嘱》。遗嘱前述:"7月24日邹韬奋先生弥留时,嘱其夫人拿出遗嘱,要人读给他听,他嘱改正几个字后,即亲笔签了自己的名字,字迹挺秀如恒。"10月11日,延安召开"纪念和追悼韬奋先生办法"发起人第一次会议,周恩来召集,参加会议的有吴玉章、秦博古、邓颖超、周扬、艾思奇、柳湜、张宗麟、姜君辰、林默涵、李文、程今吾(宁越)、张仲实等13人。张仲实记录。10月12日,周恩来致电林伯渠、董必武等,告知延安将于"十一月一日举行盛大追悼会和著作展览并出特刊"。同日,周恩来在记录稿纪念办法第三条后加上"提议以韬奋为出版事业模范";在末尾加上"我们在昨天集会上,到了十多个人,定出如上的办法。全国性的,已电林(注:林伯渠)、董(注:董必武)转商沈老(注:沈钧儒),关于在延安要做的,正在筹备中"。10月16日,毛泽东在记录稿左上首批示"照此办理"。10月15日毛泽东为韬奋题词:"热爱人民,真诚地为人民服务,鞠躬尽瘁,死而后已,这就是邹韬奋先生的精神,这就是他之所以感动人的地方。"11月22日延安在边区大礼堂隆重举行追悼会,朱德、吴玉章、陈毅等在会上发言,《解放日报》出版长篇纪念特刊。边区不少地方先后开追悼会,发悼念文章和韬奋的《遗嘱》。

发表的《遗嘱》,简化了原始版中很多具体条款,隐去了人事上的设想和安排,变口语化为文字化,有精神,有原则,又讲究策略,文字简练,有条理。很多老同志回忆当年读《遗嘱》时的情景,犹激动不已,深切怀念,有的说是读了韬奋的遗嘱,坚定了自己的革命信心,有的说是读了韬奋的遗嘱,激励自己,申请加入了共产党。

现对两个版本的异同作如下比较:

对遗体的安排。

原始版:"遗体先为名医解剖检验,制作报告,或可对医药界有所贡献,而减少后人重犯此恶疾之痛苦。继即举行火葬。""火葬骨灰,尽可能设法带往延安"。发表版:"我死后,希望能将遗体先行解剖,或可对医学上有所贡献,然后举行火葬,骨灰尽可能带往延安。"

对入党申请。

原始版:"请组织审查追认,以示我坚决奋斗之决心。"发表版:"请中国共产党中央严格审查我一生奋斗历史,如其合格,请追认入党,遗嘱亦望能妥送延安。"

对家人的安排。

对妻子。

原始版:"与妻共同生活二十年,不能谓短,今后希望参加社会工作,贡献其专长。"发表版:"我妻沈粹缜女士可参加社会工作。"

对长子、次子、幼女。

原始版:"大宝、二宝,从小专心机件构造,有志于电机工程,可予深造。我此次患病,感于医生亦甚重要,如二宝愿习医学,在高中毕业后,即入医科攻读。小妹爱好文学,尤喜戏剧,曾屡劝勿再走此清苦文字生涯之路,勿听,只得注意教育培养,倘有成就,聊为后继有人以自慰耳。"发表版:"大儿嘉骅专攻机械工程,次子嘉骝研习医学,幼女嘉骊爱好文学,均望予以深造机会,俾可贡献于伟大的革命事业。"

关于隐去的人名。

原始版中提到好几位好友:"周公"(周恩来)、"汉"(潘汉年)、"雪"(徐雪寒)、"愈之"(胡愈之)、"仲实"(张仲实)、"仲华"(金仲华)、"仲持"(胡仲持)、"我妻"(沈粹缜)、"大宝"(长子邹嘉骅,又名邹家华)、"二宝"(次子邹嘉骝,又名邹竞蒙)、"小妹"(幼女邹嘉骊,又名邹加力),加上韬奋本人,和记录者徐伯昕,共13位。而当年的发表版,所提到的人名仅四位家庭成员:妻、长子、次子和女儿小妹。除韬奋,还有八位友好,姓名都隐去了。我的理解,那是国共第二次合作时期,共产党处在半公开半秘密状态,为工作需要,必须严格服从和遵守秘密工作原则,隐去人名,正是为了保护他们的安全。

关于"再奋斗二三十年"。

原始版:"如时局好转,首先恢复书店,继办图书馆与日报,愿始终为进步文化事业努力,再与诸同志继续奋斗二三十年!"发表版没有这段话,但是在10月7日刊登的遗嘱"口述签字"后有几句报道:"先生临终前听到国际形势急剧变化,法西斯匪徒垮台在望,他还沉痛地说:'我过去的二十年是锻炼自己,充实自己,刚到成年,如果病好了,还可为未来的光明的新中国再奋斗二三十年。'"其中采用了原始版中"再奋斗二三十年"。1979年7月徐伯昕在《人民日报》上发表的纪念韬奋文章《战斗到最后一息》,更是首次摘引发表了原始版中的一段话:"倘能重获健康,决先完成《患难余生记》,再写《苏北观感录》《各国民主政治史》,并去陕甘宁边区及冀察晋边区等抗日民主根据地,视察民主政治情况,从事著述,决不做官。如时局好转,首先恢复书店,继办图书馆与日报,愿始终为进步文化事业努力,再与诸同志继续奋斗二三十年!"

从比较中可以肯定,当时读到的遗嘱,是在原始版的基础上精炼而成的。它严谨、机巧、高昂,促人奋进。

那么最后定稿的《遗嘱》是由谁精炼而成的呢?《遗言记要》中说到"如须对外发表遗言,可由周、汉全权决定内容,电告各地"。是"周公"还是"汉"?可惜能够回答这个问题的先辈已先后作古,这个疑案只好留给后人去解答了。

中华人民共和国成立后,《遗言记要》中提到的"友好"们,都已走上国家领导岗位,工作范围、工作责任,大大超过韬奋当年的设想和安排。而发表版的《遗嘱》当年已深入人心(1949年后,曾经编入过教科书,"文革"时期抽掉了,很多同志一再呼吁重新编入教科书),激励过多少青年走上革命道路。它已经在最佳时期发挥了最大的作用,作为经典,载入韬奋的著作。

60年后的今天,徐敏提供的这份珍贵的《遗言记要》,生动记述、真实再现了这段鲜为人知的历史。它是发表版《邹韬奋先生遗嘱》的有力注释,让我们重温了韬奋对革命事业的追求、对中国共产党的热情向往,直至生命的最后犹孜孜不倦的伟大精神。

至于从《遗言记要》到《邹韬奋先生遗嘱》是怎么精炼的?因手头没有资料,不能妄加猜测。60 年过去了,当年必须保密的事,现今是否可以解密?我向珍藏档案的同志们求助,也许会有新的发现。

2004 年 6 月 22 日

(原载《出版史料》2004 年 9 月第 3 期)

附言:关于韬奋遗嘱,徐雪寒在 1982 年的一篇文章中有一段描写。时,他任华中根据地华中局情报部副部长,是潘汉年的主要助手,多次往返于敌占区和根据地之间,从事传递情报等地下工作。1943 年 10 月,受陈毅军长委托,代表毛泽东、周恩来和华中局到敌占区上海探望慰问韬奋;1944 年二三月间,韬奋病危,陈毅去了延安,华中局领导嘱徐雪寒代表党中央和华中局第二次到上海探望。对这次见面,徐雪寒作了这样的描述:

"半年不见,现在韬奋先生消瘦极了,除出大轮廓和一双眼睛之外,几乎很难认识了。他见到我,依然露出满脸高兴的样子,艰难地从棉被里伸出瘦弱的手,和我握了握。我说明来意后,他低声地道谢,迫不及待地对我说:'雪寒先生(对于我这个后辈,他一直以平辈相待),我看来是不行了,日本帝国主义还没有赶出去,我却再也不能拿起笔保卫祖国、保卫人民了!我的心意,我的希望,寄托在延安,寄托在党中央,我要求入党,请你代我起草一份遗嘱,也就是一份申请书,请求党在我死了以后,审查我的一生,如果还够得上共产党党员这样光荣的称号,请求追认我为伟大的中国共产党党员。'接着,他还说了一些对于抗日建国的重大政治问题的意见。要而不繁,若断若续。"徐雪寒一面安慰他,一面表示自己"文字上却毫无能耐,不堪完成你的嘱咐"。韬奋坚持要求,徐只好答应了。徐自称:"我的秃笔,要在短短的几百字中,表达他的正义的崇高的请求,真是难啊!写成的稿子总不满意,只得拿去交给韬奋先生。我给他念了一遍,他点点头,说声'谢谢',就放在枕头旁边。后来正式公布的他的遗嘱,应该说是韬奋先生亲自起草而且是亲笔缮写而成的,同我的草稿是无关的。""写下这段经过,无非说说韬奋先生在病榻临危前,对于党的热情向往的真实情况而已。"

韬奋是遗嘱的原创者
——对《原始版》一文的修正

　　2004 年 9 月,我在《出版史料》发了一文,题为《徐伯昕记〈遗言记要〉是韬奋遗嘱的原始版》,文中叙述了徐伯昕的次子徐敏代表徐家,在清理其父遗物时,发现了这篇韬奋口述、徐伯昕记录的《遗言记要》。我如获至宝,在兴奋中以最快速度读完全文,其中提到的人都是父亲的密友和同志,有的我也认识,读来感到特别亲切。《记要》记于 1944 年 6 月 2 日,那是抗日战争时期,上海处在日本侵略者手里,街上经常发生追捕暗杀等恐怖事件。韬奋于 1943 年 3 月中旬由苏北回沪,在中共地下党同志的掩护下,辗转更换医院,艰难地治疗恶病;另据所得情报,日本方面已知韬奋在上海治病,环境十分险恶。而遗嘱正是写作于这一背景之下。

　　1949 年 10 月 1 日,中华人民共和国成立,百废待兴,万马奔腾,人员、事业都有很大变动,《遗言记要》一直到 60 年后的 2004 年 9 月作为徐伯昕的遗物,方才公示于社会。

　　本文需要诠释清楚的,是韬奋遗嘱有两个版本:一是 1944 年 6 月 2 日,韬奋口述、徐伯昕记录的《遗言记要》,约 1400 字;二是 1944 年 10 月 7 日,延安《解放日报》首次发表的《邹韬奋先生遗嘱》,约 400 字。两相比较,有 1000 字的差额,说明版本有过改动,这样大幅度的删改出自哪位文人的浓缩和精炼,需要翻阅不少材料,才能亮出完整的事实真相。我搜索多年的积累,阅读有关的回忆文章,使曾经阅读过而模糊的记忆清晰起来。

　　这里,需要简单回忆一下韬奋在太平洋战争发生后的主要经历。

　　1941 年 12 月 8 日,日本国发动太平洋战争,仅 18 天,香港当局即宣布投降。包括韬奋在内,两百多名留港的抗日文化战士,处境特别险恶,同日,周恩来两次急电香港廖承志、潘汉年、刘少文,指示应帮助宋庆龄、何香凝及柳亚子、邹韬奋、梁漱溟等人安全离港。

1942年1月9日傍晚,韬奋只身和茅盾夫妇、胡绳夫妇、叶以群、戈宝权、于伶夫妇、恽逸群、黎澍、胡仲持、廖沫沙、殷国秀、高汾等由秘密交通员潘柱带领,通过日军的几重岗哨与铁丝网架,到达湾仔海边。大家乘上小木船,过渡到大木船,偷渡过海到达九龙的红磡,已是10日黎明。11日晨,向导又引来了叶籁士等十几人,混杂在成万的难民中,通过封锁线,朝目的地进发。途中翻山越岭,吃尽辛苦,于1月13日傍晚到达宝安县白石龙。这批文化界的精英受到东江纵队司令员曾生、副司令王作尧等同志和村民们的热情款待。

1942年2月14日,除夕,大队部的电台修复好了,与延安党中央接上关系,党中央发来指示,纵队政委林平代表曾生、王作尧正副司令员和全体指战员向大家祝贺新春,郑重热烈地代表党中央传达了对大家的慰问,代表当时正在延安的周恩来副主席对韬奋致以亲切的关怀和慰问。

为了保护韬奋安全,地下党组织安排他在宝安游击区暂住了一阵。

4月,华南党组织得到党中央电告,称国民党政府已密令各地特务机关严密侦查韬奋行踪,一经发现,就地惩办。

周恩来得悉国民党下令通缉邹韬奋,立即电告八路军驻香港办事处负责人连贯,一定要让邹就地隐蔽,并保证他的安全。

连贯根据上级指示找韬奋谈话,告知韬奋,当前形势已不能返回桂林,建议就地隐蔽广东,夫人和子女由党组织安排,先撤至桂林郊区暂住。

韬奋在党组织安排下,隐居在广东梅县畲江江头村陈启昌家。陈启昌,中共党员,先后任广东梅县特支组织委员等职。后在马来西亚、印尼、香港等地从事革命活动。

从4月到9月,韬奋在江头村度过近半年的隐居生活,翻山越岭,深入民间,了解百姓生活,进行考察调查。可喜的是陈家收藏有大量早期的革命书刊,正是一个可以阅读书刊的好时机。9月下旬,又得到中共地下党通知,国民党在各地侦查不到韬奋行踪,特派"大员"进驻广东,沿着东江、兴梅等地区亲临一线指挥侦查。党组织决定派原生活书店冯舒之,赴陈启昌家迎接韬奋离开江头村,中途路经上海,检查耳疾后,再决定去苏北解放区。

9月27或28日,韬奋依依不舍,离开了相处近半年的父老乡亲和亲密无间的几位中共秘密党员。离开时韬奋左耳已有浓液渗出。

经历二十多天艰辛曲折的路程，10月到了上海，与生活书店陈其襄相见。陈其襄是重庆总店派到上海设点，任总经理，还有张锡荣任副经理，经营副业，保护地下生活书店。

陈其襄及时找到与韬奋相识相熟的曾耀仲医师（曾医师曾经是《生活》周刊聘请多年的医学顾问）。他带了几位同道给韬奋检查耳疾，由于环境恶劣，条件限制，无法作深入诊治，初步诊断，患有中耳炎，不影响去苏北根据地。

1942年11月22日，按党的战时交通线路，地下交通递步接送。陈其襄请来了充当"岳母"的华老太太，她手提佛珠、香篮，还有读书出版社的王兰芬，充当华老太太的"女儿"，陪同生病的"女婿"，组成一个临时家庭回家乡。张锡荣雇了三辆人力车，招呼他们一行三人，从上海码头登上小舢板，再换上航轮，避开日伪军的检查。轮船到靖江（新港）码头，交通员走在前面，通过事先买通的伪警，过了关卡，绕道下乡步行二十多里路，到达苏中三分区如西县（现为如皋县）江安区一个小村庄。

在全新的天地里，韬奋一直处在兴奋状态中，考察、采访、演说、行军，所到之处受到各级领导、干部、青年学生、群众的热烈欢迎。

1942年11月23日，一天的活动。苏中三分区领导带来陈毅军长的欢迎电报。白天，韬奋看望了江潮报社，询问了编辑、通联、发行等情况，赞赏他们刻写蜡纸版的功夫；分区领导机关在驻地一家地主的大厅堂里召开了欢迎大会；晚上联欢会，特地点了两盏汽灯。韬奋在会上讲了他在东江游击队的见闻；介绍游击队两位领导人——正副司令员曾生、王作尧传奇性的故事；自己这样一个文弱书生，随从三个月的体验，衬托出游击健儿们在艰险紧张的环境中，磨练出来的行军作战本领和对他们的爱慕；特别讲了国民党反共高潮所造成的抗战艰难形势，精辟地分析了时局，把中国的命运寄托在共产党和八路军身上。在解答同志们提问的条子中有一条问："国民党蒋介石积极反共消极抗战，结局会不会投降日本？"韬奋回答："国民党蒋先生是很为难的，他挂着两块牌子，一块是三民主义，一块是抗战。两块牌子都丢了，他就什么都完了。"引来听众会心的笑声。

1942年11月下旬，苏中区党委接到中共中央华中局电报，嘱咐对韬奋的到来，要"确保安全，热情款待"。并指示，韬奋此行是奔华北延安，这里是路过的。此时，刘季平正调苏中行署任文教处处长。刘在国统区即与韬奋相识、熟悉，此时立即骑马赶到韬奋住地。区党委委托刘代表苏中领导机关，全程陪同韬奋在苏中抗日民主根据地同住、同吃、同行一个多月。

在刘季平陪同下，沿线，每新到一个地方，就会开各种各样的欢迎会、座谈会等，参加的有数十人、四五百人，甚至有两三千人。韬奋必定是嘉宾主讲人。除了参加群众性的活动外，私下，和刘季平谈得最多的，是他要申请加入中国共产党。不只"谈"过一次，前后至少有四次。第一次，韬奋告诉刘"他曾亲口向周恩来提出加入中国共产党的要求，当时周答复暂先留在党外更有利于抗日救国工作，他接受了；可是现在已不可能在国民党统治区进行公开活动"，要刘帮他考虑考虑，留在党外的时间是不是可以结束了。再次又向刘表示"自己反复思考的结果，不但自己下了更大的决心，要求加入中国共产党，而且认为现在已经到了应该结束留在党外的时间了"。第三次、第四次，他反复强调继续留在党外不但没有必要，而且正式加入中国共产党，还更便于无所顾忌地为革命工作，更有利于推动进步力量下决心支持革命斗争。

为什么如此执着地要求加入共产党？他一生奋斗，在他的思维中有资本主义社会、社会主义社会，有真理的学说，而国内的政府表面上吹嘘三民主义，实质早已背叛，国家没有尊严，没有自主，听任帝国主义侵略、分割、蹂躏，老百姓生活在水深火热中，在屈辱中度日。韬奋不违初衷，"二十余年来追随诸先进，努力于民族解放、民主政治和先进文化事业"，但"皖南事变"前后，他的事业，分布各地五十五处生活书店分支店，遭到国民党反动派运用各种手段的破坏，查封、强迫停业，最后只剩下六处；文章经常遭到扣留，人被特务盯梢、跟踪。为抗议反动派的压迫，韬奋秘密出走，从重庆到香港。太平洋战争爆发，十几天，香港就沦陷了，共产党南方局紧急组织部署营救，两百多位文化精英分别向大后方，向东江游击区撤退。韬奋撤退到东江纵队，这是他第一次来到共产党直接领导下的区域，虽然有战争，但人民团结，一致对敌，享受着民主自由的生活。这次到了苏北抗日民主根据地，他在实践中提升，根据地是雏形，它的未来是共产党领导的光明的新中国，他正在路上，他的近期目标是革命圣地延安，他还要和大家一起奋斗二三十年。

1942年12月26日，为欢迎韬奋，南通县通西镇领导机关，在一所县立中学举行盛大欢迎会。与会干群三千余人，其中也有从敌占区——南通城、镇来的。刘季平作简单介绍，韬奋在会上作了"团结抗日的形势"报告。

1942年12月27日，韬奋耳病发。

1942年12月29日，应苏中文化界邀请，韬奋在新四军一师师部驻地骑岸镇作公开演讲。在演讲的前两天，他的中耳炎病又发作了。他忍着疼痛，连着两个晚上，连夜准备讲稿。同时，还替苏中四地委党报《江海报》的新年特刊写了一篇《恭贺新禧》的文章。那天他头部痛得厉害，右边的半个脸都涨红了。

1942年12月30日，到南通县通西地区参观考察，参加群众欢迎大会。他谈了国内外形势，揭露"大后方"的黑暗情景，也谈到对根据地的观感。他谦虚地说："我到根据地来不久，对一切都很生疏，正像一个刚进学校的小学生一样，懂得的东西是很肤浅的，然而使我感奋的是我从事民族解放、民主政治和进步的文化，还在今天开始。""抗战已到了恭贺新禧的阶段。我目睹中国人民的伟大斗争，使我看到新中国的光明已经在望了。努力吧！我向大家恭贺新禧。"

1943年1月上旬，韬奋去盐阜地区，与刘季平分别。

1943年3月，韬奋病情突变，在根据地战争环境下无法进行诊治，陈毅同志作出决定："速派同志重新护送韬奋回上海治病。"从1942年11月22日启程到苏北根据地，至第二年，1943年3月19日离开回上海，在根据地一共逗留了近四个月。在根据地同志护送下，韬奋回到上海。他虚弱消瘦，陈其襄等同志再次请到与韬奋相识相熟的曾耀仲医师。韬奋自诉经常头剧痛，无法继续工作。经曾医师等几位好友检查，确诊病情已从原来的中耳炎发展为中耳癌，必须住医院，增加营养，疗养休息，恢复体力，再动手术。5月，征得组织和韬奋本人同意，住进红十字会医院，请穆瑞芬主任医师主刀，行根治割除手术，并进行深度X光治疗。那时，母亲和生活书店主要负责人徐伯昕还在内地桂林，韬奋秘密回沪治病的担子全落在陈其襄、张锡荣、张又新等少数同志肩上。手术前陈其襄全权代表签名负责。二姑母邹恩俊、陈其襄的夫人陈云霞，还有可靠知情的曹姓一家，丈夫、妻子、女儿也轮番照应、掩护。术后，病情精神均有好转，周围同志亲人都满怀期待。只有曾医师早有预测，他在回忆文中述："情形一时转佳，然因手术前少数癌细胞已转移侵入脑部，或系中耳手术困难，手术时少数癌细胞遗留原处之故，数月后再次复发成为无法挽救的绝症。"

手术进行得有点艰难，耳部病灶神经交错，难保没有癌细胞遗漏，埋下复发的种子，即使照了深度X光，也很难预测乐观。

术后，病痛稍有缓解，他又拿起笔写起"患难余生记"。

1943年6月，母亲、大哥、我，先后从桂林被接到上海。至今，我还清晰地记得，每天，妈妈总要伴在爸爸身边，用棉签一根一根捲出他鼻孔中那绿色的浓液。那时,我只懂得捲出那些浓液,爸爸呼吸会顺畅一点,现在才知道那是腐蚀排泄的毒液,在一点一点最后吞噬爸爸的生命。

1943 年 7 月,韬奋病势日益严重,据医师诊断要根治这病已无望,及早准备后事。地方党组织考虑此事必须及时向新四军陈毅军长汇报。党组织派张又新前往。张接到通知,即去火车站与一个客商接头,张自己打扮成一个卖猪客商的账房模样,跟着接头的人一起上了火车,坐的是棚车。那棚车原是装猪的,又臭又脏。为了避开半路的突然检查,他不顾脏臭,横躺在人群中。车到南京,换船,还要走三小时路才能到军部。他当夜顺利通过封锁线到达军部。

张很快见到陈毅同志,听说韬奋病危,陈毅当即召开紧急会议。参加会议的多是领导,张认得的有钱俊瑞、范长江、曾山等。会上先听张的汇报,继而讨论如何抢救的话题多,考虑办理后事的议论少。

1943 年 9 月,生活书店负责人徐伯昕从桂林来到上海。

1943 年,10 月的一天,华中局陈毅同志交给徐雪寒一个急要任务,称华中局接党中央通知,要他穿过敌人的封锁线,到敌占区的上海去探望慰问病中的韬奋,并送部分医药费。党中央毛泽东、周恩来都十分关怀韬奋,当时全国人民正处在艰辛的抗日战争中,多么需要韬奋这样的"宣传鼓动家"啊。

徐到上海先找到陈其襄家。他们都在同一条战线上共事过,不需要相互介绍。陈向徐详细汇报韬奋的病情和治疗经过,告诉徐,医师已经确诊他不是中耳炎,是中耳癌。徐大吃一惊,这不是宣判敬重的前辈死刑吗!他的心隐隐绞痛。他在回忆文中述:"我完全没有想到,韬奋先生在上海安全治疗的周密布置和巨额医疗费用筹措的重担,都压在其襄和他们几位同志的身上。"徐把从军部领来的伪币现钞交给陈,表示区区之数只是表达党中央和华中局对韬奋先生的尊敬和关注,解决不了大问题的。其襄默默地代韬奋收下,然后陪徐去医院探望韬奋。

那是一家规模不大的私人医院——剑桥医院。韬奋躺在病床上,消瘦很多,妈妈、徐伯昕都在身边。徐向韬奋屡述党中央毛主席、周恩来对他的关注之情,奉华中局命令专程前来探望的经过。他静静地听着,不间断地对党表示感谢,反复谦逊表明自己对祖国对人民没有做出什么贡献,不值得党中央如此关怀。讲到他在苏北根据地的所见所闻,不禁情绪振奋激动起来。他们谈话一个多小时,顾虑韬奋话多疲累,离开了病床。过了几天,徐第二次访韬奋,并向他告别。徐这次探望日期显然与韬奋生平最后一篇檄文《对国人的呼吁》有密切关联的。

1943 年 10 月 23 日,韬奋得知国民党调集大批军队进攻陕甘宁边区,愤不可遏,在病榻前口述了生平最后一篇檄文《对国人的呼吁》。口述结束,韬奋来了情绪,唤身边的亲人朋友"给我准备毛笔,让我来试试腕力"。这就是韬奋遗文留下的最后一节的遗墨。因为是最后一节,没有篇名,只有写作年月日,本人签名。

1944 年初韬奋病危,陈其襄等派张又新去淮南,向华中局和陈毅同志汇报。二三月间,陈毅同志突然又把徐雪寒找去,他神态沉重,指示徐再度潜去上海,代表华中局和陈毅慰问韬奋(据徐雪寒说那次委派他来上海,当时的上海地下党主要负责人刘长胜也在座)。那次会面韬奋谈到口述遗嘱,谈到如其合格,希望接受他为中共党员等。陈其襄的回忆文中说:"我们在病榻旁,目睹韬奋同志病重时,对党的一往情深、无限崇敬,和追求真理的坚定神情,至今未能忘怀。"陈在回忆文中叙述,韬奋曾多次对他说:"我很清楚你这样关心照顾我,不是一般的朋友关系,也不是出于同在生活书店工作,上下级的关系,而是世界上最珍贵最高尚的同志间的革命情谊。"同年初夏,陈得盲肠炎,几天没有去医院,韬奋焦急难安,生怕陈被敌人抓走,或出其他事故,后来知道真相,再三叮嘱我母亲、徐伯昕、陈云霞,设法多关照,使得尽早康复,他已忘记自己是个危重病人。韬奋这样待人,不单对陈一人,生活书店的同仁可以举出很多事例。

4 月间,韬奋生命垂危,为了抢救,陈其襄等商定,再次去找曾耀仲医师。面对敬佩的垂危友人,曾医师冒着生命危险,接纳韬奋住进他自己开设的上海医院。

同年 6 月 1 日深夜三时左右,韬奋突然晕厥数分钟。他自感时日不久,2 日即召来最接近的几位朋友,由他口述,徐伯昕记录,留下了《遗言记要》。

1944 年 10 月在重庆,《群众》杂志要求刊登经过删节的《对国人的呼吁》这篇遗著,送审结果,以"诋毁政府,触犯审查标准"的罪名,被国民党图书杂志审查委员会的老爷们全文扣留。1944 年 10 月 7 日,延安《解放日报》发表时恢复原稿全文,将原题《对国人的呼吁》改了一个字,"人"改"事"为《对国事的呼吁》。这是韬奋生平最后一篇文章的命运。在不同制度的统治领导下,一个是"全文扣留",一个是恢复原稿,改动一个字,"全文刊登"。

1944 年 10 月 7 日,延安党中央机关报《解放日报》报导了韬奋逝世消息,公布了中共中央在 9 月 28 日向家属发出的唁电，发表社论《悼邹韬奋先生》，同一版首次发表了《邹韬奋先生遗嘱》。

　　我在编《韬奋手迹》《韬奋画传》《韬奋年谱》等书时，都看过这篇遗墨，采用过这篇文章，因为没有题目，就没有把它和以后的《韬奋遗嘱》联系起来，总以为有高人改动过。这次经过一番梳理、核对，证明"遗嘱"的第一段，确实是从《对国事的呼吁》一文的最后一段采用过来的，只是在时间表达上略加修改，将"二十年来，追随诸先进"，改为"廿余年来追随诸先进"，"但三四年来由于环境的压迫"，改为"但四五年来，由于环境的压迫"。"呻吟床褥，不得不暂时停止……"等语改作"呻吟床褥，竟至不起"，是时隔八个月后的病情发展实情，也较妥切。写作年月日，原是"民国三十二年十月二十三日写于上海病榻韬奋"。有遗墨为证。至于遗体、入党、家属安排等，《遗言记要》中都有详尽的记录，"遗嘱"中沿用了《遗言记要》中的记录，简略采用。日期改成：一九四四年六月二日。这都是韬奋的口述，保留韬奋的签名，有真迹，有笔录，有当时身边的几位同志写的回忆录见证。

　　《韬奋遗嘱》，取自他的口述、取自他的遗墨，事实清楚，想请高人解题，那是笔者本身工作不细致，主观臆测的产物，被事实排除了。

　　两个版本，内容均出自韬奋的口述、真迹，依据可信，少数改动，带有编辑业务性质，并未改动内容。就事实而言，可以确定。

　　在这次对"韬奋遗嘱"的考证中，我将两个版本对比，注明了变动的地方。

　　（摘自 1943 年 10 月 23 日《对国事的呼吁》末段，括号内为《解放日报》刊登《邹韬奋先生遗嘱》改动地方）我自愧（己）能力薄弱，贡献微少，二十（廿余）年来，追随诸先进，努力于民族解放、民主政治和进步文化事业，竭尽愚钝，全力以赴，虽颠沛流离，艰苦危难，甘之如饴。此次在敌后（增：根据地）视察研究，目击（睹）人民的伟大斗争，使我更看到新中国光明的未来。我正增加百倍的勇气和信心，奋勉自励，为我伟大祖国与伟大人民继续奋斗。但三四（四五）年来，由于环境的压迫，我的行动不能自由，最近更不幸卧病经年，呻吟床褥，（增：竟至不起）不得不暂时停止。我廿余年来几于日不停挥，用笔管为民族解放、人民自由及进步文化事业呼喊倡导的工作。我个人的安危早置度外，但我心怀祖国，惓念同胞，苦思焦虑，中夜彷徨，心所谓危，不敢不告。故强支病体，以最沉痛迫切的心情，提出几个当前最严重的问题，对海内外同胞作最诚挚恳切的呼吁，希望共同奋起，各尽所能，挽此危机，保卫祖国。（增：愿以最沉痛迫切的心情，最后一次呼吁全国坚持团结抗战，早日实行真正的民主政治，建设独立自由幸福的新中国。)(摘自 1944 年 6 月 2 日口述《遗言记要》)关于临终处理：我死后，希望能将遗体先行解剖，或可对医学上有所贡献，然后举行火葬，骨灰尽可能带往延安。请中国共产党中央严格审查我一生奋斗历史，如其合格，请追认入党，遗嘱亦望能妥送延安。(关于家属布置)我妻沈粹缜女士可参加社会工作，大儿嘉骅专攻机械工程，次子嘉骝研习医学，幼女嘉骊爱好文学，均望予以深造机会，俾可贡献于伟大的革命事业。

为写本文，我参阅了陈其襄、张锡荣、张又新、徐雪寒、徐伯昕、胡耐秋、曾耀仲、陈启昌的相关回忆文章，以及《韬奋年谱》《忆韬奋》《韬奋的流亡生活》等书籍。

(本文写作过程中，得到汪习麟、张霞审阅，提出修改意见。具体联络、增删、修改得到毛真好的协助。曹俊德根据我提供的目录进行了补充。对以上同志表示感谢。)

2017 年 5 月 18 日

张仲实和邹韬奋

　　张仲实(1903.7.15—1987.2.13)，1925年1月加入中国共产党，1926年赴苏联留学，20世纪30年代初归国。

　　1935年1月，经胡愈之介绍，张仲实进了生活书店，接任胡愈之工作，担任生活书店出版的《世界知识》杂志主编。

　　同年8月27日，韬奋流亡海外归来，去码头迎接的，从照片上认，左起第一人就是张仲实，继而艾寒松、陈其襄、沈粹缜、邹韬奋、李公朴、黄宝珣、王永德、丁君匋。

1935年韬奋回国在轮埠和亲友合影（左起：张仲实、艾寒松、陈其襄、沈粹缜、邹韬奋、李公朴、黄宝珣、王永德、丁君匋）

　　11 月,韬奋识才,即请张仲实出任生活书店总编辑。11 月 16 日,《大众生活》周刊创刊,韬奋主编,金仲华、柳湜、张仲实为编辑组编委。该刊继承优良传统,高举大旗,吹响抗日救亡的号角,南北呼应,积极响应北京"一二·九"学生爱国运动。

　　1936 年 11 月,日帝黑手施压国民党政府,密电往来,制造了震惊中外的"七君子事件"。11 月 23 日凌晨,救国会的七位爱国领袖被捕,他们是沈钧儒、章乃器、邹韬奋、李公朴、沙千里、王造时、史良(女)。从 11 月 18 日至 25 日,短短八天时间内,日本驻上海领事馆总领事、武官,发回本国的密电即达八封之多,报告上海纱厂工人罢工,报告救国会、中共地下党的抗日活动。18 日,日本派出领事,直接向国民党上海市政府市长、秘书长提出要求"抓共产党",点名要求"逮捕抗日救国会幕后人物",不断施加压力。11 月 23 日,日本驻上海领事馆总领事致本国密电:二十三日上海俞鸿钧发电 537 号(一)项谓寺崎云:"救国会后台之章乃器、沈钧儒、李公朴、王造时、史良、邹韬奋、沙千里已于昨二十二日夜一举逮捕。中国方面希望公共、法租界不拘泥于法规常例,将逮捕原委公诸报端。又,本官本日下午因他事而会见市长。市长备述逮捕

张仲实等去看守所探望七君子(前排左起:沈粹缜、李公朴、×××、沈钧儒、王造时;后排左起:邹韬奋、章乃器、沙千里、张仲实)

之苦心，坦陈将尽量作出努力，本官对此努力表示谢意。"11 月 25 日，日本驻上海领事馆总领事致本国密电："二十四日本地各华文报纸刊载中央社消息，谓救国会首领七人已受逮捕，该会属不法团体，其罪状为勾结赤匪、煽动罢工、罢课、罢市、扰乱治安、阴谋颠覆政府。当局系按《危害民国紧急治罪法》，于租界当局配合下将彼等逮捕者也。七人曾一度受保释，此后除史良一时下落不明外，六人均再次被逮捕拘禁。关于保释，据俞鸿钧给馆员之内部电话，市府与法院方面意见不一。市府于二十三日致电司法部，希法院方面不妨碍市府之行动。"

在狱中，除了集体活动外，韬奋笔耕不辍，补写完成了四本书：政论集《展望》（1937.4）、自传体《经历》（1937.4）、游记《萍踪忆语》（1937.5）、译作《读书偶译》（1937.10）。

要特别介绍的是他在狱中，翻译整理了英文笔记，编就《读书偶译》。这是一本宣传马克斯、恩格斯、列宁生平学说的读物。这是韬奋一生唯一直面宣传马列主义的书，通过编译，不断端正树立正确的理论基础，指导自己的实践。

这是 1933 年 7 月，韬奋流亡海外，到了英国伦敦，经常到伦敦博物馆里的图书馆研读马列著作及其他社会科学书籍，摘记了大量英文笔记。1935 年 8 月海外归来，他义无反顾，投入抗日救国的热潮，无暇顾及那批珍爱的英文笔记。1936 年 11 月，国民党政府与日本帝国密谋，制造震惊中外的"七君子事件"，逮捕了救国会的七位爱国领袖，虽是冤案，却为韬奋翻译英文笔记提供了机会和时间，他重温马列思想，掌握马列基本原理，编译了《读书偶译》一书。在这本书的后记里，韬奋向四位好友致谢，他们是李公朴、金仲华、胡愈之、张仲实。这是一个貌似松散，实质志向相投、情操高尚、团结一心的团队。后记中韬奋对张的谢词最多。他说："张仲实先生的学识湛深，尤其是对于政治经济学的造诣，是我所非常敬佩的，我的这本书的第二次校样还请他很仔细地看过一遍。承他给我不少切实的指教，有好几处的名著译文，还承他对俄文原本仔细对了一下。本书里用的画像，有许多都是承张先生替我从各处搜集拢来的。他为了我的这本书，费了不少时间和功夫，这都使我非常感谢的。""于羁押中写作，不能多带参考书，遇有需要查阅参考的时候，往往写条子麻烦外面的几位朋友，托他们代为查一下。受到我麻烦的除张先生外，还有金仲华和胡愈之两先生，我应该在这里一并致谢。"患难中的知交，监狱是隔不断他们坚固亲密的革命友情的！

1937 年 8 月 13 日,日本侵略军进攻上海,淞沪战争坚持三个多月后,11 月 21 日上海沦陷。受韬奋委托,由徐伯昕担任经理、张仲实担任总编辑的生活书店总店,决定分批内迁。

1937 年 8 月 19 日,与同仁们经过五昼夜奋战,《抗战》三日刊创刊出版。编辑人韬奋,主要撰稿人是胡愈之、金仲华、张仲实、钱俊瑞、沈志远、柳湜、胡绳、艾思奇等。

1937 年 11 月 27 日,韬奋和何香凝、郭沫若、金仲华等文化界友人,在潘汉年安排下,坐同一艘法国邮轮("阿拉密斯"号)离开上海前往香港。那天,由法租界码头上船时,不巧遇到一些日本军官乘着小轮穿梭检查,换装过的韬奋夹杂在人群中,躲过一险。

12 月 2 日,由香港起程,乘轮船于 4 日到广西梧州。在广西经过停留的地点有梧州、郁林、柳州及桂林。同行者有金仲华、钱俊瑞、张仲实、沈兹九等 14 人。韬奋文:"这一批朋友,戏称自己这一群为'马戏班',这当然并不是说我们会做什么'马戏',却是说我们形成了一群:金仲华先生讲国际问题,张仲实先生讲思想问题,钱俊瑞先生讲农村经济问题,杨东莼先生讲战事教育问题,沈兹九先生讲妇女问题,我(韬奋)讲团结抗战问题。"正是这个高级精英组成的"马戏班",各尽其长,讲形势,唱抗战歌曲,高昂的《义勇军进行曲》响彻云霄,鼓动激励着沿途数千青年学生的抗战热情,受到人民群众的热烈欢迎。

12 月 16 日,经衡阳到达武汉。《抗战》三日刊每期继续编辑出版。1938 年 7 月 7 日与《全民周刊》合并,改名《全民抗战》。通过杂志,在国共第二次合作时期,在国民党统治区,转达共产党对时局的宣言,如何在国统区开展统一战线工作、开展文化抗战的宣传,如此等等中共中央的意见和声音。

国民党政府迫于全国抗日救国的舆论压力,不得不同意允诺在国统区设立代表共产党中央的办事机构。

张仲实在武汉多次到八路军办事处,与中共长江局负责人取得联系,发挥了独特的作用。

张仲实文《周恩来和邹韬奋》摘要:1938 年 9 月的一天下午,我(张)陪同邹韬奋同志来到八路军驻武汉办事处。周恩来同志已在那里等候了。一见面,他首先伸出热情的手,和韬奋同志紧紧地握在一起,高兴地说:"欢迎你,邹韬奋先生,我们今天第一次见面啰。当然,我们还没见面的时候就已经是朋友、好朋友了。'救国会'的抗日主张，和我们是一致的，爱国七君子的节风，我是很佩服的。今天下午，我们可以无拘无束地畅谈一番。""周恩来同志爽朗亲切、诱导启发。他精辟的分析，透彻独到的见解，给我们留下了极深刻的印象。""他关切爱护地说：'爱国知识分子是我们国家的宝贝。你们二人都是知识分子，有知识，又很爱国，希望我们更密切地配合起来，团结更多的知识分子，一道走抗日救国的道路。'还语重心长地说：'现在我们一起奋斗，以彻底打败日本帝国主义；将来，我们还要共同努力，以建设繁荣富强的新中国。'"

张文摘："这次接见以后，邹韬奋同志多次对我诉说起他对周恩来同志的钦敬景仰，称周是他最敬佩的朋友。他撰写时评遇到困难时，每次总是首先想到向周恩来同志请教。而周恩来同志又总是谦虚地和他一起讨论，共同分析，一道结论，还句斟词酌地为他修改文章，以商讨的口气建议有些话应该说得隐蔽婉转一点，以进行更有理、有利、有节的斗争。"韬奋曾多次对张仲实说"周恩来先生的确是我的良师益友"，并向周恩来提出入党要求。"不管反动派如何制造白色恐怖，邹韬奋同志及其他许多爱国知识分子宁愿冒死去找周恩来同志作肺腑谈。""在武汉，他（周恩来）到过生活书店门市部和编辑部看望大家，勉励我们多为抗日救国出力。""武汉失守后，在重庆，能经常看到周恩来同志出现在生活书店管理处逐月举行的茶话会上，发表趣味风生的政治报告。"

1935 年 1 月，韬奋还流亡在海外，胡愈之已介绍张仲实进生活书店接替胡的工作，担任《世界知识》主编。8 月，韬奋归国。他审察看望了书店同仁，在一篇"生活史话"中写过这样一段文字："在我出国后的二年间，不但不衰落，而且有着长足的发展。伯昕先生的辛勤支撑，劳怨不辞；诸位同事的同心协力，积极工作；愈之先生的热心赞助，策划周详，以及云程、仲实诸先生的加入共同努力，为本店发展史上造成最灿烂的一页。"

我深深感动。感动韬奋对这个团队，从员工到负责人，相互的默契、支持和信任。在韬奋身边的一群优秀先进分子，领队的有共产党人胡愈之、张仲实，隐蔽在书店内部的中共秘密党员；韬奋，海外流亡求索归来，脑中多了三位引领终身的伟人：马克思、恩格斯、列宁，他们的生平和学说指引着正确的方向；徐伯昕，韬奋的左膀右臂，辛勤支撑，坚守岗位。令我十分敬佩的是韬奋对战友精准的评语，尊重谦虚的共事态度。

30 年代末，军阀盛世才在新疆鼓吹"六大政策"，一时吸引许多人去新疆，为把新疆建设成抗战的大后方而努力。1939年1月,杜重远极力动员张仲实,韬奋也大力支持,一是为了协助时任新疆学院院长杜重远的工作,二是为了实现韬奋的设想——在抗战大后方新疆另建生活书店编辑出版中心。

韬奋和张仲实共事四年,办刊物,筹划出版大量具有先进思想的图书,"为本店发展史上造成最灿烂的一页"。韬奋和张的思想、工作上的默契,踏实配合的作风,完全信任张能独立开辟新局面。令人悲愤的是军阀盛世才的鼓吹,完全是虚伪、欺骗,背叛者终于露出凶残的嘴脸,先后杀害了杜重远、毛泽民、陈潭秋等革命先烈。

1940年5月,张仲实和茅盾觉察到形势有变,想方设法脱险到了延安。那时期,生活书店分支店遍及14省,达55处之多,满布大后方,并深入战区和游击区,努力为抗战文化服务。国民党反动派不相信区区一个小书店,短短几年,发展到如此规模,肯定接受共党津贴。自1939年3月始,反动派查封、抓人,使用种种手段,压迫摧残生活书店。临离开重庆前,韬奋向沈钧儒老人告辞,手中挥着几份电报,含泪说:"这是什么景象!一点不要理由,就是这样干完了我的书店!我无法保障它,还能保障什么!我决意走了!"后期,颠簸的生活,恶疾缠身。他虽然没有看到抗战胜利,可欣慰的是他抱病亲历过广东梅县东江游击区、苏北抗日民主根据地,已经亲身感受预见到光明的未来!坚定相信未来是共产党领导的新中国!

1944年7月24日清晨7点20分,父亲韬奋离开了这个世界。

生活书店掩护韬奋的同志决定:徐伯昕和张锡荣分赴淮南和重庆向党报告。不幸消息传出,受到韬奋文章影响的广大民众同声悲悼,有条件的地方纷纷隆重召开追悼会。

张仲实与韬奋相识相处,推动提升生活书店出书方向、建立与党的关系,从单线联系发展到建立秘密党支部,直接联络中共八路军办事处,接受党组织的领导。韬奋在踏上苏北抗日民主根据地,回答一位书店同仁的提问时说:"从武汉到重庆,直到我离开重庆到香港,其后,回到上海,转到解放区,我的一切工作和行动都是在党和恩来同志指示下进行的。"这是一条与恶势力斗争的道路,为追求光明、追求新中国的道路。

张仲实曾撰文回忆:1944年"9月下旬,周恩来同志要我为党中央草拟致韬奋同志家属的唁电。我拟毕送给周恩来同志,他圈点勾画,仔细批阅,足见他对韬奋同志逝世的莫大痛惜。10月,新华社在延安公布邹韬奋同志逝世的噩耗,延安准备举行隆重追悼,周恩来同志指定我负责治丧委员会的具体工作,并要求我事无巨细,均须向他汇报。他不但亲自圈定周恩来、吴玉章、博古、邓颖超、周扬、艾思奇、柳湜、张宗麟、姜君辰、林默涵、李文、程今吾和我等13人为治丧委员会委员,还召集筹备会议,并亲自修改悼词送毛泽东同志审阅。周恩来同志这样做,绝不仅仅是为了寄托哀思,而是对邹韬奋同志及所有爱国知识分子的尊重。我还记得,闻一多、李公朴同志遇害后,周恩来同志都曾代表党中央组织追悼纪念活动。"(摘自《周恩来〈领袖交往实录系列〉》)

张仲实在周恩来指示下精心具体完成嘱托。

1. 周恩来嘱张仲实为党中央草拟致韬奋家属的唁电,张拟毕送周审阅,周"圈点勾画,仔细批阅",产生了《中共中央唁电》。全文如下:

中共中央唁电邹韬奋先生家属礼鉴:惊闻韬奋先生病逝,使我们十分悲悼;接读先生遗嘱,更增加我们的感奋。韬奋先生二十余年为救国运动,为民主政治,为文化事业,奋斗不息,虽坐监流亡,决不屈于强暴,决不改变主张,直至最后一息,犹殷殷以祖国人民为念,其精神将长在人间,其著作将永垂不朽。先生遗嘱,要求追认入党,骨灰移葬延安,我们谨以严肃而沉痛的心情,接受先生临终的请求,并引此为吾党的光荣。韬奋先生长逝了,愿中国人民齐颂先生最后呼吁,为坚持团结抗战,实行真正民主,建设独立、自由、繁荣、和平的新中国而共同奋斗到底。谨此电唁,更望家属诸位节哀承志,遵守先生遗嘱于永久。

中国共产党中央委员会一九四四年九月二十八日

2. 周恩来亲自圈定周恩来、吴玉章、博古、邓颖超、周扬、艾思奇、柳湜、张宗麟、姜君辰、林默涵、李文、程今吾和张仲实等13人为治丧委员会委员,并指定张仲实负责治丧委员会的具体工作。

3. 10月11日发起人召集第一次会议,周恩来主持,到会者发起人13位,张仲实记录整理,拟定《纪念和追悼韬奋先生办法》。全文如下:

11月22日,下午二时,延安,在边区参议会大礼堂举行追悼大会,各界人士及韬奋生前友好近两千余人出席。会场四壁,悬有毛主席、朱德及各界人士、机关的挽联,台前列满花圈。主祭人吴玉章,陪祭人周扬、柳湜就位,领导全体献花圈行礼。柳湜、朱德总司令、吴玉章、新四军军长陈毅等致词讲话,群众、家属代表等发言,最后张仲实报告。大会在雄壮的《义勇军进行曲》歌声中散会。

张仲实张伯伯在韬奋思想、韬奋事业的发展中，也是一位不可缺的优秀大家。

张仲实共写纪念文五篇：《一个优秀的中国人——邹韬奋先生的生平、其思想及事业》(1944 年 11 月 14 日)、《不屈不挠、尽善尽美的作风》(原载 1945 年 7 月 24 日延安《解放日报》)、《韬奋的精神》(原载 1964 年 7 月 24 日《光明日报》)、《怀念邹韬奋同志》(原载 1978 年 7 月 24 日《解放日报》)、《周恩来和邹韬奋》(选自《周恩来〈领袖交往实录系列〉》)。

1985 年 10 月 24 日，我有幸在北京与张伯伯有一次近距离的接触，那是为请他在倡议成立中国韬奋基金会的倡议书上签名。目睹他一丝不苟认真写下自己的大名，我的眼眶湿润了。我是后人，是在编《韬奋年谱》的过程中感受到他高尚的人格风范。作为后人，需要的是学习、继承他和他们忠诚不变坚守信念的初衷。

2017 年 6 月 8 日

巴老给我的温暖

巴金在成立"中国韬奋基金会"倡议书上签名(1985 年 10 月 31 日)

　　打开记忆的闸门,发现我早在 20 世纪 40 年代,就是巴老亿万读者中的一员了。

　　时光倒流。1944 年,父亲邹韬奋带着无尽的留恋和遗憾走了。1946 年,他生前好友决定筹备建立韬奋图书馆,以志永久纪念。我和妈妈沈粹缜、生活书店的胡耐秋成为筹备组的第一批成员,开始在上海设点,开展征集图书等工作。蒋介石发动内战,上海白色恐怖严重,我和妈妈听从地下党的安排,去了香港。

　　母女二人和徐伯昕、胡耐秋住在一起。狭小的卧室,却有一间三四十平米大的客厅，四周竖立着大大小小的书架。我每天除了登记图书、整理图书，就是埋在书堆里看书。巴老的经典著作《家》《春》《秋》就在那时进入了我的生活。觉新、瑞珏、梅表姐、觉慧，他们的美丽、善良，无奈的忍耐，对压迫的反抗，给我这成长中的少女，注入了新的血液。他们至今活跃在我的人生画廊中。

在和巴老的交往中，也有凄苦心酸的时候。那是"文革"这场劫难。20世纪三四十年代的革命文化堡垒生活书店，变成了黑店；原来是烈士的父亲，变成了黑店老板；妈妈从领导岗位上下来，到里弄里传呼公用电话；大哥大嫂进了监狱；二哥遇"车轮大战"，精神近于崩溃；我受的冲击最小，从造反派变成逍遥派。而巴老，从知名作家变成黑老K。一天，我在淮海路湖南路口遇到巴老，两人都行色匆匆，猛一抬头，才彼此看到，谁都无法躲避，我作为小辈，轻轻脱口叫了一声"巴老"，他凝视着，没有回应我，也没有迈步离去。也许这声"巴老"，唤起他还生活在人间？看他瘦弱的身躯，架着一套单薄的中山装，晃荡晃荡的。那可是大冬天啊。不知哪里来的勇气，我用四川口音，轻声对巴老说："不要走，等到我。"我返身快步朝上海新村跑去。妈妈一面听我说，很快找出一件棉衣，叮嘱我快去快回。巴老真的还站在路口。他接过棉衣，看了我一眼，脸上苦涩涩的，没有说话，走了。相似的遭遇不需要语言，棉衣就是心灵沟通的桥。

巴老曾经倡议建立国家级的文学馆和"文革"博物馆。现在文学馆已经建成，"文革"博物馆却迟迟没有音讯，不知会不会成为巴老的遗愿？记得当年批判"四人帮"时，有一个措施，要求大家上缴"文革"时期的书报，集中焚毁。我心中有疑问，自作主张，保留了那些书报，目的，是想用实物保留那段历史。让它们作为见证，警示后人不再犯同样的错误。巴老把心交给读者，还想用真爱为保障和提高广大读者的生存环境和生活质量尽一份力。什么时候这个遗愿能够实现，我当尽微薄之力。

"文革"后，我荣幸地当过巴老《寒夜》的责任编辑。当我把出版社的打算转告他时，他那父辈一样亲切的四川语音回响在我的耳畔，他说："好，好嘛，没有意见，没有意见。"他的平易，对青年编辑的关爱，给予我温暖和信心。

1985年10月31日，为筹备中国韬奋基金会，我登门拜访他。他神情专注，听我讲述倡议经过，当我代表北京一些倡议人，提议请他支持时，他没有多话，当场在我递上的倡议书上留下了他的名字。我笑了，他也笑了。这是用心支持同一个事业的喜悦。

　　每年都和基金会的同志去巴老家祝贺他生日。随着买鲜花，买蛋糕，自己也喜庆欢乐起来。心甘情愿为巴老服务，为他的健康，为他的长寿。岁月流逝，从到家里祝贺，转移到医院祝贺，巴老的健康在起着变化。又一年生日，巴老在病室里接待宾客，祝贺的人流涌动，声音嘈杂。我挤进人群，走近巴老，他握着我的手，朝身前拉了拉，看他想说话，我凑上前去，他用近似耳语的低声说："今天来不好，人多，说不上话。平时来，人少，好说话。"我应他："一定平时再来。"等我再去看望时，他已经不能说话了。巴老的女儿李小林陪我在病室门口，远远地看着巴老在艰难地呼吸着。我的心揪紧了。谁也不愿捅破那张令人心痛的纸。人类能延缓衰老，却不能违抗人类的终极。让我们为巴老的精神永存祈祷。

（原载《解放日报》2005 年 10 月 19 日）

纪念邹韬奋诞辰 110 周年

各位领导、各位同志、各位朋友：

今天，我们集会纪念我的父亲、新闻出版战线的先辈邹韬奋诞辰 110 周年。

我和我的家人都很欣慰，人民没有忘记他，我们新闻人、出版人没有忘记他。特别是，今年是中国全民抗战取得伟大胜利的 60 周年，是世界反法西斯战争伟大胜利的 60 周年，这时刻纪念韬奋更有着特殊的意义。

韬奋是在风起云涌的抗日烽火中涌现出来的一名卓越战士。在这场全民族反击侵略者的战争中，韬奋"跟随诸先进"（韬奋语）发挥了他独有的舆论宣传上的鼓动作用。当年中共中央给韬奋家属的唁电中说："韬奋先生二十余年为救国运动，为民主政治，为文化事业，奋斗不息，虽坐监流亡，决不屈于强暴，决不改变主张，直至最后一息，犹殷殷以祖国人民为念，其精神将长在人间，其著作将永垂不朽。"1945 年 9 月在抗战胜利的锣鼓声中，周恩来给妈妈的慰问信中说："在抗战胜利的欢呼声中，想起毕生为民族的自由解放而奋斗的韬奋先生已经不能和我们同享欢喜，我们不能不感到无限的痛苦。您所感到的痛苦自然是更加深切的了。"又说："现在，他一生光辉的努力已经开始获得报偿了。在他的笔底，培育了中国人民的觉醒和团结，促成了现在中国人民的胜利。"这就是共产党对韬奋历史的评价。（插曲：有一次，韬奋对周恩来表达，自己什么都不是，不是文学家，不是科学家。周恩来说，你也是一家，是宣传鼓动家。）我代表亲人、代表家属，向今天到会的同志们表示深深的谢意和敬意。

我应筹备这次会议主持人的要求，简单介绍一下新出版的《韬奋年谱》里的几个重点：

一、年谱最大的特点是记录了抗战时期韬奋在国民党统治区"光辉的努力"。国统区不是前线,却也是一个战场,同样有胜利的喜悦和惨重的牺牲。韬奋在民族生死存亡的危急关头,凭借他的正直和良知,他坚决、执着,义无反顾地接受了共产党的主张,呼吁并实行停止内战,一致对外,建立抗日民族统一战线,坚持团结反对分裂,坚持抗战反对投降,坚持进步反对倒退,对准我们的共同敌人日本帝国主义。

这个时期韬奋的宣传是出色而有成效的。他把党的主张和当时的现实融为一体,产生了巨大的宣传效果。在这里,韬奋办的报刊杂志,《生活》周刊、《大众生活》《生活日报》《生活星期刊》《抗战》三日刊、《全民抗战》等,在国统区是一道耀眼的亮色。它记载了日本帝国主义在我国领土上犯下的滔天罪行。60 年后的今天重读这些檄文,一篇篇不失时效,都是日本侵略中国的历史见证。同时,在他选编的文章里,传递着前方胜利的消息。凡是重大的战役,不论是关于正面战场国民党的部队,还是关于敌后根据地战场共产党的部队,他的刊物里都有及时简洁的报导,也可以说那是一部全民抗战简史。以此鼓舞人民,增强必胜的信心。

二、年谱较翔实地记述了"国民参政会"的真实情况。在国统区各种政治势力较量的手段是多样的,较量的集中场所,是国民党设立的国民参政会。名义上是"为集思广益,团结全国力量",实际上国民党当局又忌讳谈党派,因为在他们心目中只有一个党、一个元首。参加了四次大会以后,韬奋"很沉痛地感觉到"他"所提出的提案,乃至许多其他'来宾'的提案,尽管经大会通过,在事实上凡是比较重要的提案都只是等于废纸"。这就是当局政府标榜的所谓"集思广益"反映民意的国民参政会。韬奋是亲历者,他的记述应该是最有信誉最具可靠性的。

1939 年有过这样一件事。3 月,生活书店出版了一本《蒋委员长抗战言论集》,这本集子有两部分内容,第一部分是蒋介石发表过的抗战言论,第二部分是有关国共合作实行抗战以及承认陕甘宁边区政府和改编红军为国民革命军第八路军等宣言。出版这本书,知道背景的人明白,这是一步高手棋,不知道背景的人,认为生活书店是个进步书店,怎么会出蒋介石的书?其实揭开谜底,这是一个高超斗争艺术的举措。它的发明人是毛泽东。毛主席对周恩来说:"在国民党地区还应该出版蒋介石主张抗日救国的言论集,……国民党顽固派如果反对我们作这样的宣传,那么他们就是非法的了。"带有讽刺意味的是这本书再版了四次,最后被宣布为禁书。书禁了,那明明白白的抗战言论,那曾经承诺的关于国共合作实行抗战、承认陕甘宁边区政府、改编红军为国民党革命军第八路军等宣言就都不存在了吗？都能抵赖得了的么？

三、年谱记载了韬奋思想最后的升华。1941年12月太平洋战争爆发，韬奋和一批文化精英被东江游击队从香港秘密营救到了广东，以后又在党的地下交通护送下到了苏北抗日民主根据地。那已经是1942年11月了。

韬奋受到了新四军领导粟裕、陈丕显等人的欢迎，苏中区党委又委托刘季平代表苏中领导机关，全程陪同韬奋。

在抗日民主根据地虽然只有三四个月，韬奋的心情始终激动不已，他看到的是光明、充满希望的祖国的明天。表现在行动上，就是他一片赤诚近似痴迷，在一个多月的时间里向刘季平个别谈心四次，要求参加共产党。第一次，他对刘说他曾经亲口向周恩来提出加入中国共产党的要求，周恩来答复他暂先留在党外更有利于抗日救国工作，他觉得有道理，就服从了。现在他已经不可能在国民党统治区进行公开活动，因而要刘帮他考虑留在党外的时间是否可以结束了。第二次，韬奋对刘说，他自己反复思考的结果是，不单自己下了更大的决心，要求加入中国共产党，而且认为现在已经到了应该结束留在党外的时间了。第三次、第四次，韬奋反复强调继续留在党外不单没有必要，而且正式加入中国共产党还更便于无所顾忌地为革命工作，更有利于推动进步力量下决心支持革命斗争，等等。一直到临终前，在口述遗嘱时，韬奋还提出要求加入共产党。他把人生的希望、祖国的希望全寄托在中国共产党身上了。

今年，在庆祝两个伟大胜利的过程中，不止一次地听到国家的高层领导提出要求提高对抗战历史研究的水平。韬奋生活战斗在国民党统治区，他的文章带有明显突出的地区特点。《韬奋年谱》所提供的是一份集中而不可多得的历史见证，是对抗战历史研究一份绝好的重大的补白。60年后的今天，韬奋的这份补白为抗战史研究作出了新的贡献，使有志于抗战史研究的同志的资料库里多了一份新的充实。

谢谢大家。

（2005年10月28日、11月5日，北京、上海俱召开纪念邹韬奋诞辰110周年的大会，此文为邹嘉骊在两次会议上的同题发言。）

花季少年给妈妈的信

这是妈妈珍藏半个多世纪的六封信。其中一封是大哥（即邹家华）的，五封是二哥（即邹竞蒙）的。按现在的说法，那时两位哥哥都是不到二十岁的青少年，都是花季少年。

当时，我们全家四个人（妈妈、大哥、二哥、我）分处三地。妈妈和我隐居在国统区的上海，白色恐怖，担惊受怕。原计划要去根据地，行前体检，查出妈妈患有乳腺癌，就此手术开刀而未能成行；大哥由地下党安排，跟徐雪寒去了根据地，1945 年，"从华中随干部队到山东临沂，分配到薛暮桥同志处工作"（薛暮桥同志时任山东省人民政府建设厅厅长）；二哥为取得一张初中文凭只身一人留在广西桂林，不久，日本鬼子入侵广西，湘桂战争爆发，他随生活书店同仁逃难，几经辗转，从桂林经贵州到达重庆，经周恩来副主席安排去了延安。

四人三地，不仅地域间隔，而且音讯全无。不像现在，不论相隔多远，一个电话，一条短信，就联系上了。长年离别的思念和牵挂苦系心头。

六封信填补了一段父亲去世后亲人离别的历史空白。信中溢出的浓浓的母子深情和兄妹深情，六十多年过去了，依然像潺潺流淌的温泉水温暖着我的心。

大哥信稿上一段铅笔文字是他最近落的笔；钢笔字是二哥 1995 年 3 月来上海出差，我请他在复印件上对当年不便公开写出的名字作的注释。

附 1：邹家华同志 1945 年 10 月 6 日给母亲的信

母亲：

好久没有写信了，信是寄得通的，主要的恐怕出毛病，所以一直没有写。曾经从老徐那里带信，但到上海后没有找到您们，所以也没有带到。老于到过上海，我从他那里知道您曾生过病开过刀，现在完全痊愈了吗？小妹的身体怎样，较好些吗？颇以为念。

我在十月初由安徽到了山东，在薛暮桥这里工作，身体都很好。弟弟据延安来人说，在延安大学学习，生活都很不错。这里与华中不同，生活较艰苦（但较前几年那好得多了），吃小米，偶然的一年中有二个月是吃麦粉的，大米是没有，但这对我很快就习惯了，弟弟那里也是一样。延安洵叔也在那里，还有其他的熟人所以请您放心。

您们在上海的情形如何？我不知道。不过我有这样一个意见。假如有这样的条件可以到解放区来的话，最好是能来（当然还要请郑重地考虑各方面，是否可以来），因为来了以后，在这样一个正确的政治环境下，对革命对个人都是有利的，或者所差的也许仅仅是与上海比较的物质享受而已。不过我不坚持这一个意见，如果身体关系，或其他好的意见留在上海也未尝不可。

曹伯伯曹伯母他们好吗？他们回家去了吗？小曹很早以前的信我收到了。曹伯伯的病好了吗？二姑及姑夫好吗？都请您代为问候，有机会再写吧！

祝（好）

宝十月六日

（反面）

可怜的我，昨天我的表给人偷去了。

在华中时钢笔给人换错了，而那一位已经离开了。

有机会写信可请徐先生转给我。

从此信的内容来看，可以确定这样的

此信是我给妈妈写的，时间约在1945年，当时我从华中随干部队到山东临沂，分配到薛暮桥同志处工作。（他当时任山东省人民政府建设厅厅长）

邹家华

附2：邹竞蒙同志1945年12月14日给母亲的信

姆妈：

儿离开姆妈差不多有三年了。我先说说这两年我的情形。姆妈离开桂林后我和小妹住在学校里，假期也无处可去，有时去小舅母那儿。至去年四月，那时张先生（即张锡荣）来了，说是接我们两个回上海去。当时小妹身体很不好，且当时我还梦想拿张毕业文凭，张先生也说经常有人来往，七月再回去也好，于是小妹先回去了。但是到七月战事发生，文凭没有拿到，反而逃了一场难。当时我仿佛没有人管，都怕负担我的责任。最后塞给了陈先生（即陈正为）和密斯杜（即涂敬恒）。千辛万苦的跑到重庆，住了一个多月，经周先生（即周恩来）介绍来这儿。

1945年邹竞蒙在延安

姆妈！实在的在桂林时我很少想家，但是在贵阳我闻见父亲逝世的消息，这使我苦恼好久，我终在懊悔，我没有及时回上海，在这时我才看了父亲的书，才知道我父亲的幼年青年时代的痛苦，这时我才感觉到父亲是个伟大的人物，但是也来不及了，我永远看不见我所敬爱的父亲，我将终身遗恨的一件事。这时我才想起我的家，想起姆妈，想起哥哥想起小妹。

在家中我算是最淘气的一个了，那是上上下下都吵架，常使姆妈动气，现在想起来懊悔得很，将来回家时我一定孝顺姆妈，不使姆妈动气。

在这儿我遇到了四叔（即邹问轩），真是想都想不到。我根本就不认识他了。现在他已走了，留下四婶（即王馥）和一个堂妹（即邹延年）。四婶待我很好尤其在生活上的照顾，母亲不必挂念。如果小舅舅（即黄宝珣）在的话，姆妈代向她谢谢，最近小舅舅曾托人带了五千元给我。祝

康康健健

向小妹问好

儿小宝叩上　十二月十四日

附：小妹我另写信了，希望时常来信。代向小舅舅问好

附：最近照的两张照片

来信可寄　陕西　延安外宾招待所　邹竞蒙收即可

附3：邹竞蒙同志1946年1月14日给母亲的信

亲爱的姆妈：

当我知道您已在北平时真是高兴，因我觉得更近了，虽然还有几千里路远，十一月八日小妹来的信已收到，因未曾照相所以未曾复信。

在这里还是和以前一样身体很好，前几天量了一量身高五（呎，英尺）七（吋，英寸）左右，体重忘了，至少120斤以上。不久前曾下乡过，一天曾走了一百多里，这一下走路可不怕了，饭量很好，一顿两大碗，土碗啊！吃得不坏，穿得也很好，今天还穿上了新棉衣，旧的自己虽然用麻线缝的还是不结实，恐怕是因男的手粗。

现在主要还在学习，时常觉得吃力，这只得怪以前在中学不用功了，但我现在很愿加油学习，免得再见亲爱的姆妈的时候还是只知和小妹吵架的家伙。同学间有时不免闹闹意气事，我还是会吵架，不过已改去许多了，现在还在改着。张伯伯（即张仲实）下乡去了，未曾回来，最近也曾来信，叫我写信给您，但是我未想到您会到北平，后来始闻是祖父病了，你代向他老人家问安，但不要给信给他看，他一定会生气字写得不好，或者太白话文了。小妹是否和您在一起，希望能写信给我，最好也给我一张最近的照片（您和小妹的），我也是想呀！祝

康康健健

儿小宝上　1-14

快过年了，先鞠躬吧！不亲热还是亲一亲我亲爱的姆妈（不要生气）。恭贺新喜。

附4：邹竞蒙同志1946年3月13日给母亲的信

姆妈：

离开姆妈已两年多了，心中很想念姆妈和家中的情形，但总苦于得不到家中的信息。前几天，我开心得要命的接到骅哥来自山东的信。几年得不到家人的信，现在总算得了一些消息，所以快活非常。在骅哥来信中才知道一些家中情形，得知妈妈和小妹的身体不甚好，希望姆妈和小妹多多保重身体。

　　我先把离开姆妈两年中的情形说一下。自离开姆妈后，我和小妹住在校内，放假也不去别处，只是常去小舅舅处，那时我也不甚懂事，所以对小妹的照顾是不够的，所以我总觉得有些什么对不住小妹似的，因为那时我对小妹精神上照顾得更少些，至前年小妹经常发病，我很担忧，看病又说没有那种药。不久张先生（即张锡荣）来桂林，说是姆妈要我俩回上海，但我因就差三个月就毕业了，而且张先生说以后回去也可以，因这条路上经常有人来往！所以我就未回去。还有就是为文凭（骅哥来信也"批评"了一下，我完全接受这"批评"，骅哥说是"盲目的不正确的文凭观点"）。但是最后因为转学证书文凭也就无着落了，刚考完大考，湘桂战事发生，于是跟着光华行人逃难。

　　逃难中虽然苦头是相当的吃足，但是也因为不懂事，所以处之泰然，也就吃下去了。在柳州到贵阳途中，这一段差不多是一个人走的。到贵阳已十一月了，得知父亲逝世的消息，我说不出的难过，但周围的人都是很忙的，无处可诉说我的难过，我更想到爸爸、妈妈……多会责备我：不回上海的错处，所以那时苦恼非常，每天时常出去，在马路上无目的转，因为我想不出怎样能挽回那错处，但是总想不出，直到现在我还时常想着这事，希望姆妈宽恕我这不可挽回的错处。

　　在贵阳住了一个多月，就和小舅舅去重庆，不久就来延安了。在这里思想慢慢的开展了，懂的东西也多了，也就更体验到父亲的主张思想等等，才体验到父亲真是伟大的人物，假使父亲现在知道他的儿女们能体验到他的主张思想，那真是高兴。在延安遇见了许多父亲的朋友。如柳湜，还有其他我不认识的，还有遇到四叔。姆妈可能记得，但我竟无印象，所以在招待所中（才来时）说是有人找我，一见面第一句话是"我是你四叔"，我因从未听说过，所以手足失措不知怎样接待才好，而且四叔立刻叫我跟他回四婶家去，我只得服从去了，不久就很熟了，每星期都要我去，叫我把他的家当着我的家，他们真的待我很好，衣服、吃，都设法帮助，病时就接回去休养，现在他已去东北工作，四婶亦在此，有一女孩三岁，很调皮，最近也要走。

　　来延不久进自然科学院半工半读，至去年十月，组织上调动，去美军观察组弄气象工作，因为美国人气象人员撤走我们顶替，将来就接收他们的。这里生活很好，就是物质条件差些，但比起桂林学校中那至少好十倍的伙食。

　　总共在两年中生了一场阿米巴痢疾，一次气管炎，但多（都）好了，只是因逃难时露宿受寒得了很轻的关节炎，但无什关系，姆妈不必挂念，希望姆妈能来信,在我脑中总以为姆妈因我错处而不理我,虽然一定不会这样,也可说我对这错不知如何是好,如果姆妈写信不便,请小妹时常来信。祝

康健　多多保重身体

儿　嘉骝上　三月十三日

附5：邹竞蒙同志1946年6月9日给母亲的信

亲爱的姆妈：

您寄给我的信,在四月十九号就收到了,心中高兴得要命,躺在床上看,走着看,坐着看,至少看了十几遍,心中真是又悲又喜,盼望了几年的信息,终于来了。以前我总以为姆妈没有收到我的信,所以心中很着急,现在见姆妈来信并知道身体还好,心上那块石头是掉了下来,更看到小妹来信,我看到她的字,我又想起小时吵架,两条辫子,翘起倔强的嘴,那是多么神气呀！希望小妹早日恢复康健！

上次柳伯伯(即柳湜)走要我回上海,我考虑了很久,请姆妈宽恕我,这次又给姆妈失望了。但我想现在回上海,又无学问又无工作能力,不如以后工作有了基础,肚子里有一些皮毛的本领再回去,那不是更好吗？所以请姆妈原谅我未曾回去。

现在这里的学习很紧张,除了正课气象学外,还学报务、电学、英文等,工作只是很少,这主要是为了工作好,所以才学习,至于生活上没有问题,吃、穿、住,尤其在机关是特别好些,几乎每天均有肉吃,比起中山中学四块油豆腐好许多倍。

在这里我们没有事时就可以私人生产,改善自己的伙食及日用品,现在还讲讲营养买些鸡蛋吃吃,还有自己种了西红柿,粉红色的,苹果种。我和一个同学种了四十多棵,还学了这(怎)样种,还上粪,在寄送信前才上了一次粪,手上还有些不好闻的臭味呢！每棵西红柿至少有五斤以上,四十多棵一熟了,那真是走出吃两个走进吃两个。姆妈不是主张多吃西红柿吗？我一定不忘姆妈的嘱咐,多多吃它几个,可惜这只有一个人享受,不是的话恐怕小妹和哥哥也欢喜吃我种的西红柿吧！

不久以前我曾写信到北平问钱俊瑞先生关于哥哥的消息,因自去年十一月哥哥曾来信,自后就未来过信,后来据张伯伯(即张仲实)说哥哥去东北了,所以我想我寄给哥哥的回信恐怕也收不到了,但钱先生也未曾来信。不知姆

妈知道哥哥的消息没有,如果知道,请来信告诉我,因我很想念哥哥,不知近来情形怎样。

不多写了,过一程(阵)飞机就要走了。祝亲爱的姆妈小妹康健。

并代向徐叔叔(即徐伯昕)爸爸的老同事问好。

儿　小宝上　6月9日

附6:邹竞蒙同志1947年1月20日给母亲的信

亲爱的姆妈:

上星期写给您的信想已收到了。前几天遇到邓先生(即邓颖超),承她告诉我姆妈的近况,心中很高兴,但又很挂念姆妈和小妹,因为知道姆妈及小妹的身体不甚好。希望姆妈和小妹多多保重身体,不要太节省了,反而损害了健康。

明天是除夕了,不是打内战的话,恐怕已经可以团圆了。我以前不是给姆妈写信说过吗!二年或三年一定可以见到的。有时我梦想还产生一个奇迹,使我们母子俩相见的,而且生活上会管自己了,病不易生,冷热也会自己加减衣服,这些母亲不要惦记,请放心。这里过年放十天假,还吃好几天,肉呀鸡呀……明天就开始吃了,这里条件虽不甚好,但我觉得比后方学校时期好了不知多少倍。且这儿住的尽外国人,还沾点洋光。晚上有电灯用。(大首长都没有这福气呀!)水也方便,所以晚上洗屁股洗脚的习惯还是不停,别人说是出"洋像",但我不管这些,屁股照样洗。

在这里我还算是技术人员,所以还有一些津贴,上月的够买一只半鸡,虽然很少,但在这里也是很好的了。有的干部一月还没钱买肥皂呢。现在存着十多万边币,但物价上涨,要买的东西又买不到,现在放着吃点小东西,买些肥皂用,将来回家还可请吃几只鸡,当然不是这十多万了,那一定是早就用了。

附寄上的照片是去年照的,因现在还没有照。这照片是外国人照的(他们练习照)。现在照相很贵,二(吋)的就要三万多,我从没有去过,都是请别人帮忙的。

以后照了再寄给姆妈。姆妈,写信给我,还有寄照片给我,好吗?祝
康健　多多保重身体

你亲爱的儿子　小宝上　1月20日

(原载《气象赤子 风雨人生》,气象出版社2009年版)

相依相契的患难搭档

——怀念我的父亲与母亲

韬奋与沈粹缜结婚照

今年是抗日战争胜利 70 周年，又是爸爸邹韬奋诞辰 120 周年。

70 年前，1945 年的 9 月 12 日，周恩来写了一封《致邹韬奋夫人沈粹缜的慰问信》，信是这样写的：

"粹缜先生：在抗战胜利的欢呼声中，想起毕生为民族的自由解放而奋斗的韬奋先生已经不能和我们同享欢喜，我们不能不感到无限的痛苦。您所感到的痛苦自然是更加深切的了。我们知道，韬奋先生生前尽瘁国事，不治生产，由于您的协助和鼓励，才使他能够无所顾虑地为他的事业而努力。现在，他一生光辉的努力已经开始获得报偿了。在他的笔底，培育了中国人民的觉醒和团结，促成了现在中国人民的胜利。……"

事实真是这样的。爸爸与妈妈一生相知相爱，相依相契。在当年进步文化人群里，他们是一对患难的黄金搭档，他俩的恩爱是公认的。

爸爸多侧面的性格

爸爸不畏强暴。外界称爸爸是政论家、出版家、新闻记者，给人的联想，大概是一个神情严肃、少言寡语的人。真是误会了。其实，爸爸在紧张工作之余，也有活泼的一面。30 年代，办《生活》周刊时期，逢周日，他会去电影院看一场歌舞片或者喜剧片。卓别林的《大独裁者》不仅看了，还在以后的某个场合，仿效卓别林，表演一番，引起大家的欢笑。生活方面他更像一个大孩子，全部靠妈妈。妈妈会理家，每月交回工资，妈妈先按用途一个个信封装好，计划使用。妈妈会烹调，邓颖超妈妈曾赞叹过我妈妈烧的"红烧肉真好吃！"。

1941 年 2 月下旬，爸爸出走重庆到香港。香港的政治环境不那么压抑，宽松多了，他在工作之余会缠着妈妈学交谊舞，学在床上做保健操。开初妈妈不肯，爸爸说了，要身体好两个人都要好。这些事我至今还有印象。在爹妈的卧室里，看到桌上有两本英文版的学交谊舞和床上运动的书，书里有走舞步、床上运动的图画。可见他的乐观、活跃、幽默。

但是，爸爸在原则问题上可是个硬汉，绝不屈服强暴。国民党用图书杂志原稿审查制度限制和扼杀进步文化；用无理的查禁来迫害生活书店；用封店、捕人等法西斯手段摧残生活书店；用造谣、诬蔑、威胁、吞并的手段企图消灭生活书店。爸爸表面上仍到国民参政会会场，拍照、报到，仍旧像往常一样，照章办手续，参加即将召开的第二届国民参政会；实际上他已拟好辞职书，准备出走前交沈钧儒转递，送交大会，以示抗议国民党对生活书店、对进步文化的摧残和迫害。他另有准备，秘密出走，另辟战场。蒋介石得悉韬奋出走，大怒，立嘱王世杰用参政会主席团名义，电广西桂林李济深："务必劝邹回渝。"电报 3 月 5 日下午到，韬奋已于当日下午 2 时和张友渔、韩幽桐夫妇同机飞抵香港，相隔约一二小时。李济深回电："邹已经走了。"如果晚走一天，或迟一个航班，韬奋会被特务扣留押回重庆。爸爸既强硬、镇定，又机警。

全家脱险记

爸爸走后，国民党特务在重庆加紧了对妈妈的跟踪、盯梢。特务接二连三地闯进家门，盯着问，要妈妈劝爸爸回重庆。妈妈回应，他到哪里去我都不知道，到哪里去劝?！特务又说：邹先生走了，希望邹夫人不要走。妈妈答：我没有打算走。问：那你为什么经常跑拍卖行卖东西？原来特务是有备而来的。

妈妈答：邹先生走没有留下什么钱，家里三个孩子要吃饭，不卖东西日子怎么过？特务有点卖弄：听说邹先生已经到了桂林，住在什么地方，有哪些熟朋友？蠢才！主动给妈妈传递消息来了。妈妈从特务口里知道爸爸脱险到了桂林，心中一松。她回答：我没有得到他什么消息，没有办法回答你的问题。特务什么口风没有套出来，灰灰地走了。

　　妈妈对付特务自有一套应对办法。爸爸一走，妈妈就开始走拍卖行，陪同她一起的是我们的房东太太，也姓邹，我们称她"邹伯母"。平时两人相处如知己。每次妈妈去拍卖行，邹伯母是仅有的陪同者，多少有点打掩护的意思。我们住的房子叫"衡舍"，是一个大院子，两幢楼，前楼面积大，两层楼，中式大屋顶，住家是国民党CC派的头目之一陈果夫，记忆中是个结核病患者，精瘦，身穿长衫像挂在衣架上似的，经常手捧一个小痰盂，在楼房边的走廊上走动；后楼如一般小平房，多一层就是。我们家租的是底楼，一间，12平方米左右，每天上学、出大门，过前楼是必经之路。如果妈妈一个人进出特别显眼，吸引特务的眼球，不安全，有邹伯母同行，可以分散特务的视线，放松警惕。妈妈就是在邹伯母的陪伴下，一点一点把家里的细软换成纸币。家成了一个空壳子。特务闯到家里，看房里摆设一切依旧，家具、日常用品都在，不像要走的样子。太自以为是了！他们没有想到妈妈早筹划联络好了。一天早晨，我和二哥照常上学，大哥住校没回家，突然警报响了，大哥接到妈妈的电话，立即离校，我和二哥同样走出小学，趁躲警报，避开特务的视线，三个人朝指定的地方聚拢到一起，和妈妈登上约定的运输公司的卡车，逃出虎口，朝着爸爸的方向蜿蜒潜行。生活书店的干部曹吾（后改名曹辛之）陪护我们一路。特务们也躲警报，只是他们的目的地是防空洞。防空洞可是漆黑一片，哪里还寻找得到盯梢目标。失职了！

　　现在想想够胆大的，竟敢明目张胆地生活在特务头目的眼皮底下。双方斗智斗勇，各有招数，胜败看结果了。特务们人多势力大、后台硬，本想缠住妈妈当人质，再招回爸爸，继续迫害生活书店这个进步文化堡垒，拔掉韬奋这个"异己分子"。结果不仅"主要人质"没看守住，连三个孩子也跟着我妈这位保护神一起团聚去了。

　　沿路艰险，公路是山路，不时可以看到滚落山谷的车子。我们，妈妈带着三个未成年的儿女，脱离险境，朝着和爸爸团聚的香港进发。这事发生在1941年三四月间。

仿佛生离死别

1941年12月8日清晨，日本偷袭珍珠港，太平洋战争爆发，上午，廖承志在香港立即派人与东江纵队联系，以便疏散大批进步文化人。《大众生活》则在12月6日的新版30号之后就不再出版。同日，周恩来两次急电廖承志、潘汉年、刘少文，指示派人帮助宋庆龄、何香凝及柳亚子、邹韬奋、梁漱溟离港。同日，港九轮渡下午起就不渡九龙的乘客到香港了。原住在九龙的人怎么办？韬奋的目标特别大。于毅夫已经告诉他了，党决定今晚一定要把韬奋全家送过海去。傍晚，爸爸携全家与《华商报》采访部主任陆浮等由九龙乘小渔轮渡海至香港。刚建立的新家不到一年，又被战争摧毁洗劫一空。

1942年1月上旬，在廖承志、夏衍等人的周密安排下，八路军驻港办事处机要员潘柱几经周折找到张友渔、徐伯昕，进而找到一批民主人士、文化人。其时，我家已六易其居。潘柱在香港铜锣湾的一个贫民窟里找到我们。爸爸听说很快就能把他和茅盾等送出香港，激动而慎重地表示："应付这样的局面，我是毫无经验，你们要我怎么做我就怎么做。"潘柱提出，为安全考虑，爸爸只能一人先走，妈妈和三个孩子同行目标太大。

很多年后，不止一次，我亲耳听妈妈接受记者采访，说到那次分离，她总是哽咽、流泪。原来那是爸妈两人一次单独的对话。房间里只有他们两人，窗外还响着枪炮声，爸爸含泪跪下了，握着妈妈的手托孤：今后我们能见面最好，不能见，你要带好三个孩子，有困难找共产党。看到妈妈流泪，我还体会不到她为什么会那样伤心。多少年过去，1997年，妈妈离开我们兄妹，走了，1999年又失去了二哥，亲身感受到那种撕心裂肺的痛楚，才体会到妈妈为什么会哽咽、流泪。战火中的分离，生死未卜，预见不到重逢的希望，那是生离死别啊！有朋友说爸爸坚强，弱点是性格中有伤感的元素。我的理解，再坚强的人，心里也有柔软的一块。那是人的本性。

1942年1月9日傍晚，爸爸向一位侍者换了一身唐装。当他看到茅盾夫人随茅盾一起上船，不胜惊异，茅盾写道："他就想起自己的夫人和孩子们，低声说：'粹缜他们还是随后再走罢，孩子们怕吃不消；我都听从朋友们的意见。对于这件事，我一无经验。'"韬奋跟随茅盾等十多位同道友人，混杂在成万的难民中，由秘密交通员潘柱，以后又换了新的向导，通过日军的几重检查岗哨与铁丝网架，翻越数个山头，历经磨难，一天走七十多里路，连续数天，于1月

13 日傍晚,到达了宝安县白石龙东江人民抗日游击队司令部驻地。

我们兄妹三人,在妈妈的庇护下,等待着接应。一月中旬,地方党组织把我们母子四人,由短枪队护送到西贡,交给护航队,再由护航队送到惠阳大队长处。这条路不好走啊,我们也是混杂在长长的难民队伍中! 路过封锁线时,鬼子兵狰狞的贼眼,一下看到妈妈怀里抱着的两条毛毯,强盗一样伸手就抢劫过去,扔到成堆的衣物中。那是寒冬腊月里,唯一能御寒的物品呀! 怎么办? 刚过了封锁线,突然,妈妈一扫平时的温良贤淑,一个急转身,朝鬼子兵的方向疾走,迅雷不及掩耳,抓回了一条毯子。一去一回,瞬间,几秒钟,为了保护三个孩子晚间不挨冻,她舍命护犊。保护孩子就是保护了爸爸,保卫了我们的家,保卫了在国统区黑暗统治下一块宣传正能量的阵地。伟大的母爱! 英勇的母亲! 等鬼子兵反应过来,我们混在难民群中早已经跑远了。

1 月下旬,我们被转送到白石龙附近的阳台山区,奇迹般地和爸爸又团聚了。于伶在《邹韬奋同志在东江游击区》一文中曾写道:"韬奋全家在大草寮中欢聚团圆,大家为之欢庆,同时以沉重和深深的钦佩的心情,体味与分尝着邹师母从港战开始一百多个日夜,对韬公时时刻刻无法用语言描述得出的苦心怀念。"

一辈子仅有的全家欢聚

阳台山地势隐蔽,可防备日本侵略军和国民党顽固派的袭击。山上新建两座人字形大草寮,一座供起居住宿,一座供吃饭休息。我们和爸爸欢聚团圆就是在阳台山的"大草寮"里。那是生离死别、死而复生重逢的地方,欢乐之情随时会表现出来。一个大寮住有不止十对夫妻,另一寮只住一位,据说因身上长虱子,另住的。平行两个草寮之间有一个粗大的树根,可以临时放放小件杂物或菜碗。

在阳台山的两个多月,是我们家过得最幸福的日子。爸爸情绪高、活跃。早晨醒来先做头部按摩,躺在统铺上做保健操,以后又把这套保健操传授给同寮的友人;有时带我们去小溪边捉虾摸小鱼;特别关心纵队的报纸,不止一次参观简陋的报社,建议把军办的《新百姓报》和《团结报》合并,改为《东江民报》。他欣然挥笔书写了《东江民报》的报头;几次去报社,应要求写社论,受到欢迎。

于伶文中记述说,大家以替韬奋过生日为由,在一个春光之夜,围坐在山下一丘农田里,各人高举一碗又辣又甜的姜汤代酒,祝他健康长寿。有人鼓掌要寿星演讲。韬奋说(大意),我邹韬奋是一个凡人,人生四十七,只想在苦的酸的辣的时代里干一点苦事业! 后来偶然的机会,认识了潘汉年,我眼睛一亮! 由于他,我跟胡愈之、鲁迅、宋庆龄、沈衡老等人多了来往,初步认识到要辣! 再后来跟周恩来、董必老、王稼祥等几位的相处,我才认识我自己是太弱,太浅,太不够,太差了。

此时此刻,他享受着与妻子、孩子亲密相聚的家庭温馨,回顾了"二十年来,追随诸先进,努力民族解放、民主政治和进步文化事业"的生涯。

遗憾的是,这样幸福的日子太短暂了。这样的全家福,亲密相聚,匆匆只有两个月多,却又要分离了。在如此阳光、自由的氛围中度日,这辈子也就仅此一次。

再次重逢临近诀别

4 月,形势变化,战事逼近,同宿的友人分别先后向内地撤移。周恩来得悉国民党下令通缉韬奋,立即电告连贯等,要求韬奋就地隐蔽,保证安全。蒋介石的通缉令是"就地惩办,格杀勿论"。他派出文化特务刘百闵到桂林等地进行活动。东江纵队大队部领导齐集在一个原国民党的破碉堡内,为我们全家和于伶等几位也要走的人饯行告别。妈妈护着儿女三人,心情沉重,由领队带着上路,辗转长途,最后坐上火车去了广西桂林。爸爸在地下党的安排下隐居到广东梅县江头村。那是个老革命地区,有地下党的联络点,反动派力量小,安全。

七八月间,周恩来派人转告韬奋:为了保证他的安全,使他能为革命继续发挥作用,建议韬奋前往苏北抗日根据地,还可以转赴延安。9 月离开了江头村。11 月,到达苏中三分区。爸爸曾经回答过一位书店同仁的提问说:"从武汉到重庆,直到我离开重庆到香港,其后,回到上海,转到解放区,我的一切工作和行动都是在恩来同志的指示下进行的。"

当地下党把妈妈从桂林接回上海与爸爸重逢时,爸爸已经重病在身。妈妈很快学会了打针,每天几次用棉签从爸爸鼻腔里捲出浓浓的排泄物。1944 年 7 月 24 日清晨,爸爸已经说不出话,我和大哥也在病床边,一直照顾爸爸的几位生活书店同仁,都默默而沉重地等待着那残酷的时刻。只有妈妈含泪,发出轻轻的抽泣声,问曾耀仲医师:"还有什么办法吗?"爸爸从来是妈妈的精神支柱,相依相守,如今支柱即将倒下,妈妈再也经不起这样的打击了。她一直沉浸在悲伤痛苦中。

1944年7月24日,爸爸与我们永别了。在徐伯昕的遗物中有半张纸,记录着爸爸病危前口述的一些话,其中讲到妈妈,有这样的记载:"夫人沈粹缜与先生结婚二十余年,情感弥笃,先生常谓彼一生之成就,一半有夫人的贡献。"妈妈,听到爸爸的话了吗?"常谓",是不止一次地向友人诉说的意思。他在病床上还恋着你,感激你。你们一定会在天堂再牵手的!

尾　声

1944年6月2日,父亲病危,脑子还清醒,要求口述,徐伯昕记录下"遗言记要"。其中写道:"小妹爱好文学,尤喜戏剧,(我)曾屡劝勿再走清苦文字生涯之路,勿听,只得注意教育培养,尚有成就,聊为后继有人以自慰耳。"

爸爸的遗言,既有疼爱,又有期待。疼爱,是担心我过清苦的日子;期待,是希望我做一个对社会有点贡献的好人。

贡献,谈何容易。颠簸的童年生活,我只读了六七年书,学历不高。我太理解学历低人的自卑心理了,歧视的眼光我又何尝没有感受过?!我倒没有自暴自弃。暗里使劲。我当过图书登记员、门市营业员、校对员、编辑,每换一个工种,都学会一点技巧,一点知识。算算这个过程,竟达三十多年。我自称,这是我人生的热身阶段。

离休了,我自问怎么过?什么是我喜爱的?编书!编谁的书?过去是领导分配我编,现在是我自己分配,最大的优势,是有选择权。我要编爸爸邹韬奋的书。第一步,调查研究,编一本《韬奋著译系年目录》。从此,我就收不住笔了。

80年代,12位前辈,联名倡议建立韬奋基金会。有了组织后盾,弘扬宣传韬奋思想,出版韬奋著作,我也在这样的操作中提高成熟起来。可亲可敬的爸爸,你可以"聊为后继有人以自慰耳"。最后一句话:你放心,我编书不清苦,生活也不清苦。

(原载《书韵流长——老三联后人忆前辈》,上海三联书店2015年版)

爸爸临终写给我的三个字

爸爸韬奋是在风起云涌的抗日烽火中涌现出来的一名卓越战士。在那场全民族反击侵略者的战争中,他"跟随诸先进"(韬奋语),发挥了他独有的舆论宣传上的鼓动作用。1944 年 9 月中共中央给韬奋家属的唁电中写道:"韬奋先生二十余年为救国运动,为民主政治,为文化事业,奋斗不息,虽坐监流亡,绝不屈于强暴,绝不改变主张,直至最后一息,犹殷殷以祖国人民为念,其精神将长在人间,其著作将永垂不朽。"这是共产党对韬奋历史的评价。

爸爸办刊物,办书店,与众多优秀的文化界人士联系与交往,有时不免要想:他自己到底算什么家? 抗战期间在重庆,有一次爸爸与周恩来相遇,交谈中爸爸说,应当迎头赶上去学一门专业,可惜现在忙于这许多事,恐怕很难做到了。周恩来亲切、认真地对他说,你怎么不是"家"呢? 你是一位别人无可替代的宣传鼓动家! 几句话引得爸爸畅怀大笑。

办刊物推动思想转变

爸爸原名恩润,幼名荫书。"韬奋"最早用于 1928 年 11 月 18 日《喂! 阿二哥吃饭!》一文。他曾向人解释说,"韬"是韬光养晦的韬,"奋"是奋斗不懈的奋。他这个名字的用意是要以此自勉的。他还用过其他许多笔名,但影响最大的,还是"韬奋"。

1926 年爸爸接办《生活》周刊,"接办之后,变换内容,注重短小精悍的评论和'有趣味、有价值'的材料,并在信箱一栏讨论读者所提出的种种问题"。

爸爸通过《读者信箱》对读者关心的,大到抗战救国、社会变革问题,小到求学求职、婚姻恋爱、工作方法、写作技巧等,都给予具体的个别的解答。他还做更深入的"策反"工作。有一位笔名叫"寄寒"的读者,从 1927 年就是《生活》

周刊的旅欧特约通讯员,他的原名叫凌其翰。凌其翰后来当了国民党的职业外交官,和我爸爸一直有密切的信稿来往,保持着长期的联系。1940年在重庆,爸爸和他在十月革命节苏联大使馆的招待会上相遇。临别时,我爸爸嘱咐他:"你仍可留在国民党外交阵营里,以便待机而动。"1949年10月10日,凌其翰参加了国民党驻法大使馆和驻巴黎总领事馆全体同仁联名通电的起义行动,回到祖国。

1931年"九一八"事变是爸爸和《生活》周刊在思想上发生急剧转变的转折点。《生活》周刊日益受到广大读者的欢迎,最高销量达到创纪录的15.5万份。国民党政府对此极为害怕并心怀忌恨,于是逐渐加剧了对它的迫害,先是禁止刊物在国内邮递,最后于1933年查禁了它。

1932年7月,在《生活》周刊社附属的"书报代办部"的基础上,成立了生活书店,书店团结大批进步的作者,短短几年内,全国各地分支店由1家扩展到56家,除《生活》周刊外,先后出版《大众生活》《生活日报》《生活星期刊》《抗战》三日刊、《全民抗战》等多种刊物以及包括马列译著在内的图书1000多种。

巧妙宣传马克思主义

1933年1月,爸爸参加宋庆龄等发起的中国民权保障同盟,当选为执行委员,这是他第一次参加一个正式的"组织"。6月18日,杨杏佛遭国民党暗杀,爸爸也上了黑名单,被迫流亡海外。在两年多的流亡期间,他考察了英、美、法、德、意等资本主义国家和社会主义苏联,阅读了大量马克思、列宁的著作,"实现了思想上的升华,形成了马克思主义世界观,最终选择了中国共产党"。

编辑《韬奋全集》的过程中,我在和负责编审爸爸译作的同志讨论中,有了新的认识——对爸爸的翻译作品,我过去只是单本孤立地去读,这次按年月编排,发现这些译作中,贯穿着一条色彩十分鲜明的红线,那就是他以自己独有的思维形式学习马列著作,自觉而系统地宣传马克思主义。

爸爸生活战斗在国统区,环境不允许他直接公开宣传马克思主义,怎么办?他换了种形式:翻译出版外国作家的作品。这方法既保护了自己,又宣传了马克思主义。1936年11月爸爸因震惊中外的"七君子事件"被反动派逮捕入狱,在狱中,他整理翻译了1933年流亡海外、在英国伦敦博物馆图书馆记下的一部分英文读书笔记,用《读书偶译》的书名,系统地宣传介绍了马克思、恩格斯、列宁等无产阶级革命领袖的生平和学说。书上"开头的话"里说道:"理论和实践是应该统一的，所以我们研究一个思想家，不能不顾到他的时代和生平。尤其是像卡尔和伊里奇一流的思想家。我们要了解卡尔怎样运用他的辩证法必须在他对于革命运动的参加中，在他对实际问题的应对中，在他的经济理论、唯物史观以及关于国家和社会的哲学里面，才找得到；关于伊里奇也一样，他的一生奋斗的生活，便是唯物辩证法的'化身'，我们也必须在他的实践中去了解他的思想。"为了在国民党审查老爷那里得以通过，书中把通用的称呼"马克思"称为"卡尔"，称列宁为"伊里奇"。

根据地让他兴奋不已

1942 年 11 月 22 日，爸爸到达苏北抗日根据地苏中三分区，与书店同仁久别重逢。沈一展率直地问爸爸："你为中华民族的解放运动和共产主义事业鞠躬尽瘁，是否允许我问一声，你是什么时候参加中国共产党的？"爸爸满怀深情，恳切、和蔼地回答："我在抗日战争开始时，在武汉曾向恩来同志提出要求入党。他回答说：'你现在以党外民主人士身份在国民党地区和国民党作政治斗争，和你以一个共产党员身份所起的作用不一样，这是党需要你这样做的。'"爸爸接着说："我接受恩来同志的指示，到重庆后，又向恩来同志提出要求入党，他还是以前的意见，目前党还是需要你这样做。从武汉到重庆，直到我离开重庆到香港，其后，回到上海，转到解放区，我的一切工作和行动，都是在党和恩来同志指示下进行的。"

爸爸跨越了两个不同的战场：在国民党统治区，他看到的更多的是逆时代而行的倒行逆施者；在抗日民主根据地虽然只有三四个月，爸爸始终兴奋不已，他看到的是光明、希望，是祖国的明天。表现在行动上，就是他一片赤诚近似痴迷，在一个多月里向代表苏中领导机关全程陪同的刘季平个别谈心四次，要求参加共产党。总的意思，现在他已经不可能在国统区进行公开活动，因而要刘帮他考虑留在党外的时间是否可以结束了。爸爸反复强调，自己继续留在党外不单没有必要，而且正式加入中国共产党还更便于无所顾忌地为革命工作，更有利于推动进步力量下决心支持革命斗争。刘表示个人同意他的意见，并可向上反映，但究竟该怎么办，还须请示中央决定。

一直到临终前，在口述遗嘱时爸爸还提出"请中国共产党中央严格审查我一生奋斗历史，如其合格，请追认入党"。他把人生的希望、祖国的希望，全寄托在中国共产党身上了。

爸爸病重的时候，和妈妈谈起根据地，谈起病好了以后要到延安去。爸爸没有看到抗日战争的胜利，没有看到新中国的建立。不过，他生前亲眼看到了东江游击队，看到了苏中根据地，他的心中已经有了希望。延安，是他心中的一块绿洲。

临终嘱咐伴我过难关

1944 年 7 月 24 日清晨，上海医院的一间病室里，寂静无声，只听见妈妈低低的哭泣声。爸爸静静地躺在病床上，嘴在颤颤地抖动，似乎还有话要说，但已经发不出声音了。妈妈递上一支笔和一本练习本，爸爸用仅有的、最后的一点力气，颤抖地写下了三个不成形的字：不要怕。随后，爸爸的手脚开始渐渐凉下来，7 时 20 分，他永远地离开了我们，离开了他的亲人、他的同志和他的事业。

2004 年 3 月，我编著的《韬奋年谱》即将完成，爸爸的战友徐伯昕的儿子徐敏送来了一份珍贵的史料：1944 年 6 月 2 日由爸爸口述、徐伯昕记录的《遗言记要》原始稿。原始稿提到了对三个孩子的嘱咐，其中对我的嘱咐，更引起了我对爸爸无尽的思念。在已经发表的遗嘱中，说到我的只有一句话，即"幼女嘉骊爱好文学"，而《遗言记要》中，他是这样口述的："小妹爱好文学，尤喜戏剧，曾屡劝勿再走此清苦文字生涯之路，勿听，只得注意教育培养，倘有成就，聊为后继有人以自慰耳。"这就是爸爸生前对我的最后一点期望，实现他的期望，要靠我的努力，更靠爸爸临终前给我们留下的三个字：不要怕。回顾我的一生，正是用爸爸的"不要怕"，和我自身的"害怕"较量了一辈子，支撑着我渡过了一生的难关，这三个字成为我终身的座右铭。

解放以后，我一直从事编辑工作，在战乱年代中我没有受过完整教育，为人处世比较感性。为了重新走近父亲、了解父亲，1984 年从上海文艺出版社离休后，我便把全部身心投入了对爸爸生平事迹的整理和研究之中。1995 年，800 万字的 14 卷本《韬奋全集》付梓，是团队努力的成果。2005 年，我独立编著的 140 万字的《韬奋年谱》三卷本问世。"不要怕"三个字始终在我脑中显现，让我战胜了人生中无数的困难，做到了这些看似不可能完成的事。

（ 王欣整理，原载《新民晚报》2011 年 6 月 26 日，发表时题名为《他临终颤抖着写下三个字："不要怕"》）

天增同志教我学本事

——深情怀念恩人倪天增

　　我的好几篇文章是在病中写成的。这次，2018 年 6 月 7 日，我又病了，急诊，又住进了医院。生病住院是坏事也是好事。坏事是病痛折磨人，住进医院，病痛卸给了医生，脑子里有了多余的空间，就会想起很多事来。这就是生病的好处。

　　躺在病床上，顺着编年的思路，想到晚年的我，在那座 90 年代初盖成的小楼里，和一群来自不同单位，有着共同志向、目标的同志们，又工作了二十多年，那是我人生的收获季节。想到那一件件收获的成果，无限慰藉，我没有虚度光阴。事情还要从筹建中国韬奋基金会说起，想起那无法忘却的恩人——曾任上海市副市长的倪天增。

　　1985 年 10 月，韬奋诞辰 90 周年前夕，新闻出版界、文化教育界的老前辈胡愈之、沈兹九、张友渔、张仲实、萨空了、夏衍、叶圣陶、陆定一、胡绩伟、王炳南、巴金、沈粹缜等十二人倡议成立中国韬奋基金会。倡议得到邓颖超等国家领导人和党、政、社会各界的首肯和大力支持。很快，得到上级有关部门批准：同意建立"中国韬奋基金会"，常设机构设在上海。

　　那时，我经过多年努力，刚编辑出版了两本书，一本是《韬奋著译系年目录》(1984.7)，一本是纪念集《忆韬奋》(1985.1)，均系学林版。

　　1985 年 6 月，上海市出版局局长王国忠宣布：经局党委研究决定，由邹嘉骊任韬奋纪念馆副馆长。我在上海文艺出版社工作了二十多年，一下子从编辑工作转入行政管理，那是两种完全不同的工作类别。紧接着又参与筹建中国韬奋基金会的活动，工作头绪突然多起来。

　　1987 年 6 月 25 日下午三时，在北京全国政协礼堂隆重举行基金会成立大会。邓颖超、邓力群、陈丕显、周谷城和刘振元参加大会。吴冷西主持会议，张友渔致词，王子野作筹备工作报告，邓立群在大会上讲话。常设机构于1987年7月24日在上海挂牌成立，仪式在锦江小礼堂举行。

当时的国家新闻出版总署是基金会的主管单位，成立大会的筹划操办主要靠总署的同志。石峰、王岩镔、贾三陵等负责同志热情和气，考虑问题周密严谨。

我和韬奋纪念馆的几位青年同志由原上海出版局办公室主任郁椿德带领，同行去北京，协同做一些具体工作。

不断有新同志经推荐参加进来，借用韬奋纪念馆的办公场地，挤在不宽敞的办公室里。馆内的青年馆员大部分接过我未完工的资料，大家动手剪贴起来。

1985年10月我们去北京，拜访倡议人，请他们在倡议簿上签字留名。据郁椿德回忆：这次同行的有他，有韬奋纪念馆的李东画、胡炎生、沈爱珠等，住宿在人民美术出版社的一个地下室招待所。这次活动留下的珍贵照片，都及时注明拍摄时间，经钱锦衡、赵继良帮助一起整理，于2000年10月，由我编成《中国韬奋基金会》图片集。这本图片集出版于二十年前，当事人均在岗位，资料集中，记忆新鲜，使这段重要历史得以保存，反之，就失传了。

回到上海，又忙着选址找房子。到哪里去找房子啊。我请当年同事黄海品帮助回忆。他到底比我年轻得多，有过亲身经历。他的书面回信，唤起和弥补了我的记忆。信中提供往事，说起他曾经陪同我一起骑着自行车在马路上找空房子。我提供他，在和一家商店营业员闲谈中得到的信息，长乐路上有个玩具厂要动迁。我们去实地看了那个玩具厂，工厂露天，设备简陋，原来的庭院绿地遭到破坏。我们顺势与上海市计委、市房屋调配办公室等部门领导取得联系。时机碰巧，有几个单位在申报争取这块地方，韬奋基金会积极介入。名单纳入政府工作程序。领导部门权衡再三，最后决定玩具厂迁走，旧址归韬奋基金会用。长乐路是商业区，基金会属文化单位，设在长乐路，可以增添这条街的文化氛围。地皮问题也解决了。房子怎么盖？盖房子的钱呢？

那时（张国平）已进单位。大家商量，先试试找一些懂行的人才，有合作意向。其他几位同志年纪比较轻，有过经营经历、观念，还能对付那些商人。而我，连自己口袋里的钱都不大算得清，如何面对那些陌生的对手？那时改革开放初期，遇到的商人，有的文明些，有的一副财大气粗的腔调，谈起条件来，拍拍胸脯："没有问题，我们出钱，房子造好了，对半分，两家一家一半。"一半？什么概念？只剩四五百平米！哪还有发展余地。为维护基金会的需要，一直没有谈成。怎么办？基金会初创，有限的种子基金既不够造办公用房，更不能随意动用。

一天晚上，我闷闷地回到家，苦思冥想，到哪里去求助。想来想去，想到了倪天增同志！他是上海市的副市长，主管上海市规划建设的。我不认识他，怎么联系上他？找！总有办法的！多方打听，奇迹出现，居然近在咫尺，他家和我家住在同一个小区。我仔细问清楚了楼号、室号。同一个小区，真想立马见到他。不认识呀，又没有程式化通过秘书联接，心里还是有点怯生生的，终究我是孤单一人，出版社的区区一个编辑，要见的却是上海市主管城市建设的副市长。我们的项目急需要找到天增同志！没有退路，对单位的伙伴也要有个交待啊。

这天天早黑了，大概晚上七八点钟。我轻轻敲门，倪夫人郑礼贞开的门，我作了简单的自我介绍。夫人知道我找天增同志，就进里屋去了。天增同志正伏案办公，知道有人来，站起身，随手搬了一张木方凳，放在他靠背座椅的左边，轻轻说一声："请坐。你是……"我作了自我介绍。他问："有什么事吗？"我平静了一下心情，向天增同志汇报了当下基金会遇到的困难和窘境。他没有多话，直入主题："你们的设计图纸呢？"我马上递过去。他就着写字台上那盏标准的绿色罩台灯，摊开图纸，认真看起来。我的忐忑不安，在天增同志谦逊、平等、平和的态度语调声中，逐渐平复、坦然了。

他在思考，他心中的规划蓝图是宏观的，大大超过我们的小规划小图纸。他太了解实际情况。他发言了。讲了四点意见：

第一点，"盖四层楼太高了。那边（长乐路）街上没有高房子，你们四层楼一盖，从视野上看去，显得不协调。"噢，眼光、角度不一样，我们只考虑一个门号，没有考虑一条街。稍顿，他又说："你们考虑一下，不盖四层，上面搞两层半高，地下搞个半高层。"他不是用居高临下的语气，而是用"你们考虑一下"平等商量的态度，用实例启发教育我。他既提出我们的问题——四楼太高，还提出建议，教我们怎么样减少损失，多得住房率。我对工程类知识，是盲点。听天增同志娓娓道来，我像海绵一样，专心听。他一点一点指点，我一点一点吸收，居然听懂了一点，明白了一点，知识就这样点点滴滴积累起来。

第二点，他表示，我们这样的单位，建在这里（长乐路）很好，因为这条街上没有文化设施、文化单位。有了这个单位，可以提升这条街的文化氛围。

第三点，他告诉我，我们这样的单位不要跟人家合作，独进独出。要保护这个单位的品质，不让那些乱七八糟的人进进出出，搞乱我们的正常工作。多么重要的提醒！既是对祖国文化历史的保护和尊重，还要提高识别人际关系正反两面的复杂性，我记住了。

第四点，他说，你们的建房资金市里会考虑的。

听了天增同志四点意见和建议，我的大脑好像不那么雾蒙蒙了，如同严冬遇到大太阳，明亮起来，温暖到家了。

回到家，我一个人呆呆地坐在凳子上。大概喜极，想哭。仅仅这么一次见面、谈话、指点，基金会就有家了。筑巢引风，基金会的宗旨、目标都会实现的。

我们很快进入正式的公文往来。我手头有一份资料，可以做点摘录，佐证工作进度的过程。

1990 年 6 月 19 日，上海市城市规划建筑管理局收到了我关于要求在长乐路 325 号改建中国韬奋基金会业务用房事给倪副市长的信函，倪副市长批示嘱管理局研处。经研究，上海市房屋调整领导小组同意调配长乐路 325 号庭院住宅作办公使用。并报告市建委和倪副市长。在公文上首，天增同志批文："拟原则同意。请彭厚安同志与邹嘉骊同志商量有关资金等问题。倪天增 6.26。并复告。"

中国韬奋基金会上海常设机构

　　我们欣喜地向北京领导，原国家新闻出版总署署长、党组书记、基金会执行副理事长杜导正汇报，他表示上海政府这样支持，基金会也要有表示。我们心悦诚服，明知初创，种子基金紧缺，还是遵照规定，照章办理手续，动用了有限的基金。黄海品回忆他受我嘱咐落实资金，多次与当时上海计委一位张培生同志联系，钱是他去四川北路横浜桥的白厦宾馆上海久事公司取得的。

　　资金有了，人也有了，都是可靠的同志推荐来的。一位行家对我说，老邹啊，你这个房子要盖得漂亮一点，韬奋的基金会嘛。我心想我们的条件，比韬奋开创"两个半人挤一个小房间"的条件要好得多了。一个天上，一个地下。当然，时代不同，不能太小气。大家统一思想，要端庄、大气、实用，不要铺张、讲排场。我们的房子盖起来了。这是天增同志鼎力支持，为我们创建了一个宣传、弘扬韬奋思想的阵地，一个极实用的平台。

　　在这座小楼里，设立了韬奋著作编辑部，十年，编辑出版了《韬奋全集》，14卷800万字。又一个十年，出版了《韬奋年谱》3卷本140万字，即后来的《邹韬奋年谱长编》两卷精装本；成立了《交际与口才》杂志社，发行量开始是7万，最高达到17万。孔明珠提供，《交际与口才》杂志获得过上海市编校质量优秀的称号，2008年，得到国家新闻出版总署信任，被选入"百种优秀期刊进连队"杂志；还有广告公司，与外商合作，成立了中外合资的广告公司，为取得批文，我曾和陈理达专程去北京国家工商总局打交道，获得批准；行政部门有办公室，有资料、财务、人事，等等，人才济济，着实兴旺了一阵。

　　至今每每走进那幢小楼，或路过看到它，就会想到天增同志，就会想到他对我的四点建议，不光是一条长乐路、一幢小楼，而是如何应对面临的陌生困难和做人的胸怀。最动我心的是他的批文，在批文外的左下角，有三个潦草的字，我辨识半天，才认出是"并复告"。细节见真情。他在牵挂，在自查，在要求下属回复告诉他事情进展落实的情况。我忍不住动容。他是这样全方位为老百姓办事的。和天增同志仅见过一次面，仅为了一件事。近三十年过去，我当时莽撞的求见，他当场仔细审阅图纸，所提的意见、建议和后来的"并复告"都深深地印记在我的脑海。永远怀念他，优秀共产党员的榜样。

2019年1月5日完稿

我的大哥大嫂

邹嘉骊(左)与大哥大嫂在三峡游览(1993 年)

　　从来没有专文写过我的大哥大嫂,这次编这本书必须有他们。他们不仅是我的亲人,也是我的偶像。他们身上传承着革命先辈的优良传统,几十年,勤奋工作,一丝不苟,以科学态度对待事业,人品正派,平等待人,都是我学习的榜样。

　　有一个画面印刻在我脑海里抹不去。大哥还在国务委员任上时,1990 年2 月18 日,他来上海调研视察,上海市领导陪同,与一批人乘船,从黄浦江出海。我仿佛听到"吴淞口"三个字,好奇,大胆靠近。有人递给大哥一张大型地图。船头没有桌子,海风吹来,地图飘忽着无法展开。大哥就地半蹲下,打开地图，铺在甲板上，身体跟着半趴下，一面在地图上画着，一面与同来者有问有答交谈着。我东西南北都分不清，听不懂他们在说什么，时间长了，只觉得那样半蹲着讲话太累、太辛苦，希望他快点讲完站起来。大哥一直半蹲着，时间在悄悄流逝。算算那时，大哥已是六十多岁了，如此长时间保持这种姿势，真不易。船继续在破浪前行，他们继续交流着。

这是近30年前的事了。数十年，大哥就是这样"甘为孺子牛"，为人民服务的。

大嫂为人坦诚，政治上讲党性，有原则，生活上治家有方。没有手机的年代，我们分住两地，靠通信联络，哥嫂来信嫂子执笔的多，大哥常常是附笔。可见两人互帮互助，相亲相爱。妈妈和嫂子，有些观点极相近，都很珍惜爱护家庭的声誉，珍惜前辈的功德，要求自己和孩子们注意言行，不该说的、不该做的，都要自我克制、自我约束。妈妈对两个哥哥很少批评，对我却很严格。在家我最小，只看到我幼稚不懂事，看不到我成长成熟，永远长不大似的。其实父母长期的言行，无声的熏陶，足够影响后辈们了。

嫂子和我除亲情，还多一份乡情。她是广东梅县客家人，每每聊天的时候，会冒出广东话来。1936年和1941年，我两次跟父母去香港，听到广东话就像听到乡音，特别有亲和力，我也会用广东话应答她，自有一番欣喜亲切。

据传广东客家人很讲究家族抱团。还是20世纪90年代，我曾经在北京大哥大嫂家住过一段时候。嚯！真是一大家子。孩子们都成人成家，吃饭时可见阵容，全家老少围一桌子，围坐一起的情绪太刺激胃液。那时市场资源不足，吃饭端上来的菜谁也不在意，能吃饱就满足了。装菜的盘子很本色，不是瓷器的，是大号不锈钢的，据说碰不碎，好洗，摔不坏，真少见。

可贵的是那份相亲相爱，有快乐共享，有困难互帮，其乐融融，和睦亲热，几十年形成的抱团模式依然没有变。如今，过去的孩子早已升级，既有自主独立的小家庭，又经常陪伴哥嫂左右，孝顺爹妈，享受这天伦之乐。尊老爱幼，自承家规家风。

大哥大嫂，在他们眼里，我是唯一的妹妹和小姑。哥嫂抱团的家风，让我得到格外真诚的爱护。可喜的是第三代也已长大成人，我这太姑、姑奶奶，也得到他们同样的一份亲近和关爱。

1997年1月，妈妈离世，我在上海成了独居老人，上海的家没有了。支撑我度过那艰难岁月的，是北京的家人和手边没有编撰完工的父亲著作以及《韬

大哥大嫂的生日祝词(2010 年 6 月)

奋年谱》。

　　哥嫂的爱护形式不一样。

　　有人为了解韬奋,不论信件、问题,或者有关材料,不时会送到大哥处,大哥在位时公务繁忙,不可能处理这些事,只得抄近路,"批转上海加力"。他一定不会想到这种转发对我是多么喜悦,一种信任,一种推动。十年前我 80 岁生日,身边正有四五位友人相聚,她们不知道那天是我的生日,午饭时我说了一句:"今天我想吃面,我们去隔壁面馆吧。"她们喜滋滋呼应着,一起朝面馆走去。饭后,回家休息。突然有敲门声,进来一位陌生人,笑眯眯对我说:"这是首长要我交给您的。"首长? 我拆开纸袋,抽出一张红纸条幅,哇,多大的惊喜! 是大哥大嫂托人送来的庆贺祝词。上首是一个大大的"寿"字,竖着下面是并排两行字,右是"笑口常开",左是"寿不封顶",左边一行小字"祝贺加力八十岁生日 二〇一〇年六月",落款是"大哥家华 大嫂楚梅"。身旁的友人这时才恍然大悟,原来中午吃的是我的寿面。从此我的生日日期就传开了。有一次我发心脏病,来势很凶,已经报了病危,送进重症监护室。大哥每天晚上打电话,给医院值班室,打听我的病情。夜深人静,我的病床离值班室不远,他们的对话,我能听到片言只语,心情激动。这是来自北京大哥的亲情关怀啊!至于有关纪念父亲韬奋的活动、著作的出版等事,他都会鼎力支持相助。大哥也有不支持、明确拒绝的事。比如老家有人提议向民间集资、重建祖母的墓坟,多次找到家里,大哥接待,最后以"深埋"两个字结束了这场多时的纠葛。做对了!哪有向穷山村老百姓集资、盖私人的风光祖坟的?!

我佩服大嫂是她治家有方。有趣的是孩子们都长大了,成家了,孩子的孩子都有了,都过了退休年龄,还是老规矩,既有自己的小天地,又靠近爹妈,随时呼应。那是恋爹妈、尽孝心啊!热闹中有清静,清静时有陪伴,多幸福的晚年啊。这是大嫂"抱团"理念的体现。每个团友都热爱这个家,珍惜它,包容它。祖孙三代聚会时排过名次,谁第一? 孙辈回答:爷爷奶奶! 二女一子回答:老爹老妈! 二老对视:你? 你? 你中有我,我中有你,那就两个并列第一!全体鼓掌欢笑!

大哥与大嫂琴瑟相合(2017 年)

从发来的照片看,有大哥写毛笔字大嫂陪伴秀恩爱的;有孙辈陪伴,大嫂吃自助餐开怀大笑的;有大嫂独坐藤椅织毛毯的……最近的一张,是哥嫂二人并坐在餐桌边,桌上的菜盆仍是不锈钢的,有数十年了吧。真能坚持!佩服他们不求豪华、不求奢侈的生活态度。

　　说起大嫂织毛毯,我也许是最大的受益者。二三十年前,她就开始送我自织毛毯了。看得出那是初学产品,二尺长,一尺宽,毛线配色偏杂偏暗,针脚松紧不一,不平整。断断续续送了五条,一条比一条织得好。最后两条,一条全白色,一条红白间隔镶拼色,都有六尺多长,二尺多宽,还有花边呢,叠起来一大摞。这可是一针一线手工织出来的,正宗工匠手艺,功夫产品。冬天打座时膝盖取暖,春天换薄被时压一条,可是极品啦! 最近发来的照片还在织,据说织毛线,活动手指,可以健体养生。

　　远在上海的我,一般生病从不当时就报北京,要报,也是快出院时。都是90出头的高龄老人了,少流通这种牵挂思念的消息,多宽点心。不知怎么,她就是信息渠道多,早晚会知道。人谓大嫂即长嫂,民间称长嫂如母,她的作为就是这样。针对我过去多发病的状况,她在电话里叮嘱:"别乱投医,看准医院,让医生熟悉你、了解你。东一锤西一棒,看不好的。"又说:"体虚了,要进补,一天一根海参,慢慢养,急不来的。"还有一次,说:"多喝水,一口一口,慢慢喝,身体能吸收。大口快喝,很快就排掉了。"又一次,说:"自己能做的事自己做。"真是击中要害! 我高兴! 2018 年 9 月,我又病了,全身巨痛,水肿,急诊住进医院。经检查治疗,医院除输液,还大量排除体内废弃液体和毒素垃圾,病情得以好转,人却虚弱气短。9 月 26 日,手机里传来一段视频,竟是大哥大嫂的合影。我轻轻一点,视频传出两人合唱的抗战歌曲《在太行山上》。昂扬雄壮的歌声,激励了我因虚弱而有点低落的情绪,使我振奋,从跟着哼哼,进而唱出了声音。这是精神疗法,有时会比药物作用更大。

　　没有机会见面,就用多种形式,传递各自的信息,送亲情,送温暖;有机会见面,会聊得更细更深,连身后的事也会交流,真挚而坦诚。

　　回忆往事,有快乐必定也有不快乐,甚至是痛苦。

　　1966 年至 1976 年,十年浩劫,也株连到我们家族。大哥大嫂被无声带走,不知去向,下落不明;二哥在单位遭车轮战似的批斗,逐出干部楼,住到筒子楼;妈妈在单位也被贴大字报,罪名是资产阶级生活方式,与反动权威划不清界限;连逝去的父亲,上海也有部门设立了专案组,罪名是"黑店老板"。一切都颠倒了! 红黑不分,无法无天! 关键是孩子,两家六个孩子,最大的十四五岁,最小的只有六七岁。

　　1968、1969 年间,妈妈知道大哥大嫂出事了,联想到大嫂母亲带着三个孩子,光靠很少的生活费,生活一定很艰难,私下托二嫂去香山送了两次钱,一次二嫂单独骑自行车去，另一次带着大女儿一起去的。1968 年暑期，哥嫂的大女儿、儿子和二哥的大女儿三人到上海避难。哥嫂的大女儿叙述了哥嫂被带走的详情，弟弟坐在身旁一声不吭，只是默默地流泪。我听着看着心酸，直叮嘱这些详情千万不能告诉奶奶，她只笼统知道出事了，若知道蒙冤带走，真急了，会不顾一切，闹到北京去的。1969 年秋天，二哥全家被发配到贵阳的空军五七干校，不巧，二嫂不久前随单位刚去了文化部咸阳五七干校；二哥是批斗对象，没有话语权，我正在身旁，发声了：夫妻分开不行的，时间紧急，打电报，让她快回来吧。二哥特别顺从，陪我到北京东单邮局，以我的名义发电报：速归。二嫂很快回到北京，保护了二哥家庭的完整。1969 年下半年大哥大嫂被释放，两人关在一处，却不知彼此。大嫂还生了一场大病，由于治疗不对路，造成内分泌紊乱，留下后遗症。大嫂体弱，一时照顾不了小女儿，1971 年，把她送来上海。我忙着单位，下农村上五七干校，妈妈下放里弄，听公用电话，生活中正少一个伴，小孙女来，太及时了，住了大半年。祖孙二人加上北京的大姑，三人成行，坐火车去了贵阳，探望二哥一家。患难中母子相见，另是一番滋味。1972 年上半年，二哥一家返回北京。

重拳粉碎恶势力，大形势根本转变，拨乱反正，大家都挺过来了。

2016 年 3 月，我突然接到大嫂电话，告知第二天到上海，来扫墓。我放下电话，高兴得狠狠紧握双拳，转了个身。往年来上海扫墓是常事，这次相隔的时间按年计算了。

难得的机会，我为这次相聚写了点记事。

2016 年 3 月 17 日上午，大嫂打来电话，告第二天到上海，侄子夫妇上午到，哥嫂下午到，是来扫墓的。算算大哥即将 90 高龄，大嫂和我都属奔 90 的人，年龄不饶人，出行不能像往常那么利落了。

第二天 18 日，在家等到傍晚 6 点多，才从侄子处得知哥嫂一行要晚上 8 点左右抵达上海，路途辛苦，要休息，决定当天不去住处见面了。

19 日，侄子接我去住处。多年不见分外亲热。我曾心存疑虑，多年联系减少，是不是大哥生病了？闲聊中，果然证实大哥真的生过一场病。也许是心灵感应吧，我的疑虑，并非空穴来风。交流中聊到我的身后事，嫂子直接而明确，表示完全不要考虑他们，尊重我的意见。晚上，韬奋基金会上海办事处曹俊德接我回 100 弄。

20 日上午 10 时，我随大哥一行去龙华烈士陵园祭扫。从正门进，由接待办同志陪同,向无名烈士墓献花,鞠躬,再至爸爸墓地。这条长路大哥坚持步行。嫂子和我体力不够,只能坐轮椅。上次扫墓,嫂子坐轮椅,这次我也坐上轮椅,退化了。这次扫墓最令我感动的,是侄子夫妇用湿餐巾,把墓碑上下左右清擦了一遍,大哥一起参与,在妈妈骨灰盒存放处先行礼,后取出所有物件,并请出妈妈骨灰盒,里里外外擦抹一清,盒内壁显出青白色,骨灰盒也擦得露出光亮。这样扫墓,如同与故去的亲人对话,安抚,送上后辈对先辈的一片深情,为他们环境清洁而出力。哥嫂晚上要外出,侄子一对要去苏州,我午饭后回100弄。

21日,去哥嫂住处一天。聊天,休息。

22日,上午,陪嫂子去长春店购小食品。没有买到大哥喜欢吃的笋豆。晚饭后李参、表哥陪同去汇联,终于买到笋豆,一大包95元,虾籽酱油是厨师找供应商买到的。回到家,赠《忆韬奋》及大哥题写书名的《书韵流长——老三联后人忆前辈》上下册各一套。

23日,大哥一行上午乘11点多航班返回南方。行前,办事处曹俊德、厉燕华陪同,于10时去大哥处送行。在客厅见了我们,大哥谈兴浓,聊了近一小时,话题都是新中国成立以前的事。

大哥说:"我们兄妹三人都出生在上海,前后大概搬过六七次家。"

"1942年四五月间,在东江纵队保护下,妈妈和我们兄妹三个到了桂林。在近郊,经过一座浮桥,租了一个竹子搭建的房子,四面透风,泥地,竹子编的床,睡一阵就会塌陷下去,再抬起来;三块砖头架个灶,劈柴烧饭;门前不远处有个水塘,养了四只小母鸡,在水塘边觅食吃小虫,其中有一只老长不大。竹子房里住了三户人家,记得有一户是国民党的低级军官,没有发现我们——他的邻居是国民党要搜捕的'通缉犯'的家属,居然相安无事。秘密党员张友渔不定时会送生活费来。爸爸病重,在上海转过好几家医院。我先被接到上海,住二姑邹恩俊家,在大成中学就读,三两天去医院看望父亲。接着妈妈到,再去桂林接嘉骊和二弟嘉骝,嘉骝为了要获得一张初中毕业文凭,没有和嘉骊同回上海。1944年7月,爸爸病逝后,我们避居在徐家汇谨记桥,那地方很荒凉。同年12月,徐雪寒来上海,征得妈妈同意,接我去苏北新四军抗日根据地。8月开追悼会时我没有参加,更没有在会上代表家属致意,嘉骝提供的资料来源有误。日本人占领上海的时候,为掩护爸爸不被日本特务发现,常常转医院,在我上的大成中学,日本人推行奴化教育,强迫要学日文,老师'擦烂污',第一课学字母,'呀依呜嗳喔',第二课还是'呀依呜嗳喔'。那时就是恨日本人,如果认真教、认真学,现在可能多懂一门外语也好。"

后大哥问我:"七君子事件爸爸在哪里被捕的?"

等等。

我的补记,挂一漏万,不全。

有人来催启程动身了,大哥一面站起身往外走,一面轻松地说:"老人说老话,话就多了。"几位旁听者,包括侄子,都年轻,不熟悉那个时代背景,只顾兴趣听故事,没想到利用手机的录音功能,录下这次难得精彩的往事回忆。

我们是来送行的,送到大门口,大嫂等其他人都上车了。我们挥手,一路平安,后会有期,再见!再见时,按惯例,用现代化的联络方式,通过手机微信视频!再见,我的大哥大嫂!还要感谢几位第二代,认真负责,有问必答,提意见,提供材料和照片等,使文字更接近真实。

(注:兄妹三人的原名,大哥邹嘉骅,二哥邹嘉骝,小妹邹嘉骊,是按祖上"国恩嘉庆"四字论辈的。以后,都自己改了,大哥邹家华,二哥邹竞蒙,小妹邹加力。)

2019 年 3 月 18 日二稿

今年,2019 年 4 月 2 日,大哥大嫂在子女的陪同下来到上海,我惊喜万分。虽然都已九十高龄,精神还是充沛的。4 月 5 日清明节,我们一起去龙华烈士陵园祭扫了无名烈士墓,继而去了爸爸的墓地和妈妈所在的骨灰存放室,向父母鞠躬致意。大哥大嫂 4 月 7 月回京。特专门补记。2019 年 6 月 11 月

我爱我的出生地

——纪念韬奋纪念馆建馆 60 周年

韬奋与家人摄于上海万宜坊家门口（1933年）

今年是韬奋纪念馆建馆 60 周年，馆内编研部同志邀请我以前副馆长的名义写篇文章作为纪念，我的思绪不自觉地飘向重庆南路上的万宜坊。1930 年 6 月 14 日，我出生在这里，并在此度过了我的童年时代，几张仅有的全家福照片，也大都以万宜坊为背景。如今，53 号和 54 号是全年对外开放的韬奋纪念馆和韬奋故居，为民众提供了参观、学习、研究、交流的平台。

1985 年 6 月，时任上海市出版局局长的王国忠宣布由我担任韬奋纪念馆副馆长，同年 9 月中共韬奋纪念馆支部建立，我又兼任支部书记。得到这样的任命，我心里感慨万千。这里，就是我的出生地啊。

我居然回到了我的出生地，和年轻的同志们一起工作、学习，怎么能不百感交集。还记得我以副馆长的身份踏进故居的时候，一幕幕熟悉的场景在眼前浮现；很多家具及摆设都是妈妈沈粹缜亲力亲为的，她不仅让后人们跨越时空亲历了爸爸韬奋和家人当年生活工作的情景，也让我有机会再次回到熟悉的地方,重温爸爸当年的生活场景。那时每天晚饭后,他必定会躲进亭子间小书房,勤奋地以笔代枪,用文字鼓动宣传抗战,《革命文豪高尔基》一书也是在小书房翻译完成的。

说来惭愧,在馆领导位子上干了近三年,我并未贡献过什么成绩。相反,却得到了纪念馆许多年轻同志的关照和帮助,让我在此完成了几件对我的人生来说极其重要的大事。当时,正值韬奋诞辰 90 周年前夕,我国新闻出版界、文化教育界的老前辈胡愈之、沈兹九、张友渔、张仲实、萨空了、夏衍、叶圣陶、陆定一、王炳南、巴金、沈粹缜等 12 人倡议成立中国韬奋基金会。这个倡议得到了邓颖超等国家领导人和党、政、社会各界的首肯与大力支持,于是,我开始着手为基金会的成立做准备工作。特地查阅了资料,1985 年 10 月 20 日至 28 日,我和纪念馆的李东画、胡炎生、沈爱珠,还有上海市出版局办公室主任郁椿德等同志一起前往北京,请在京的老前辈们一一在倡议书上签名。我的印象里,陪同的几位同志都只有二三十岁,就像我的孩子一样,跟前忙后,任劳任怨。直到现在,我还和她们中的一两位保持联系,转眼间她们也都退了休,让人不得不感慨"时间都去哪儿了"。

1988 年 6 月 2 日,上级发文,我不再担任纪念馆副馆长的职务,办完离休手续,被回聘为纪念馆顾问。从那时起,我的生活重心,放到了与中国韬奋基金会组建的韬奋著作编辑部共同编辑《韬奋全集》上。从馆领导位子上退下来,纪念馆依然全力支持我编辑韬奋著作的相关工作(当年的 7 月 3 日,馆里业务会议还特别强调要重点研究《韬奋全集》的编辑工作)。搜集资料的工作我一直没有停顿,伏在案头,剪剪贴贴。这些并非我一个人的功劳,纪念馆的青年同志后来也参与其中,每天手持剪刀和浆糊,一点一点地将查阅到的材料剪贴起来,任务繁琐而枯燥,最终坚持完成了。这也是编选全集的基础部分。

编研部的毛真好同志帮我查阅到一段信息,是 1989 年 1 月,我和纪念馆青年同志几次去华东医院,请妈妈回忆爸爸有关办刊、办书店及革命活动等的内容,并将此珍贵资料录音。说实话我不太记得了。纪念馆的同志在 30 年前有这样的意识,抓紧抢救与韬奋有关的史料,留待后人研究学习,令人敬佩。

1991 年前后,我心系爸爸在 20 世纪 30 年代被国民党图书杂志审查委员会查禁的文章,它们被"免登""应予免登""扣留""扣",下落不明。我希望这些石沉大海的"文化遗产"能够重见天日,曾处处打听下落。功夫不负有心人,1991 年 5 月,韬奋纪念馆的几位青年同志打前站,我随后,直奔南京中国第二历史档案馆,在国民党档案中凭翻到的卡片找到了原件。认真鉴别下来,竟是爸爸的手迹。经过整理,共有佚文 11 篇,其中复读者来信 8 封、政论文 2 篇、呼吁书 1 篇,共约 2 万字。我们按档案馆的要求,向上海市委宣传部、沈粹缜的工作单位申请,开了证明,办了正式手续,拿到了复印手稿。这些文章后来都编入《韬奋全集》,这与多个单位和个人的努力是分不开的,韬奋纪念馆同志的帮助尤为重要,我衷心向他们表示深深的敬意和谢意。

1995 年 7 月,倪墨炎接任韬奋纪念馆馆长,我不再担任韬奋纪念馆顾问职务。我离而不休,和韬奋著作编辑部团队,用十年光阴终于完成了《韬奋全集》这部 14 卷 800 万字的大工程。同年 11 月 4 日,《韬奋全集》出版发布会顺利召开。时间过得真快,又用了十年,我完成了《韬奋年谱》三卷本,即《邹韬奋年谱长编》。

因为写这篇文章,我记起了自己曾每天骑自行车往返于康平路的住处和纪念馆之间,也记起了自己曾带过的"标配"午餐——一块青鱼,加一点青菜、米饭,还记起了自己曾在纪念馆接待过许多老三联的长辈,这些都好像就发生在昨天。

岁月流逝,有幸能在 88 岁高龄,同大家一起庆祝纪念馆成立 60 周年,我感到很幸福。目睹一批又一批新闻出版行业的青年人到纪念馆参观学习,无限欣慰。老人说老话,絮絮叨叨,太长了,打住。最后,祝大家身体健康,谢谢。

(邹嘉骊口述,毛真好录音整理,原载《新闻出版博物馆》2018 年第 33 期)

访谈录

战而不屈的志士

——邹韬奋逝世 55 周年访其女儿邹嘉骊

"有人是不战而屈，鲁迅先生是战而不屈。"这是 63 年前邹韬奋在鲁迅落葬仪式上的讲话。其实，说此话的人又何尝不是个"战而不屈的志士"呢？

一、只拥护抗日政府

在韬奋先生钟爱的小女儿邹嘉骊的办公室，这位清癯文雅的老人手捧着父亲的文集，很认真地向我鼓吹提倡"旧文新读"："宣传爱国主义要有历史内容。现在的青年历史知识太少，从国家民族考虑，什么是尊严，什么是屈辱，什么是落后。可以从旧时的好文章得到借鉴。"望着面前整整齐齐的 14 卷本《韬奋全集》，我当即再读一遍韬奋先生 1928 年的《面孔虽然是黄的》。试看：我们做黄种人中的中国人，并不是我们自己选择来的，是从娘胎里钻了出来就是这样一副黄种的面孔，就是做了一种中国的国民，这是已定的不容我们选择的呆板板的事实。我们所能做所该做的事，只有根据这个事实努力地做去，如觉得黄种人有不及白种人的地方，就该尽力地使他们（也就是我们）进步，如觉得中国人不行，也就该尽力地使中国进步。又读 1930 年的《自觉与自贱》：自觉心是进步之母，自贱心是堕落之源，故自觉心不可无，自贱心不可有。……我们当光明磊落泰然坦然地做中国人，尽我们心力做肯求进步的中国人。这样的文字，今天读来，不也振聋发聩？

嘉骊戴上眼镜，一边在电脑中搜寻着，一边说："邹韬奋是旧中国二三十年代中国知识分子走向进步走向革命的典范。他忧国忧民，一个标准，自觉地把自己的命运和国家命运维系在一起，把国家的利益看得比自己的前程还重要。"邹韬奋是在反对日本帝国主义入侵，鼓吹抗日救国，抨击国民党的不抵抗主义,投降妥协的浪潮中,从民主主义者转变为共产主义志士。1928年济南的"五三惨案",1931年日本关东军侵占东北三省的"九一八事变",1932年日本侵略军在上海制造的"一·二八事变",韬奋不仅在舆论上极力宣传抵御外敌保卫国家,而且从行动上带着生活书店这支"小小的军队",为前线19路军征集军需用品,为马占山募捐钱款,设立"生活伤兵医院",掀起人民的抗日热潮。国民党派出高级官员胡宗南,亲自驾车"接走"韬奋,妄图用权力强迫韬奋改变主张,表示拥护政府,双方激烈辩论四个多小时。韬奋委婉而坚定,说:"只拥护抗日政府。不论从哪一天起,只要政府公开抗日,我们便一定拥护。"胡宗南碰了个软钉子,国民党从此对韬奋更加怀恨在心。而此时,《生活》周刊在韬奋的主持下,因为敢于揭露时弊,呼民众之言,销售量高达十五万五千份,创当年期刊销售之最。

1933年1月,邹韬奋参加了由宋庆龄、蔡元培、杨杏佛等发起组织的"中国民权保障同盟",并当选为执行委员。从此,他更积极参加保盟的活动,反对蒋介石的独裁和法西斯政治。

二、不做"陈布雷第二"

1936年,邹韬奋极富鼓动和感染力的抗日言论和行动,引起了国民党的注意和恐慌。他们威胁恫吓妄想收买拉拢他,于是派特务头子刘健群、张道藩找他谈话,大肆发挥所谓"领袖脑壳论"。"你们言论界如果不绝对服从,还要务务不休,使他(注:蒋介石)忍无可忍,只有一挥手把这些蚊子完全扑灭。"韬奋"微笑失声"而"狂笑不已";他们更逼紧一步对韬奋宣称:"老实说,今日杀一个邹韬奋,绝对不会发生什么问题,将来等到领袖的脑壳妙用——发生效果,什么国家大事都一概解决。那时看来,今日被杀的邹韬奋不过白死而已!"韬奋继续笑,义正词严进行驳斥:一,"救亡运动是全国爱国民众的共同要求,绝对不是一二'脑壳'或少数人的'脑壳'所能创造或捏造出来的",即真消灭一二民众的"脑壳","整个救亡运动还是要继续下去,非至完全胜利不会停止"。二,附带声明自己"不参加救亡运动则已,既参加救亡运动,必尽力站在最前线,个人生死早置度外"。三,"政府既有决心保卫国土,即须停止内战,团结全国一致御侮,否则高嚷准备,实属南辕北辙"。四,"希望蒋先生领导全国抗战,成为民族领袖,对领袖当然尊重",但对他们的所谓"领袖脑壳论"却"不敢苟同"。韬奋坚决不改变抗日主张。谈判不成,反动派又派出海上闻人杜月笙胁迫韬奋去南京,留在蒋介石身边做"陈布雷第二"。国民党的如意算盘又算错了。特务头子戴笠等到南京车站去接了个空。他们万万没想到邹韬奋会拒绝他们的"邀请"。为了躲避国民党的迫害,在征得杜重远夫人侯御之的同意,韬奋和夫人暂住到杜家避难。国民党反动派恼羞成怒,下令查禁了《大众生活》。

邹韬奋的抗日救国言论和救国会的活动,得到共产党的呼应。在"九一八"五周年纪念日时,毛泽东特委派潘汉年给邹韬奋及救国会的章乃器、沈钧儒、陶行知捎去一信,对他们表示"无限的敬意!"并声称"必须在各方面作更大的努力与更亲密的合作"。"委托潘汉年同志与诸先生经常交换意见和转达我们对诸位先生的热烈希望。"

此时,韬奋主持的生活书店随着抗战形势和在共产党的支持下,得到了迅速的发展。1937 年"八一三"前,除上海总店外,生活书店仅在广州、汉口有分店。可不到一年,就发展到分支店 56 处,遍及 14 省,连在新加坡也有分店。出版杂志十余种,书籍千余种,抗战读物 500 余万册,成为抗战中的一个坚强的文化堡垒。

三、党外"布尔什维克"

1938 年春,国民党政府迁至武汉。一天,蒋介石在他武昌的寓所召见邹韬奋和杜重远。蒋介石貌似和蔼诚恳,但其目的还是诱迫韬奋加入国民党,韬奋又一次婉言谢绝了。

"父亲一生爱国,追求的是进步、革命,一旦觉醒,希望加入的是共产党。"嘉骊缓缓说道。从 1938 年起,韬奋在汉口和重庆两次正式向周恩来提出希望加入中国共产党,周恩来热情而诚恳地说:"你现在以党外人士身份同国民党反动派做政治斗争,与你以一个共产党员身份所起的作用不一样。"韬奋欣然接受了这一指示。以后,在苏中区,在临终前,他多次一往情深地提出入党要求,在遗嘱中他这样表示:"我死之后,请中国共产党中央委员会严格审查我一生奋斗的历史,如认为合格,请追认入党。"

抗战期间,韬奋办杂志,开书店,编印了大量抗日救亡读物和马列主义书籍,请共产党人周恩来、叶剑英、董必武、秦邦宪等到生活书店给同仁们演讲,作中国历史问题和国内外形势问题的报告。他的这些举措,成了国民党政府的心病。不久又派出中统特务头子徐恩曾找韬奋谈话,还是要他加入国民党。徐威胁道:"不加入国民党就是替共产党做事。"并胁迫韬奋尽早把生活书店与国民党的正中书局合并,均被韬奋严词拒绝。

"父在事业上是'民众喉舌',是'真诚地为人民服务',他的性格却是很开朗、乐观和幽默的。他可以趴在地板上和女儿一起'啼哭',待女儿睁着惊诧的眼睛停止啼哭时,他得意地笑了;他也会在休假日去电影院看一场喜剧片开怀大笑轻松一番;更有时在家里抱着椅子学跳交谊舞。模仿'卓别林'是他的保留节目。"

四、革命者的真性情

1941年12月8日太平洋战争爆发,韬奋携家人与友人一起从九龙过海逃到香港,此时战局混乱,间谍、汉奸活跃,韬奋隐蔽而居,生活困厄。1941年12月25日,日本侵略军占领了香港,为了秘密营救在香港的一大批文化精英,地下党在廖承志的统筹下,通过东江纵队,派出了一支抢救队伍,韬奋不得不再一次和妻子孩子分别,到广东东江游击队去。

邹嘉骊沉浸在回忆中,望着窗外婆娑的绿影,蝉鸣声中,似在竭力克制着内心汹涌的波澜。"那一次的分离,听母亲回忆时谈过:父亲要先走了,他突然跪倒在母亲面前,说:'不知道还能不能见面,希望把孩子带好,有困难找共产党……'"终于,她忍不住掩面而泣。生离死别,真正的生离死别。我很想尽快结束这样难过的场面,但她对我摆摆手哽咽着说:"生离死别,人生难过这些关口啊。"她是想起了1997年去世的母亲和年初遇难的二哥。

好在不多久,在地下党组织的安排下,沈粹缜带着三个孩子也来到了东江纵队开辟的阳台山上和韬奋团聚。他们一家和很多文化人家住在一个长草寮里。这段日子给嘉骊和她的两个哥哥嘉骅嘉骝留下了美好的回忆。傍晚时分,父亲常常带着他们在小溪中捉鱼摸虾;到老乡家买红糖片当巧克力吃……这样的日子是短暂的,不久国民党发出通缉令要逮捕韬奋,并发出"就地惩办,格杀勿论"的指令。刚刚建立起来的欢乐家庭又不得不各奔东西。共产党安排韬奋秘密到上海,随后进苏区准备到延安去,而沈粹缜则带着三个年幼的孩子去到桂林。

五、志士身后无憾事

时光不知不觉已近中午,嘉骊的目光从电脑屏上移开,我问她要三兄妹的合影,她说有这个必要吗? 见她有点迟疑,我便说:"韬奋先生为了追求真理而献身,是我党历史上杰出的志士,他的后代没有辜负他的期望,都在自己不同的岗位上做出很大的成就⋯⋯"嘉骊笑了,说:"我很崇拜我的两个哥哥,他们确实有很大贡献,他们继承了父亲的遗愿,我很普通,没做什么⋯⋯"

其实,嘉骊从文艺出版社离休后,主要精力放在中国韬奋基金会的工作上。依靠基金会的力量,依靠各级组织和一支编辑出版队伍,花了整整 10 年工夫,编纂完成了 14 卷本的《韬奋全集》。她的大哥是全国人大副委员长邹家华,二哥就是年初在和歹徒搏斗中遇难的国家气象局名誉局长邹竞蒙。我疑惑地望着嘉骊问:"他是您二哥?"嘉骊的眼睛又红了:"是的,他到延安后就改名叫邹竞蒙了。他很像我的父亲,热情耿直,认定一个理不回头⋯⋯"嘉骊的声音又有点颤抖了,"歹徒不就是要抢他的包,要他的钱吗? 碰到有的人或许就给了,保命要紧啊。二哥做不到,他是从延安出来的,他的骨子、血液里充满了不妥协!"

历史是一面镜子。从邹嘉骊淡淡的叙述中,可以看出邹竞蒙的正义感,从邹竞蒙的身上,恰恰映照出邹韬奋的壮怀激烈,中华民族需要这样的志士,中国革命的胜利正是有了代代辈出的志士,才一步一步走到今天的辉煌。

在韬奋逝世 55 周年之际,可以告慰他的是:一切,都如他希望的那样!

(王岚撰文,原载《党史信息报》1999 年 7 月 28 日)

让更多的人了解历史真相

——邹韬奋之女邹嘉骊采访记

2004 年 3 月 27 日,《新民晚报》刊载了题为《邹韬奋女儿出示密电:日军是七君子事件黑手》的短文。文章称:邹韬奋女儿、中国韬奋基金会秘书长邹嘉骊指出:"现在我们的史书在涉及'七君子'时,都说是国民党当局为了镇压抗日救国运动,才制造了震惊中外的'七君子事件',但从日本友人提供的 1936 年日本驻华外交人员给日本陆海军头目的八封密电中,可以发现,'七君子事件'的黑手是日本军国主义者,正是他们的幕后施压,才造成'七君子事件'。"

为此,本报特约记者专程对邹嘉骊女士进行了采访,以了解详细情况。

记者: 看到 3 月 27 日《新民晚报》刊登的您出示日军密电证明"七君子事件"的主使者是日本军国主义者消息后,作为史学工作者,我们非常希望了解此事的详细情况,您能否向我们介绍一下?

邹嘉骊: 好的! 其实早在 1987 年第 4 期《上海滩》上刊载的《半个世纪前的一个悬案》中就披露了"七君子事件"的主使者是日本军国主义者。1979 年,宋庆龄的一位日本朋友(仁木富美子)来参观宋庆龄创办的妇女儿童福利事业时,我母亲沈粹缜与中国福利会的同志接待了她。之后,那位日本朋友特地为我母亲送了一份资料。她说,日本帝国主义者也曾直接给我们的家庭带来过灾难,这份资料就是一个证明。这是半个世纪前日本当局的机密文件,在日本早已公开了,不过我国还未曾见过。材料共计 41 页,分两大部分,一部分是日本外务省从中国收集的情报，内容是针对当时上海、青岛等地日本纱厂中我国工人举行反日大罢工、他们的对策，以及镇压包括"七君子"在内的抗日救亡活动的情况；后一部分是"七君子"被捕前后，日本驻华外交人员给日本陆海军头目的密电，人们可以清楚地看出，当时日本当局是如何向国民党当局施加压力的，他们又是如何把莫须有的罪名强加在"七君子"头上，急不可耐地勾结国民党政府进行迫害的。

《上海滩》刊载此文的同时，在很多地方、场合我都宣传这件事情，如韬奋纪念馆装修、陈列内容改版时，我讲了；在中国韬奋基金会和上海电视台合拍的《韬奋在上海》专题片中，我也讲了；我正在编写的《韬奋年谱》，也将此事编了进去。但是，个人的宣传力量毕竟是有限的，这次，我借"七君子"铜像揭幕一事再次呼吁。报纸的发行量大，影响也会增大。

记者：您这样做的主要目的是什么呢？

邹嘉骊：主要是希望更多的人能了解此事的真相。事实上，受主客观条件限制，这件事没有更多地被人了解，在这次揭幕仪式上，一些"七君子"的家属在发言时，仍然把整个事件说成是国民党政府一手制造的，他们也不知道事件的背后有日本军国主义的黑手。所以，再次宣传是为了让更多的人来了解事件的全貌和本质，来更多关注此事。当今媒体发展得很快，比较十多年前，手段更现代化，自《新民晚报》披露后，很多网站上都登录了，它将以史实列入日本侵略中国的历史。

记者：这些密电虽然是日本陆海军参谋总部和日本驻华外交机构之间的，但在这些密电中也提到了当时上海秘书长俞鸿钧的发电，如《新民晚报》选登的部分日军密电中有："同日，日本驻上海总领事馆若衫总领事致本国外务省有田外务大臣第 550 号密电中指出：'23 日上海俞鸿钧就已发电 537号……'"那么在这一过程中，俞鸿钧与日本方面及南京国民党方面的来往电报在国内档案馆中是否存在？如有，是否已被史学界发掘、使用？

邹嘉骊：这正是我没有做的，作为一个追踪课题，可以进行深入的研究。在档案馆中是否有相关档案还很难说。当时，日本驻华领事是以密电的形式向国内汇报"七君子事件"的进展情况的，是他们向国民党上海市政府施加压力造成"七君子事件"的，如当时的上海市市长吴铁城在逮捕"七君子"之后，向日方述说了逮捕之苦心。还有，蒋介石与冯玉祥、宋庆龄和蒋介石、宋庆龄和冯玉祥就此事的来往电报，我都已经编入到《韬奋年谱》中。

记者：请问您是从什么时候开始关注这件事情的？

邹嘉骊：1936 年 11 月 23 日凌晨"七君子"被逮捕后，11 月 26 日宋庆龄就发表抗议书，她指出："这种违法逮捕和捏造的罪名，都是日本帝国主义者主使的。"当时，她依据的是某某日报的所谓黑名单中也有她的名字，这份日报是日本人办的。从 20 世纪 80 年代起，我就开始收集《韬奋年谱》资料，因为韬奋生前没有日记，需要用各种史料来填补他生命过程中的内容。现在我深感资料很重要，没有足够资料，也就没有足够的说服力，就如同无根之木，无源之水。当年宋庆龄说的那句话，在我心里留下悬念：日本人是怎么主使的，这背后有什么黑幕。要把这件事情搞清楚，成了我心中的一个惦记。

我有一个想法，从 1987 年《上海滩》登载那篇文章到现在，已经过去十几年了，到今天还有很多人不知道事情的真相，不知道日本军国主义者的密电，我希望报纸来"炒作"，不过，炒作二字要加上引号，就是欢迎报纸来大力宣传这件事。今天，人们对南京大屠杀、"慰安妇"、劳工等事情了解得很多，其中一个原因就是人们通过媒体了解的。其实，日本军国主义者给国民党上海市政府施压制造的"七君子事件"也是一笔账，但是，由于宣传力度不够，相当多的人包括我们的后代还对事情的全貌不了解。我希望通过各种媒体的宣传，能让更多的人了解历史真相。

（侯桂芳撰文，原载《党史信息报》2004 年 4 月 7 日）

邹嘉骊：我是爸爸的小黑马

那日下午去见邹嘉骊，她穿着黑红相间的衬衫，头发没有染，本色的花白，或许是因为没有太多的俗事烦恼，脸上几乎没有皱纹，皮肤白净细腻，温润而有光采。她戴着一副老花眼镜，不看你的时候目光如烟，仿佛藏着很多年代久远的故事；一聊开来，你发现，那双眼睛依旧清澈，笑起来甚至还有着孩子一样的神采……

图书馆——三联书店——出版社

邹韬奋先生是我国卓越的政论家、出版家，著名的新闻记者，他创办的《生活》系列周刊在中国新闻史上书写了辉煌的一页。

邹嘉骊是韬奋先生的幼女，是上海文艺出版社的资深编辑，在家族里，她是唯一继承了韬奋先生文学衣钵的人。在《遗言记要》中，韬奋先生口述道："小妹爱好文学，尤喜戏剧，曾屡劝勿再走此清苦文字生涯之路，勿听，只得注意教育培养。倘有成就，聊为后继有人以自慰耳。"

说到这里，邹嘉骊陷入沉思。窗外，是上海中秋的雨，密密绵绵洗刷着摇曳的枝叶，也梳理着如烟的往事。父亲如何看出她爱好文学，邹嘉骊已没有印象，但是图书馆却给了她汲取文学养分的机会。父亲临终前，希望建立一个图书馆。后来，他的战友徐伯昕组建了筹备组，由徐伯昕夫人胡耐秋、韬奋先生夫人和邹嘉骊组成，征集来的图书就放在狭小的居室里。邹嘉骊说："解放前夕，图书随我们迁移到香港。居家是一个大统间，除了隔出一小间住人，其他空间都做成四壁高层书架，陈列图书。我那时候十六七岁，兵荒马乱，不能去学校读书，就登记图书卡片，空余时间读读书。后来图书馆没有办成，但受那时读的书和身边人潜移默化的影响，我开阔了眼界，这也为我日后从事文字工作打下了基础。"

我用父亲的"不要怕"跟自己的"害怕"较量了一辈子

从 1995 年到 2005 年,邹嘉骊一直沉浸在编撰《韬奋年谱》的工作中。那十年,她几乎没有心思想到休息。资料的收集整理是个浩大的工程,年岁不饶人,在工作中她经常觉得劳累,但是一想到"年谱",总觉得前方有个声音在召唤,她硬是靠毅力撑了下来。

《韬奋年谱》面市后反响不大,邹嘉骊对此很释然,但是对书中的错别字和一些漏排的内容,她却有些耿耿于怀,不过出版社已经答应改正后再版。

"年谱修完了,我也就该生病了!"2005 年 2 月,邹嘉骊心脏病和高血压急性发作,被送进医院,医生甚至下了"病危通知"。邹嘉骊静静地躺在病床上,脸色苍白,根本无力说话,监护器上的管线七七八八地缠绕在身上。朋友们都说她是太劳累了。的确,那样大的劳动强度已经不是一个年过古稀的老人所能承受的。可是,每每想起六十多年前的那个清晨,邹嘉骊重又获得了前进动力。"那一天,上海医院的一间病室里,寂静无声,只听见妈妈低低的哭泣声。父亲静静地躺在床上,嘴在颤颤地抖动,似乎还有话要说,但已经发不出声音了。妈妈递上一支笔和一本练习本,父亲用仅有的最后一点力气,颤抖地写下三个不成形的字:不要怕。随后,父亲的手脚渐渐凉下来,永远离开了我们。回顾我的一生,正是用父亲的'不要怕'和我自身的'害怕'较量了一辈子。不要怕,成了我终身受用的精神力量。"

当年,韬奋先生给两个儿子一个女儿取名邹嘉骅、邹嘉骝、邹嘉骊,意为邹家的三匹好马。"骊"意为黑色的马,"我小时候皮肤特别黑,妈妈擅长刺绣,对色彩尤其敏感,所以她总是半开玩笑地说我是'小黑炭'。我也不在乎。不过,不管是贬还是褒,我认准做一匹良驹!"

爸爸的军功章里有妈妈的一半

邹嘉骊和爸爸在一起的日子不多,她印象最深的是一家人在东江游击队的阳台山上,那时候她十一二岁,一家人无忧无虑地生活了两三个月。"爸爸带我们去山上的溪流中抓鱼抓虾。虽然他平时很斯文,但在玩的时候很孩子气。日子太久远了,没有太多清晰的细节,可是爸爸站在阳光下,用手急速捞起溪水中小虾的形象还留在我脑海里。那时候游击队员对我们非常好,想办法给我们弄一些红糖片，爸爸笑呵呵地'骗'我们，说那是巧克力，我们几个孩子欢呼雀跃争着吃……"

邹嘉骊在妈妈身边过了大半生，妈妈沈粹缜是个温柔多情的人，邹嘉骊说起父母，当年的浓情似乎流淌至今，甜蜜着讲故事的人和听故事的人。那时爸爸在上海，妈妈在苏州，他们是通过中华职教社的同事介绍认识的。爸爸坐火车去苏州相亲，在留园和妈妈见面，可以说是一见钟情。相亲后回到上海，爸爸立即发挥他的专长，将一封封滚烫的情书寄到苏州，开始了鸿雁传书。爸爸生性幽默，当年他沉浸在爱情中，花样百出，一会儿用上海话，一会儿用苏州话写信。妈妈没有思想准备，拿到信根本看不懂，爸爸再调皮地坦白出来。热恋期间，爸爸写文章时将妈妈的名字署上去，再将文章拿去给妈妈看……

沈粹缜擅长女红刺绣，性格温顺，但在战争年代，邹嘉骊却看到了妈妈的勇敢与坚定。1941年，邹韬奋愤然辞去国民参政员的职务，在沈钧儒等友人的掩护下，摆脱了特务的盯梢，从重庆到了香港。邹嘉骊说，爸爸出走香港后，他们和妈妈还留在重庆。妈妈经常和房东太太去拍卖行，把家里的东西变卖换钱。没想到引起了特务的注意。有一天，家里来了两个特务，警告他们不要离开重庆，要妈妈把爸爸劝回来。妈妈却应对从容：我们没有要离开，卖东西是要过日子，这么多张嘴等着吃饭呢！

太平洋战争爆发的第二年，在东江游击队秘密联络员带领下，沈粹缜带着三个孩子和两条毛毯过封锁线，日本鬼子和伪军抢走了毛毯。战争年代，又是冬季，毛毯可以当被子御寒保暖，三个孩子没有毛毯怎么办？沈粹缜二话不说，冲上前去，抢下一条毯子扭头领着孩子就走，敌人一时惊诧得忘了追。孩子们都被震住了，没想到妈妈柔弱的身躯里会爆发出那样巨大的能量！

"妈妈平日理家的本事也是没话说。爸爸的工资全部上交，她把所有的钱都整理好放进不同的口袋，哪个是买菜的，哪个是给老人寄的，哪个是水电费的……一个个都清清楚楚。爸爸如果出门，钱物也是妈妈来打点，她必定一个口袋里装着去的路费，另一个装着回来的路费。妈妈就是这样无微不至地照顾爸爸。三联生活书店的同事们都感叹，没有邹师母，这家日子根本无法想象！"邹嘉骊至今感念不已，在抗战胜利的锣鼓声中，周恩来给沈粹缜发来慰问信。可以说，韬奋的军功章里也有沈粹缜的一半。

建国后，沈粹缜应宋庆龄的邀约，参加中国福利基金会工作，后来又调任上海市民主妇女联合会工作，此后又由宋庆龄亲自提名，担任中国福利会秘书长。

妈妈走后,我才正儿八经地开始学做菜

1949 年后,家里有一个阿姨阿翠照顾邹嘉骊和妈妈的饮食起居,三个人生活得像一家人一样。一个夏日,她们都在客堂间午睡。"突然妈妈猛地坐了起来,她被一种熟悉的气味唤醒了,那就是爸爸病重的味道,是她刻在心里脑里的味道,她再也无法从生命中忘却。妈妈警觉地寻找气味的来源,是阿翠!妈妈劝她去医院检查一下,但阿翠不愿意去。妈妈急了,红着脸,大声说着,表情近乎凶狠了!在妈妈的坚持下,阿翠最终去了医院,她患了子宫癌。妈妈联系肿瘤医院,帮着找病床住院,但阿翠还是离去了。阿翠对我们非常好,我用的洗脸巾和洗脚布,她总是搓洗得干干净净,像新的一样。她的离开对我和妈妈都是非常大的打击。"说到这里,邹嘉骊的眼圈红了。

1997 年,96 岁高龄的沈粹缜去另一个世界追随韬奋先生。"妈妈在生活上历来能干,负面影响是,我在生活上成了低能儿。她走后,我反而能干起来。"邹嘉骊微微地笑着:"说来惭愧,我这一生,妈妈只吃过一次我做的菜。那次她生病住院,我做了红烧鱼和虾。妈妈似笑非笑地看着我,好像都不相信,犹豫着尝了一口后,含笑点头说了一句:味道不错。我很受鼓舞,不过菜的'卖相'确实不敢恭维,那条鱼连皮都烧没了……其实爸爸在生活上也很低能,全靠妈妈照顾。妈妈在家里就像一棵大树,庇护着爸爸,庇护着我们三个孩子。她的离开,仿佛强迫我自己进行第二次成长。"

妈妈走后,邹嘉骊才学习生活自理,正儿八经地开始学做菜,如今已经有了不少保留节目,最得意的则是啤酒鸭。第一次烧出来的啤酒鸭又干又老,非常难吃,正巧一个朋友来了,建议她加点酱油加点油,口感果然好很多。从此邹嘉骊喜欢上了灶台,一直当"甩手掌柜"的她居然也慢慢摸到些门道:烧菜最重要的是调料口味,不同的菜用不同的调料、火候,触类旁通,比如啤酒鸭,红烧肉、腐乳肉之类的,慢慢也都会做了。

邹嘉骊还经常和朋友们切磋厨艺。有一次她跟着《天天饮食》学做一个菜,但是前面没看到,炒鸡蛋做不嫩,于是向朋友请教。朋友想了想,说:你在鸡蛋里放点油试试看。"一点就通!"邹嘉骊哈哈笑着,掩饰不住喜悦。在厨房里,邹嘉骊得到了很多快乐,生活不能沉闷,烹调让生活有滋有味。现在她经常找朋友到家里聚会,大家做做菜,聊聊天,挺快乐的。

总的来说，我的一生还算顺利

邹嘉骊年轻的时候喜欢打羽毛球和乒乓球，现在身体不允许这么激烈的运动，就改成晚上坚持散步，腰间夹个计步器，每天走 4000 步。她年轻时喜欢唱歌，那些抗日战争歌曲都会唱，一首首全印在脑海里了，比如《义勇军进行曲》《渔光曲》《教我如何不想她》。收藏音乐书是她的爱好，一本好书能让她兴奋很久。平时，她喜欢读书、看报、翻杂志、看电视，生活简单而充实。

回顾以往，她认为："总的来说，我的一生还算顺利，即便在'文革'期间也没有受到太大的冲击。当时大哥被关进监狱，二哥遭遇'车轮战'，我只是个小角色，没有受到太多折磨，可谓'逍遥派'。劫后团聚，兄嫂、哥哥对孩子们说，如果有第二次'文革'就去找姑姑。"

母亲去世后，邹嘉骊一个人生活，虽然不无寂寞，但是没有利益纷争和家庭琐事，她也乐得清净。

如今，邹嘉骊经常和上海的亲友走动走动，节日吃顿团圆饭，说说笑笑，享受天伦之乐，而无俗事烦扰。

采访结束时，淅淅沥沥下了一个上午的雨突然间停了，阳光穿透云层洒下来，基金会的米色小楼在绿树的掩映下格外漂亮。我请邹嘉骊在楼前拍照留念，她一边微笑着配合，一边自嘲"装腔作势！"临别时，她反复叮嘱，千万不要拔高夸大，她的人生就是这样平淡真实。

邹嘉骊在韬奋基金会小楼前（2007 年 9 月）

（左一楠撰文，原载《中国妇女》2007 年第 11 期）

父亲邹韬奋与我们的家庭

"我们想可能石榴红了，爸爸的病就好了吧。可是石榴红了，父亲却走了。期望冥冥之中给你提供一点希望，但结果却依旧无情。"

模范家庭

邹嘉骊接受采访（2012 年 7 月）

我的父亲邹韬奋是一个幽默又有情趣的人。他喜欢看电影，在一些聚会场合，还会去模仿卓别林的表演，逗得朋友们很开心。有段时间他还学跳舞，平时锻炼身体常做一套健身操。父亲幽默的性格也遗传给了我的两个哥哥。我们一家人在一起的时候经常开玩笑。

父亲最早的翻译作品是三本恋爱小说，而且都是异国恋情，每一个章节后面都有一篇他写的译后附记，表达他自己关于婚姻、家庭等问题的看法。

我的母亲沈粹缜是苏州人，出身书香门第，读书时学的是美术。她的姑母沈寿是我国的刺绣大师。在嫁给我父亲前，母亲在刺绣学校教书，因为年纪轻，学生都管她叫小先生。母亲教书每个月工资有 60 块大洋，在当时已经不低了。

父亲"职教社"的同事杨卫玉是他们的介绍人，第一次见面是在昆山的火车站。母亲后来说，她不会选择商人做伴侣的，因为不喜欢商人的"铜臭气"。他们认识后，父亲还以母亲的名字"粹缜"为笔名发表过文章。父亲给母亲写情书，有时候，他故意用苏州话写，妈妈开始看不懂，后来才发现父亲跟她开玩笑。

结婚后，母亲就辞去了苏州的工作，在上海组建了家庭。父亲有时候也带工作回家做，《革命文豪高尔基》那本书就是在家里翻译的，每天翻译 2000 字。

妈妈特别会过日子。一个月工资发下来，给爷爷、叔叔的钱与家里开销都分别装到信封里，精打细算维持家庭生活。因为妈妈很会理家，我们都不愁。爸爸喜欢妈，大概也有这方面的原因。妈妈在爸爸身边，后来在宋庆龄身边起了很好的配角的作用。

他们俩经常在家里说笑话，很亲热。这种氛围对我们子女的影响

沈粹缜前往看守所看望因"七君子事件"入狱的邹韬奋

也很大。我们这个家庭很温暖，在当时上海文化圈中是个模范家庭。

重庆出走

我很小的时候父亲就不在身边，1933—1935 年他在国外流亡，后来还因"七君子案"而坐牢。那段经历大哥邹嘉骅（即邹家华）的印象会深一些，他还曾经给狱中的父亲带密信。1937 年，抗日战争开始了。11 月上海沦陷后，父亲就先离开了上海，与生活书店一起转移，先到香港再辗转到武汉。在此后多次的颠沛流离中，每有危险都是父亲先走，这在我家已经是个习惯了。

母亲、我还有两个哥哥后来也沿着这条路线去了武汉。这里面很重要的人物是潘汉年，他对国统区进步文化人的保护很周到。我们离开上海就是在潘汉年的保护之下。父亲接受共产党的影响，与这种细致的关照有很大的关系。国共合作时期，父亲出版的《抗战》三日刊中，有很多篇潘汉年的文章，讨论选题的时候潘汉年也参加了。有时候，他们还会因一些问题去周恩来那里讨论。在武汉的时候，父亲和共产党的关系就已经很近了，周恩来还去生活书店演讲过。

武汉沦陷后，我们一家人又迁移到了重庆。我们家就在学田湾陈果夫的

院子里,主楼是陈果夫住,边上一座小楼租给了一户也姓邹的人家。我们就租住了这座小楼一楼一间十二三平米的房间。后来那位二房东邹伯母和妈妈成了很好的朋友。我们两家还认了干亲,她的女儿叫我母亲干妈。她的儿子邹承鲁还在读书,后来去英国留学,后来成了我国著名的生物学家、中国科学院院士。我母亲的干女儿后来去了美国,成了公务员,和我们还有联系。

学校教育对我来说,不像现在的孩子,没那么正规,我的童年常常感到不安全。在重庆我们要经常躲警报。我们小孩倒不怕轰炸,因为之后可以捡弹片卖钱。有一年5月,生活书店总管理处的对面落了一颗炸弹。我们就去捡了一个炸弹头出来,卖了一块钱,感到好开心。

全家人摄于重庆(1940年冬)

在重庆,父亲感到更加苦闷和压抑。发表文章、出版书籍都需要审查,即使审查通过也有可能被没收、查禁。父亲的文章也经常在送审中被枪毙,甚至连原稿都不退回。后来我在编《韬奋全集》的时候,想到有扣留稿子的事情,就和韬奋纪念馆的同事去南京第二历史档案馆查找,还找到了10篇被查禁、扣留的文章。我一看到原稿的毛笔字就认出了父亲的字体。

国民党当局后来要生活书店与国民党官方的正中书局合并,实际是被收编。父亲拒绝了这个要求后,国民党就开始大肆查封生活书店的各地分店,逮捕书店员工。父亲多次抗议都没有效果。他本人也受到迫害,被特务跟踪,一言一行都受到监视。这时，新闻出版环境已经极端恶劣了，表面上是国共合作，实际是一党专政。正是在这种状况下，父亲决定辞去国民参政会议员，出走香港。

父亲那时候的活动是受周恩来的安排，表面上是个人行为，实际是受党的领导。周总理安排他们一批文化人秘密出走，到香港去开辟另一个战场。父亲表面上一如往常去参政会开会，还去报到、拍照。出走是在1941年的2月底。沈钧儒有个侄子搞运输，父亲在重庆的南岸搭他们的车子前往桂林。

秘密离并后不久，将介石就得到了消息，说要把韬奋找回来。父亲从桂林坐飞机去香港，起飞后两小时，蒋介石"坚决挽留"的密令就到了。整个过程非常惊险。

我们一家五口人，目标太大，一起走是不可能的，所以让父亲先走。父亲走后，妈妈一个人独撑家庭。邹伯母经常陪她去当铺、寄售铺卖东西。特务后来上门盘查父亲的去向。妈妈说，不知道。特务说，希望他能回来，而且希望我们不要走。妈妈说："我们没准备走。"特务问：那你们为什么要去当铺卖东西？妈妈说：韬奋走也没留钱，我们要过日子啊。后来这两个特务都受到处分了，因为不仅没看住父亲，还让我和母亲、哥哥趁着躲空袭警报的机会都跑掉了。

去解放区

当时的香港，聚集了很多文化人，范长江、廖承志、茅盾都在，还有中共南方局的一些领导，香港是他们的工作据点。父亲的工作还是办报，和范长江他们筹划《华商报》的创刊与《大众生活》的复刊。我们一家到了香港，妈妈反倒发愁起来，因为一点生活的费用都没有了。这种事情父亲是不会知道，也不会考虑的。

后来还是一位朋友发现了母亲的尴尬与难处，决定预支父亲《抗战以来》的稿费。我们这才在香港安下家来。这么多年来，母亲一直是父亲最稳固的后方，支持着他的事业。抗战胜利后，周恩来在给母亲的慰问信中说，如果韬奋没有夫人的帮助，是不可能取得很大成就的。他对母亲的评价很高，事实也是这样。

到香港后不久，太平洋战争爆发，日军随即占领了香港。东江游击队接我们从香港撤出，当时我们就住在九龙的贫民窟里。组织上派交通员找到我们，按照要求爸爸先走，我们三个孩子和母亲后走。

父亲一去路途危险，而我们和母亲要独自面对残酷的环境，感到无依无靠。分别的时候，父亲给母亲跪下了，这是从未有过的情况。以前，无论流亡海外，还是从上海逃到香港，逃到武汉，逃到重庆，还都能想到一家人可以重逢。但是那一次却心里没底。爸爸向妈妈托付我们几个孩子，希望她把我们抚养成人，真正有困难的时候去找共产党。每次想到这个场景我都很心酸。

爸爸是一月份走的，我们大概是二三月份混在难民的队伍里离开香港。那时是冬天，家里什么东西都没带，妈妈怕我们冷就拿了两条羊毛毯。过封锁线时，日军和伪军把我们的羊毛毯抢走了。我们向前走了几步，妈妈便突然掉过头，爆发出巨大的勇气，冲过去抢回了一条毯子。她为了孩子从来没有考虑到自己的安全。

我们后来在东江游击队的白石龙村阳台山与父亲汇合了。部队给我们这些转移出来的文化人搭了两座草寮住，也就是三角形的草棚子。里面中间是泥地，两侧是一长溜的草铺，每家之间挂个帘子做隔断。那段时间虽然艰苦，但对我们来说却是少有的幸福时光。因为一家人又团聚在一起了。山上有小溪，我们就去抓小鱼小虾。有一点特殊照顾的话，就是广东出的红色的"片糖"。我们当它是巧克力，按照爸爸说法是"土巧克力"。

偶尔有加餐，就是多点小鱼，难得吃一点肉。这时父亲就会夹上一点菜然后躲到一边去吃。别人喊他来夹菜，他就说"够了，够了"。父亲是个乐观的人，大家都喜欢他。朋友们印象中的韬奋先生总充满了笑声。

这段安宁的日子没过多久又被打破了。国民党政府听说父亲隐藏在广东，就派了特务来侦查，还下了通缉令，要求就地惩办。此时，父亲与国民党便处于完全对抗状态了，他无法回重庆了，也不可能去国统区。父亲先被转移到梅县江头村隐藏了一段时间，然后又在周恩来的安排下去苏北的抗日根据地。我和母亲、哥哥则去了桂林。还有一批文化人则经桂林返回了重庆。

父亲的病

父亲去苏北前，先秘密前往上海治病，当时耳朵已经出血了。但最初的诊断是中耳炎，便没有在意。后来由于病情恶化，在1943年又返回了上海治病。为了躲避敌人的搜捕，父亲在上海换了四家医院。他的病也日趋严重，由耳癌发展到了脑癌,身体非常痛苦。

当时我和二哥在桂林的中山中学读书,我读初二,二哥读初三。大哥当时在桂林已经没有可读的学校了。于是大哥先被接去上海照顾父亲,随后母亲也过去了。后来爸爸病重,组织上又派人来接我们俩。我二哥爱学习,他觉得没多久就毕业了,想拿到毕业证再走。于是,我就独自去了上海。而父亲临终也没有见到二哥,这是很遗憾的事情。

谁知道,我离开桂林后,便爆发了湘桂战争。军队一路溃败,书店员工便带着二哥一路逃难。后来走散了,二哥独自一个人流落到了贵州,然后去了重庆。每次二哥回忆起来都很伤心,以前逃难都有妈妈在,还是一家人行动,而当时就他孤零零一人。在重庆,沈钧儒把他带到周恩来那里,然后便去了延安。父亲去世后,潘汉年的助手徐雪寒把大哥也接到延安去了。

我到上海时,父亲的病已经恶化了。他的一只眼睛失明,鼻孔里流出脓水,味道很难闻,都是母亲用棉签一点点给他擦干净。到了后来实在太痛苦了,父亲需要靠杜冷丁来维持。妈妈也学会了打针。开始的时候有效时间还长,到后来则越来越短。每天打针的时候,母亲都非常痛苦,但又没有别的办法。书店的员工陈其襄负责去买杜冷丁,当时上海能买到的杜冷丁都快被他买光了。

状态稍好的时候,他就在病床上写《患难余生记》。父亲是有话要说,国民党迫害生活书店的这口气他咽不下去,那些经历忘不掉,他要公开控诉。而且写东西对他也是一种解脱,可以稍稍转移注意力。

人到无望的时候,就会做一些荒诞的事情。于是我和妈妈便去算命。算命先生给了我们一句话:"等石榴红的时候就见分晓了。"爸爸最后住在上海医院,正好他的病房外面有一排小石榴树。我们想可能石榴红了,爸爸的病就好了吧。可是石榴红了,父亲却走了。期望冥冥之中给你提供一点希望,但结果却依旧无情。

父亲去世的时候,是在清晨。他的呼吸很急迫,要讲话讲不出来。大哥、二姑还有书店里的徐伯昕、陈其襄都在边上。妈妈给了他纸和笔,他颤抖着写了"不要怕"三个字。

他的身上盖着一床薄棉被,透过被子身上的骨架都凸显出来了,人都被消耗光了。

我的母亲是1997年走的。我们三个孩子希望父母能够合葬在一起,便向市里提出要求。爸爸葬在上海龙华烈士公墓,他们说等扩建的时候再来考虑。但 15 年过去了,扩建遥遥无期,妈妈的骨灰还存放着,尚未入土。时至今日,我们还希望父母能合葬一处。

（邹嘉骊口述,李伟撰文,原载《三联生活周刊》2012 年 7 月 18 日）

在追寻中沉浸

——邹韬奋女儿邹嘉骊晚年的编书生涯

因为想编一本老三联后人的回忆录,我们与邹韬奋女儿邹嘉骊有了较多过往。她热心帮我们搭桥约稿,我们则时不时把找到的后人带到她家畅谈。

大姐虚岁 85 了,平时不善与生人交谈。她常习惯性地靠在堆了大半参阅书刊的长条木椅上,静静地听我们天南地北说事。当然,说得最多的,就是我们在生活·读书·新知三联书店工作过的父母与她的父亲。一旦有火花擦出,她的记忆闸门就会打开,时断时续地讲起往事。有时她应和着我们说:"对呀,是这样的……"有时又忙摇头说:"不是,我记得……"她的话渐渐多了起来,眼睛睁得圆圆的,声音很响。

大姐最津津乐道的,是她编书的过程和感悟。

在我们"老三联"后人里,大姐是女士中最年长的,又是少有的几位"子承父业"的人中编龄最长的,她称自己是个老实干活的"编书匠",曾在人民文学出版社和上海文艺出版社做了近三十年编校;离休后,又在十二位前辈倡议下组建了韬奋基金会,全力为父母编了二十多年的书。近两年她编完《别样的家书》后说:"这是我一生编的最后一本书了。"

十五个月的"最后一搏"

《别样的家书——宋庆龄、沈粹缜往来书信》一书,准备阶段已很费心力和时间,真正着手编,则始于 2012 年 12 月初。嘉骊为每封信写了"编者感言",还附了两篇长文。她倾尽心血,几近搏命,两次累倒住院。那种入情入景的编姿,那种不达目的不罢休的韧劲儿,很有些像她的父亲。之后大姐信任地让我们当了第一读者。不少内容,我们看了蛮有新鲜感,有许多心动之处。

《情未了》一文中，她回溯了宋庆龄引领韬奋加入民权保障同盟"如虎添翼"的变化。1932 年，韬奋曾在《救国之力》一文中呼吁，面对日本侵华这种"空前的患难"，应唤醒我们垂死的民族灵魂"，"拯救我们的国族，复兴我们的国族"。作为战地记者，他写了多篇《血战抗日记》，并发起创办《生活日报》。韬奋称自己原是一个情急的人，"从前有事往往急得坐立不安，一夜睡不着。最近在惊风骇浪中生活，却处之坦然"了。这是因为他自己想得很透，写了《抱定牺牲的决心》一文，随时准备为国难赴死。民权保障同盟致力于营救爱国政治犯，主席由发起者宋庆龄担任。嘉骊姐对我们说，此时她父亲第一次"登上了比杂志社广阔得多的政治舞台"，开始"以团体组织的成员身份亮相社会"，他不再是一个人用笔战斗，他的政治视野拓宽了，思想境界也得到了提升。这种"归属感"，以往的韬奋研究者很少从这个视角涉及。

震惊中外的"七君子事件"发生后，被拘捕在苏州监狱看守所的韬奋，得知宋庆龄率领救国会成员，发起了"爱国入狱运动"，提出"如爱国有罪，愿同沈等同受处罚；如爱国无罪，则与他们同享自由"。当时正值 1937 年的"七七事变"前后，全民抗战爆发之时。此举的获胜，使韬奋切切实实感悟到，救国事业"不是靠几个人的修养便可解决"，"只有中华民族有出路，我们才有出路"。嘉骊认为，父亲在中共秘密党员胡愈之、张仲实等人陪同下与共产党组织联系之前，就已在宋庆龄引领下，成为中国民权保障同盟的第一届执行委员。有此归属，他才切身感悟到全体民众努力奋斗的作用和爱国团体的强大社会影响。从个人走进团体，使韬奋思想有了质的飞跃。对父亲的这一新认识，是嘉骊编《别样的家书》的新收获之一。

另一收获，是在梳理史实时，嘉骊发现，母亲与宋庆龄长达几十年的姐妹情，应当是父亲与宋庆龄战友情的延续。她俩都曾经美丽过，灿烂过，潇洒过，快乐过。早年丧夫，都痛苦过，失落过，她们都像凡人一样，需要有个互诉衷肠、抱团取暖的闺蜜。不少友人对嘉骊说，你妈一生当了两个名人的"配角"，一个是你的亲生父亲韬奋，一个是孙中山的夫人宋庆龄，当得都很称职，堪称"最佳"。嘉骊母亲走了十七年，作为女儿，她以往忙于编父亲的书，没有为母亲留下缅怀只字，一直心怀歉疚。现在，她长长舒了一口气，自己终于还清了对父母的"情债"，可以心安了。

韬奋为三个子女起名时，都特意加了个"马"字作偏旁，即嘉骅、嘉骝和嘉骊。我们猜想，韬奋大概希望，他们都能像匹良马，奋蹄前奔。后来哥哥们出于事业需要相继改了字或名，嘉骊姐属马，就保留了原名。她自认为没有父亲那样骁勇的斗志和才智，只是名普通"编书匠"。虽谈不上"奋蹄前奔"，却也算"脚踏实地"吧！每次我们都能感觉到，一提及为父母编书，她从不认为独坐冷板凳"清苦"；相反，却总有一种"值得"，甚至"很值得"的欣慰。她一直以此为乐呢。

首次还愿就编了六七年

大姐说自己是"编书匠"，并非自谦或自嘲。她不仅心中一直有种"还愿"的渴望，身上还有家教的传承。

70年前的7月24日，韬奋先生患脑癌在上海合上了双眼，永远告别了他爱的也爱他的读者。那年，嘉骊14岁，之前与父母有过一起躲避追捕、饥饿恐怖、颠沛流离的经历，应该很懂事了。

临终前，韬奋口述了一份遗言，由生活书店与他相伴最长的挚友徐伯昕先生亲笔手书。1944年时，世界反法西斯战争虽胜利曙光初现，但中华民族仍在日本侵华的屈辱中浴血抗争。韬奋无限依恋能为国家献身的这个世界，他的遗言因此格外凄凉悲壮。今天我们读来，仍深受震撼。

这份手书遗嘱和后来公开发表的遗嘱有所不同，其中有较具体的家事交代。关于嘉骊，写得要比两个哥哥多些文字。父亲是这样嘱咐的："小妹爱好文学，尤喜戏剧，(我)曾屡劝勿再走清苦文字生涯之路，勿听，只得注意教育培养，倘有成就，聊为后继有人以自慰耳。"嘉骊很明白，父亲当时不想让她"再走清苦文字生涯之路"，是因为她自幼生病体弱，写文编书是很费心力的，不仅清苦，还要担风险。但看得出，父亲内心深处，其实还是期盼"后继有人"的。

（晓蓉撰文，原载《文汇读书周报》2014年7月25日）

弥留时写下"不要怕"鼓舞她一生

新闻背景

"九一八"事件发生后,国民党并没有竭力抵抗,随后中国各地掀起了抗日救国运动的浪潮。1936年5月31日,马相伯、宋庆龄、何香凝、沈钧儒、章乃器等人在上海宣布成立全国各界救国联合会,当时选举了马相伯、宋庆龄、何香凝、沈钧儒、邹韬奋等人担任执行委员。之后,在日本方面的压力之下,沈钧儒、章乃器、邹韬奋、史良、李公朴、王造时、沙千里等社会名流遭国民党政府逮捕,时称"七君子事件"。

历史已经久远,却并未被湮没。5月31日是救国联合会成立79周年纪念日。《青年报》记者专访了"七君子"之一——杰出新闻出版人邹韬奋之女邹嘉骊。

离休后开始重新认识父亲

今年已经85岁的邹嘉骊目前一人居住在上海。邹韬奋有两子一女,邹嘉骊是最小的女儿。

1944年,父亲邹韬奋去世时她才14岁,再加之此前的颠沛流离,她从小与父亲聚少离多,印象并不深刻。对于父亲的重新认识,是在她离休后编写整理邹韬奋著作开始的。

"我很小的时候父亲就不在身边,1933—1935年他在国外流亡,后来还因'七君子案'而坐牢。1937年,抗日战争开始了。11月上海沦陷后,父亲就先离开了上海,与生活书店一起转移,先到香港再辗转到武汉。在此后多次的颠沛流离中,每有危险都是父亲先撤,这在我家已经成为习惯。武汉沦陷后,我们一家人又迁移到了重庆。在重庆,父亲发表文章出版书籍都需要受审查,即使审查通过也有可能被没收、查禁。父亲的文章也经常在送审中被扣留,甚至连原稿都不退回。"

后来邹嘉骊在编《韬奋全集》的时候,想到了父亲被扣留的稿子,就和韬奋纪念馆的同事去南京第二历史档案馆查找,结果在国民党的档案里找到了11篇被查禁、扣留的父亲文章。"一看原稿的毛笔字,我就知道这是父亲的字。"

1988年从上海文艺出版社离休后,邹嘉骊便全身心投入邹韬奋生平事迹的整理和研究之中:从第一本《韬奋著译系年目录》到用10年时间编写的140万字《韬奋年谱》,以及在韬奋基金会策划组织下参与编写的800万字的《韬奋全集》,无不凝聚了她对父亲的热爱。

今年是邹韬奋先生诞辰120周年,邹嘉骊透露,补充、再版的邹韬奋纪念集《忆韬奋》也将于11月与读者见面。

母亲是我们家的保护神

邹嘉骊说,这么多年来,母亲一直是我们家的保护神,保护了三个孩子,保护了父亲,支持着他的事业。"抗战胜利后,周恩来在给母亲的慰问信中说,如果韬奋没有夫人的帮助,是不可能取得这么大成就的。他对母亲的评价很高,事实也是这样。"

"父亲拒绝生活书店与国民党官方的正中书局合并后,国民党开始大肆查封生活书店的各地分店,逮捕书店员工,父亲本人也受到迫害。于是,他决定辞去国民参政员,出走香港,和范长江他们筹划《华商报》的创刊与《大众生活》的复刊。"

邹韬奋经周恩来安排到达香港后不久,太平洋战争爆发,日军攻占香港。"东江游击队接我们从香港撤出,按要求还是父亲先撤,我们后走。父亲此去很危险,而我和母亲、哥哥要独自面对残酷的环境。一家人在枪声、炮声中分别时,父亲给母亲跪下了,这是从来没有过的,因为以前无论如何,一家人都还能重逢,但是那一次真的心里没底。父亲把我们几个孩子托付给了母亲,希望她把我们抚养成人,真正有困难的时候去找共产党。"多年后,每当听到母亲讲起这个场景,邹嘉骊都会感到很心酸:"为了孩子,母亲什么都不怕。逃离香港经过封锁线时,日军和伪军把我们的羊毛毯抢走了,是妈妈鼓足勇气,冲过去夺回了一条毯子。"

邹嘉骊告诉青年报记者,韬奋纪念馆里的展品,也是母亲积极参与操办的,都是真迹,不是仿制的,只有部分缺失的内容是后来补全的。而纪念馆卧室里的家具也真的,是以前父亲用过的。"抗战时,妈妈把家具送到了南通妹妹那里,后来为了办纪念馆,再把原套家具要了回来。"

父亲的遗嘱成了"悬案"

"父亲和我们最后的团聚,是在他病重后。当时父亲的耳癌已经扩散为脑癌。父亲弥留时,徐伯昕、陈其襄都在边上,妈妈给了他纸和笔,他颤抖着写了'不要怕'三个字。"这三个字,后来一路伴随着邹嘉骊走过了一生,成为父亲留给她的最大精神财富。

对于邹嘉骊来说,唯一的"心结"便是没有实现父亲的遗愿。父亲内心也有柔软的一面,遗嘱中,邹韬奋并不希望女儿继承自己的衣钵,因为搞出版太清苦了。

"根据我父亲的遗嘱,他希望大哥学机械,二哥学医,不赞成我搞文字,但我不依。不过父亲也说过,即便我走了这条路,他也会觉得欣慰。"邹嘉骊说,最终只有大哥学的机床专业合了父亲的心愿,二哥也没有学医,而是学了气象专业。"他们经历的道路跟我不一样,他们都受过高等教育,我没有。但我爱看书,所以靠自学,继承父亲衣钵走了出版这条路。"

对于邹嘉骊来说,父亲的遗嘱也是个"悬案"。"他遗嘱有两个版本,一个是口述版,一个是书面版。其口述版是近几年才发现的。十多年前,徐伯昕次子徐敏带着一本旧本子找到我,本子里有一篇邹韬奋口述、徐伯昕记录的《遗言记要》。"

原来,1944年6月2日,邹韬奋的健康每况愈下,便召来挚友兼工作伙伴徐伯昕等人,口述遗嘱。7月24日,邹韬奋病逝。8月中旬,徐伯昕到苏中根据地华中局报丧,并请求将遗嘱送往延安。10月7日,延安《解放日报》报道邹韬奋去世消息,并首次发表《邹韬奋遗嘱》。令人不解的是,《遗言记要》与公开发表的《邹韬奋遗嘱》文字很不一样。

邹嘉骊说,《邹韬奋遗嘱》简化了《遗言记要》中很多具体条款,隐去了诸如人事设想安排等内容,变口语为书面语,部分语句也进行了调整。修改后的遗嘱有精神,有原则,有条理,文字也更简练。"我一直很想知道,这是谁修改的。"

[档案]

邹嘉骊曾出示密电揭露：日军才是七君子事件黑手

对于当年"七君子事件"的史实真相，其实早在 11 年前邹嘉骊就在公开场合给出过自己的判断，并出示了相关证据。邹嘉骊曾透露，现在我们的史书都说当年国民党当局是纯主观上为了镇压抗日民主运动，才制造了"七君子事件"，但从日本友人提供的八封密电中可以发现，"七君子事件"的幕后黑手正是侵华日军。

邹嘉骊当时就向媒体出示 1936 年日本军令部的一份内部文件，这是日本友人仁木富美子提供的，因为这些密电时隔半个多世纪在日本得以解密，从而使一些历史真相大白于天下。文件内有当时日本陆海军参谋总部和日本驻华外交机构来往的 23 封密电，其中有 8 封密电涉及"七君子事件"。这些密电铁证如山，证明了日本军国主义者在幕后给国民党政府施加了种种压力，并指名道姓地要国民党当局逮捕"七君子"，这才迫使国民党当局制造了"七君子事件"。

邹嘉骊说，这些密电揭开了一个历史谜团，证明日本侵华势力对促成该事件负有不可推卸的责任。"七君子"逮捕前，时任国民党上海市秘书长俞鸿钧曾对日方表示，对沈钧儒等人早已在监视，但要有确凿证据才能逮捕。而日本领事寺崎却逼迫其必须立即动手，并以军事打击作威胁。"七君子"逮捕后，俞鸿钧立即通知了日方，时任市长的吴铁城还向日方诉说了逮捕之苦心。邹嘉骊出示的这些证据，颠覆了过去对"七君子事件"的传统说法，揭露了日军是这起事件的幕后黑手。

[印象]

用微信的 85 岁老人

因为年事已高，并且多次住院，邹嘉骊谢绝了我的面访，所有的采访都在电话中进行，她觉得这样她才能集中精力回答问题。采访中，邹老师（她不希望我叫她邹老）给我的印象就是为人谦和大气，但又很较真，不愧为名门之后、老出版人。最让我惊讶的是，85 岁的她居然还用微信，我们互加了微信后，她还会在微信中给我发送图片和资料，跟我视频聊天。

（郭颖撰文，原载《青年报》2015 年 6 月 2 日）

鞠躬尽瘁　奋斗不屈

对于所有喜欢邹韬奋、研究邹韬奋的人来说,今年是个有特殊意义的年份:既是韬奋先生诞辰120周年,又是抗日战争胜利70周年。两个时间点"手挽手"走到一起,使我们格外怀念韬奋。

如果先生泉下有知,能够看到中国如今的文明富强,看到中国百姓如今的富裕安康,看到中国社会如今的民主开明,一定会非常高兴吧!

女儿邹嘉骊谈父亲邹韬奋

出生于1930年的邹嘉骊女士是邹韬奋先生之女。如今已85岁高龄的邹女士,说话时语调平和,音量不高,思维却依然清晰敏捷。她向记者娓娓道来,在那个战火纷飞的年代,韬奋先生怎样顶着巨大的压力,实践新闻理想、宣扬抗日理念。

父亲的一生心血都花在他的工作和他的事业上。包括他主编的《生活》周刊、《大众生活》周刊、《抗战》三日刊、《全民抗战》等进步刊物,宣传抗战文化。1944年9月28日中共中央的唁电是这样写的:"韬奋先生二十余年为救国运动、为民主政治、为文化事业,奋斗不息,虽坐监流亡,绝不屈于强暴,绝不改变主张,直至最后一息,犹殷殷以祖国人民为念,其精神将长在人间,其著作将永垂不朽。"

而由他和胡愈之、徐伯昕等同事在原来生活周刊社"书报代办部"基础上发展起来的生活书店,则团结兄弟单位新知书店、读书出版社等,在国民党黑暗统治下坚守岗位,出版进步书刊,虽遭种种压迫却不妥协。

生活书店从创办起,宗旨一直是推动进步文化、为社会服务。书店对内采用民主集中制,由全体员工选举产生理事会作为领导机构,父亲担任理事会主席一职。

父亲的战友徐伯昕 1941 年发表在《新中华报》上的文章写道:"(生活书店)自抗战爆发后,对于抗战国策之宣传与前方精神食粮之供应,尤竭尽心力,不敢懈怠,凡遇党政当局号召,无不争先响应,向不后人。所设分支店办事处前后共达 55 处,遍及 14 省,满布于大后方,并深入战区及游击区,努力为抗战文化而忠心服务。"

父亲临终前所写的《患难余生记》中对此也有类似的记载。他写道:"1937年全面抗战发生以前,生活书店总店在上海,分店仅广州及汉口两处。全面抗战爆发以后,为适应抗战期间全国同胞对于抗战文化的迫切,本店特派高级干部数十人,分往内地各重要地点创设分店,由于负责干部的艰苦奋斗,业务更一日千里,异常发达,不到一年,全国分店已达五十余处。"

在书店的人才培养上,父亲不太看重文凭,提出的录用标准是要有实在的本事和一定的政治认识。像在 1935 年 10 月,他曾主持过一次招聘,先从数百名应聘者中挑出 28 人参加笔试,试题包括作一篇题为《文化与社会的关系》的文章,一些时事知识题,还有把短文翻译成英语。笔试完毕再做口试,父亲作为书店总经理,亲自参加评判,择优录取。

为了向全国各处分店及时传达一些关于进步文化的重要问题,以及一些书店运营管理的好经验、好做法,父亲特别注重对分支机构员工的教育,每周都会出一期油印的内部刊物《店务通讯》,是本小册子,分发到所有分店,供工作人员公阅。

曾经有人这样评价生活书店,说它是韬奋同国民党反动派进行政治斗争、文化斗争的阵地。生活书店的出版物,对于冲破蒋介石政府的文化"围剿",提高国统区青年和人民群众的政治觉悟,起了巨大的作用。

举个有趣的小例子。

1939 年 3 月,生活书店出版了一本《蒋委员长抗战言论集》。这本集子有两部分内容,第一部分是蒋介石公开发表过的抗战言论,第二部分是有关国共合作实行抗战以及承认陕甘宁边区政府和改编红军为国民革命军第八路军等宣言。

出版这本书,不知道背景的人会认为,生活书店是进步书店,怎么会出蒋介石的书? 但知道背景的人会明白,这是一步"高手棋",是充满智慧的斗争艺术的举措。

毛泽东主席曾对周恩来说过："在国民党地区，还应该出版蒋介石主张抗日救国的言论集，这比我们自己宣传抗日救国的主张，有时候还要有用，因为我们自己的宣传在国民党地区常常是不合法的，而宣传蒋介石的言论则是合法的；国民党顽固派如果反对我们做这样的宣传，那么他们就是非法的了。"还说："许多共产党员还不知道，利用蒋介石的抗战言论，去作为动员人民和揭露顽固派的武器，应该懂得这个策略。"

具有讽刺意味的是，这本书居然很热销，重版了四次，最后却被宣布为禁书。为什么？因为这本书的存在，使蒋介石的抗战言论，蒋介石曾经承诺的关于国共合作实行抗战、承认陕甘宁边区政府、改编红军为国民革命军第八路军等宣言，就都成了欺骗和谎言。都是正式的言论和文件，在全国民众面前公示过，又怎能抵赖得了呢？

当时的社会上，生活书店的影响力很大，一个有力的证据就是，从早到晚，凡是生活书店分店的门口，都挤满了热心读者，很多分店不得不"清晨赶着开门，晚间难于关门"，那样热闹的场景让人十分感动。

《患难余生记》当中有记载，国民党将领白崇禧有一天带着秘书坐车路过生活书店桂林分店，看到人山人海，拥挤不堪，还以为那是哪家戏院，观众在排队抢购戏票。秘书告诉白崇禧，那里是生活书店，人们排队买的是书报，不是戏票。

"皖南事变"前后，国民党反动派掀起反共高潮，对父亲和生活书店也进行了严酷的压迫，更妄图胁迫父亲同意将生活书店和当时国民党官办的正中书局合并，遭到了父亲的严词拒绝。

在国民党举行的五中全会上，有人公开宣称，"生活书店的书籍，虽在穷乡僻壤，随处可见，可谓无孔不入，其势力实在可怕，而本党的文化事业却等于零，不能和它竞争，所以非根本消灭它不可。"

这种压迫很快付诸行动。根据相关资料，有位个性忠厚的老者，因为喜欢珠算，从重庆去桂林的路上，随身带了一本生活书店出版的《珠算速记法》，不料途中被特务盘问，为什么要看这本书。老先生实话实说，告诉特务他对研究算学有兴趣，结果被特务怒目呵斥道："不管你对研究算学有多少兴趣，生活书店出版的书是不可以看的。"

这样仍然不能让国民党反动派"安心"，他们又出了毒招，决定封店捕人，将生活书店的各处分店尽行铲除净尽，企图完全毁灭这部分他们认为势力"可怕"的进步文化事业。

徐伯昕在《生活书店横被摧残经过》里写道,国民党反动派以生活书店接受共产党津贴为由,在 13 个月内,"被封或迫令停业之店有天目山、西安、南郑(汉中)、天水、沅陵、金华、吉安、赣州、宜昌、丽水、屯溪、曲江、南平(福建延年)、衡阳、宜川、立煌等达 16 处之多,被拘工作人员共达 28 人之众,西安分店经理周名寰被拘二年,迄未释放。此外尚有兰州、乐山、万县、酆都、南城(闽)等各分支店,则被一再横遭搜查并没收非禁售书刊,以及寄递邮包,时遭无故扣押,以致被迫结束"。

特别在查封生活书店西安分店时,不仅扣押了近 2000 册经国民党内政部审查注册准予发售的书刊,还驱逐书店工作人员、拘捕患有严重疾病的书店经理,将店里所有的现金、货物、账本予以没收,甚至连租店铺的押金都问房东取了回来,形同劫掠。

父亲刚接到西安分店被封的消息时,还以为只是偶然发生的地方事件,并没有想到在国民党中央党部已有人决定要将生活书店一网打尽。于是,父亲主动前往国民党中央党部,拜访宣传部长叶楚伧和副部长潘公展。

叶楚伧推说自己不知道西安发生的事情,要打电话去问,接着便谈到整个生活书店,说生活书店事业发达,但总有一部分不肯公开,所以国民党对它不放心。

父亲当即反问有什么部分不肯公开,他说不出。父亲告诉他,生活书店光明磊落,没有任何部分不可以公开,没有任何部分不肯公开的。生活书店的人可以公开,经济可以公开,有何疑问尽管提出,必能给他以充分的答复。

经过一番激烈的交涉,叶楚伧和潘公展两人均无话可说,但这也无济于事。几天后西安方面传来一纸回复,上面罗列了"售卖禁书""为某方作通讯机关""店内同人有小组织,显有政治训练性质""店内出版物诽谤山西当局"等四个"莫须有"的罪名。

1941 年震惊中外的"皖南事变"发生后,生活书店除重庆以外的五十多处分店,或惨遭查封或被迫令停业,父亲也被人诬陷说他企图组织暴动。

看到生活书店陷入风雨飘摇的地步,周恩来代表共产党及时向父亲和生活书店伸出援手。

《生活书店是怎样接受党的南方局领导的》一文记载,周恩来当时会见父亲,希望他能为了维护进步出版事业,继续与国民党在文化战线上进行斗争,改变方法,采取化整为零的办法,分一、二、三条战线的原则和办法分别部署,并指示书店领导机构迁往香港以保存力量。

根据周恩来的指示,生活书店采取了紧急行动。工作人员有的转移,有的疏散。父亲也秘密离开重庆,辗转抵达香港。1941 年 5 月,在香港恢复出版《大众生活》周刊,号召全国人民从根本上消灭分裂危机,巩固团结统一,建立民主政治,使抗战坚持到底,以达到最后的胜利。

生活书店的领导机构迁往香港不满一年,太平洋战争爆发,香港沦陷。局势动荡,父亲在党组织的保护下,撤退到了广东东江抗日游击区。

临终写下三个字"不要怕"

父亲是个政论家、新闻记者、出版家,因此一般人想象他的性格一定不苟言笑、严肃古板。其实不然,他的性格是多侧面的:在紧张工作时,通过他的事业竭诚为广大读者服务,工作之余,也有活泼的一面。

20 世纪 30 年代,办《生活》周刊时期,逢周日他会去电影院看一场歌舞片或喜剧片。卓别林的《大独裁者》他不仅看了,还能模仿。1941 年由东江纵队掩护撤离香港途中,在纵队组织的联欢会上,父亲就有精彩的表演。一些战士、同志,原以为父亲是名人,是大人物,有距离,通过节目,都没有想到是这样容易亲近。

纪念集《忆韬奋》中有一篇记载了一个小故事,某次一群文化人聚在一起开会,会前大家先交流,参加会议的廖沫沙发现自己身边有个戴着圆眼镜的人特别活跃,说了很多笑话,逗得大家笑个不停,自己也开怀大笑。这个特别会说笑话的人是谁呢? 正式开会后廖沫沙才知道,原来是大名鼎鼎的邹韬奋。

生活方面,父亲更像一个大孩子,全靠妈妈理家,每月交回工资,妈妈先按不同用途一个个信封装好,计划使用。不过,作为家中的"顶梁柱",父亲又尽量保护妈妈和子女,不管外面局势有多凶险,工作上遇到多大的困难,他从来都"报喜不报忧"。这样固然让妈妈少了很多烦恼,但当"七君子事件"发生后,妈妈对于父亲的被捕有了心理准备,警觉起来。

当时我还小,对于早年全家生活的场景,没有太多的记忆。不过全家曾在居家底楼或弄堂里一起拍过照片,一张父亲穿了一套中式衣裤的全家福照片;还有一张父亲穿着长衫,我在背后拉着他飘动的衣衫,可惜这张照片现在找不到了。

　　1941 年二三月，父亲从重庆来到香港。香港的政治环境比较宽松，他在工作之余，缠着妈妈学交谊舞，学在床上做保健操。起初妈妈不肯，他就抱着凳子，一边看书一边学舞步。父亲说了，要身体好两个人都要好。这件事我至今还有印象。在爹妈的卧室里，我看到过桌上有两本英文版的精装书，书里有走舞步和运动的图画。可见他的乐观、活跃、幽默。

　　日军攻陷香港后，我们全家撤退到广东东江抗日游击区。在那里的两个多月，是全家过得最幸福的日子。父亲情绪高、活跃。早晨醒来先做头部按摩，躺在统铺上做保健操，后来又把这套保健操传授给同寮友人，有时还带我们去小溪边捉虾摸小鱼。借着为父亲过生日，在一个春光之夜，大家围坐在山下一丘农田里，各人高举一碗又辣又甜的姜汤代酒，祝他健康长寿。

　　遗憾的是，这样幸福的日子太短暂。很快，父亲在中共地下党的安排下隐居到广东梅县江头村，妈妈带着我们去了广西桂林。等再次与父亲在上海重逢时，那时他已重病在身，住在医院接受治疗。

　　妈妈很快学会了打针，每天几次用棉签从父亲鼻腔里捲出浓浓的污物。随着病情不断恶化，1944 年 7 月 24 日清晨，父亲已经说不出话，病室里除了妈妈低低的哭泣外，寂静无声。我和大哥在病床边，曾耀仲医师和一直照顾父亲的几位生活书店同仁也站在床边，默默而沉重地等待着那残酷的时刻。父亲瘦如枯柴的躯体躺在床上，神智还很清楚，胸脯却急促地上下起伏。妈妈给了父亲一支笔和一本练习本，父亲用仅有的微力，颤抖地写出了三个不成形的字：不要怕。

　　妈妈哭泣着问曾医师："还有什么办法吗?"曾医师沉重地摇了摇头。随后，父亲的手脚开始渐渐凉下来。7 点 20 分，他永远离开了我们，离开了他的亲人、他的同志、他的事业。

　　父亲走后，留下两份不同版本的遗嘱。

　　其中一份题为《邹韬奋先生遗嘱》，于 1944 年 10 月 7 日首次公开发表在延安《解放日报》，全文如下：

　　　　我自愧能力薄弱，贡献微少，二十余年来追随诸先进，努力于民族解放、民主政治和进步文化事业，竭尽愚钝，全力以赴，虽颠沛流离，艰苦危难，甘之如饴。此次在敌后根据地视察研究，目击(睹)人民的伟大斗争，使我更看到新中国光明的未来。我正增加百倍的勇气和信心，奋勉自励，为我伟大祖国与伟大人民继续奋斗。但四五年来，由于环境的压迫，我的行动不能自由，最近更不幸卧病经年，呻吟床褥，竟至不起。但我心怀祖国，惓念同胞，愿以最沉痛迫切的心情，最后一次呼吁全国坚持团结抗战，早日实行真正的民主政治，建设独立自由幸福的新中国。我死后，希望能将遗体先行解剖，或可对医学上有所贡献，然后举行火葬，骨灰尽可能带往延安。请中国共产党中央严格审查我一生奋斗历史，如其合格，请追认入党，遗嘱亦望能妥送延安。我妻沈粹缜女士可参加社会工作，大儿嘉骅专攻机械工程，次子嘉骝研习医学，幼女嘉骊爱好文学，均望予以深造机会，俾可贡献于伟大的革命事业。

韬奋

一九四四年六月二日口述

　　另一份则是父亲口述、徐伯昕记录的《遗言记要》，一直没有公开发表，直到父亲去世六十周年时，才由徐伯昕次子徐敏整理遗物时发现并给我看了。徐伯昕记录的《遗言记要》全文如下：

　　我患此恶疾已达年余，医药渐告失效。头部疼痛，日夜不止，右颊与腿臀等处，神经压迫难受；剧痛时太阳穴如刀割，脑壳似爆裂，体力日益瘦弱，恐难长久支持。万一突变，不但有累友好，且可能被人利用，不若预作临危准备，妥为布置一切，使本人可泰然安眠。倘能重获健康，决先完成《患难余生记》，再写《苏北观感录》《各国民主政治史》，并去陕甘宁边区及冀察晋边区等抗日民主根据地，视察民主政治情况，从事著述，决不做官。如时局好转，首先恢复书店，继办图书馆与日报，愿始终为进步文化事业努力，再与诸同志继续奋斗二三十年！

　　一、关于临终处理：

　　1. 万一突变时，即送医院，转交殡仪馆殡殓，勿累住处友人。

　　2. 消息勿外泄，以免被敌造谣中伤，或肆意利用。

　　3. 遗体先为名医解剖检验，制作报告，或可对医药界有所贡献，而减少后人重犯此恶疾之痛苦。继即举行火葬。

　　4. 即派人通知雪（注：徐雪寒）、汉（注：潘汉年），转告周公（注：周恩来），如须对外发表遗言，可由周、汉全权决定内容，电告各地。

　　5. 火葬骨灰，尽可能设法带往延安，请组织审查追认，以示我坚决奋斗之决心。

二、关于著作整理：

1.《患难余生记》第一部分与恶势力斗争，已在病中写完，第二部分为《对反民主的抗争》，可用香港华商报发表之专论辑成，第三部分与疾病斗争，可由沪地及苏北友人分写完成。

2. 过去著作，《萍踪寄语》《萍踪忆语》及《抗战以来》等书尚可印行，但最好能将全部著作重加整理。如能请愈之审查，可由其全权决定取舍或增删。

三、关于家属布置：

1. 家中尚有老父在平，以后可由二弟、大妹及二妹照料，不需我全部负担。

2. 与妻共同生活二十年，不能谓短，今后希望参加社会工作，贡献其专长。

3. 大宝、二宝，从小专心机件构造，有志于电机工程，可予深造。我此次患病，感于医生亦甚重要，如二宝愿习医学，在高中毕业后，即入医科攻读。小妹爱好文学，尤喜戏剧，曾屡劝勿再走此清苦文字生涯之路，勿听，只得注意教育培养，倘有成就，聊为后继有人以自慰耳。

4. 我二十余年努力救国工作，深信革命事业之伟大，今后妻子儿女，亦应受此洗炼，贡献于进步事业，或受政治训练，或指派革命工作，可送延安决定。

四、关于政治及事业意见：

1. 对政治主张，始终不变，完全以一纯粹爱国者之立场，拥护政府，坚持团结，抗战到底，能真正实行民主政治。

2. 对事业希望能脚踏实地从小做起，一本以往服务社会与艰苦奋斗之精神，首先恢复书店，继则图书馆与日报。

3. 至于事业领导人，愈之思虑周密，长于计划，尽可能邀其坐镇书店，主持领导。仲实做事切实，亦应邀其协同努力。办报时仲华与仲持，亦可罗致。

五、关于其他方面：

1. 如能查得愈之安全消息，速设法汇款前去，以资补助。

2. 伦敦购回之英文本古典政治经济史与马恩全集，盼能保存于将来创立之图书馆中，以留纪念。

对比两份遗嘱,《遗言记要》口语化、生活化,充满对人间、对世界的爱恋深情。《邹韬奋先生遗嘱》则简化了很多具体条款,隐去了人事上的设想和安排,变口语化为文字化,有精神,有原则,又讲究策略,文字简练,有条理。

很多老同志回忆当年读《邹韬奋先生遗嘱》时的情景,至今仍然激动不已。有的说是读了韬奋的遗嘱,坚定了自己的革命信心,有的说是读了韬奋的遗嘱,激励自己申请加入了共产党……

而我对《遗言记要》看得尤其重要,因为父亲在这份遗嘱中,对妈妈和三个子女的安排更详细些,其中对于我的叮嘱又最多,其实我那时候还远远算不上"爱好文学,尤喜戏剧",充其量就是比较喜欢看书罢了。

通过比较可以看出,《邹韬奋先生遗嘱》是在《遗言记要》的基础上精炼而成的。《遗言记要》也许父亲原本没有打算公开发表,所以那样真挚直白地提到他结交的很多革命者和共产党人,并把遗愿托付给共产党。在 1944 年那样险恶的环境下,若是公开发表《遗言记要》,就是自我暴露,给敌人提供"明靶"。父亲很清楚,所以明确嘱咐"消息勿外泄,以免被敌造谣中伤,或肆意利用",又嘱咐死后"即派人通知雪、汉,转告周公","如须对外发表遗言,可由周、汉全权决定内容,电告各地"。

只是,最后公开发表的遗嘱,究竟是由谁精炼而成的呢? 是"周公"还是"汉"? 能够回答这个问题的先辈已先后作古,这个疑案只好留给后人去研究解答了。

父亲和共产党人的来往

秘密党员胡愈之曾经说过:凡是有中国人的地方,那里只要有知识分子,几乎没有不知道邹韬奋和《生活》周刊的。可见当年父亲声望之隆、影响之大。而他在抗战炮火的洗礼中,最终选择了共产党,走上了革命道路,其在当时的榜样和示范作用不可低估。

对"邹韬奋生前和共产党的关系"这个问题,我曾听过两种说法,但都不太认同。

一种说法认为,父亲在 1933 年第一次流亡以前,还未树立唯物主义世界观,还没有完全转到无产阶级立场上来,直到 1935 年返回祖国时才完成这个转变。

还有一种说法则认为,在与共产党人的互动中,父亲一直处于相对被动的状态,更多是共产党人和地下党组织,为父亲、为我们全家及生活书店,提供了帮助与支持。

我们所学的哲学原理,在推动事物发展各种因素中,外因只是条件,内因才是根本。因此在我看来,父亲不仅是一位坚定的共产主义者,还是一位自发、主动、积极向马列主义靠拢的共产主义者。

根据近年来我搜集整理的资料,和一些专家学者的研究成果,早年父亲一度受胡适思想的影响比较重,赞同"多研究些问题,少谈些主义",1927年提出振兴中国的根本要策还是"力求政治的清明"和"实业的振兴",虽然欢迎民众运动,但强调法制和秩序。这种政治主张,虽然表达了一些对现实的不满,但对国民党政府还抱有幻想。

"九一八事变"后,父亲对奉行"不抵抗"及"攘外必先安内"政策的国民党政府的态度发生了巨大变化,在看清靠国民党反动政府既不能解决个人问题,更不能解决民族问题后,父亲和《生活》周刊开始以毫不妥协的姿态,高举抗日救国的大旗,并在文章中"大胆警告当局","政府所恃者,不过几支枪杆子,'民不畏死,奈何以死惧之',民众为自卫及卫护民族计,随时有爆发的机会,起来拼命!"

与此同时,父亲开始接触苏联的社会主义运动。1931年,当时已是中共地下党员的胡愈之从国外考察回来,写了《莫斯科印象记》,父亲读后专门写了篇书评介绍,发表在《生活》周刊第6卷第40期上,并拜访胡愈之,两人从此成为知交。父亲邀请胡愈之为《生活》周刊写国际问题的文章,还请他参加周刊和生活书店的编辑工作。

从1933年起,《生活》周刊还系统地发表了一系列宣传社会主义、介绍辩证唯物主义与历史唯物主义的文章,从而成为宣传社会主义的活跃阵地。

等到父亲第一次流亡时,他在国外看到苏联社会主义与西欧北美资本主义两种社会制度的迥然不同,特别是在美国南部目睹黑人的非人生活后,感受很深,从中受到教育,在政治方面更加成熟。

在这段时期,不管是他写的《萍踪寄语》,能够自觉运用阶级斗争的观点分析欧洲纺织女工等所见所闻;还是他后来摘译在英国伦敦博物院图书馆读书时记下的英文笔记编成的《读书偶译》,向国内读者介绍辩证法及马克思、恩格斯等人的生平和学说,都表明在他的脑海中,马克思主义观点已经取代民主主义观点,占据了支配地位。

大概是因为名字比较朴实或其他什么原因,在父亲的诸多作品里,《读书偶译》长期被忽略了。

自觉踏上共产主义道路后，父亲与周恩来、胡愈之等共产党人建立了密切的联系，对共产党抗日救国的坚定决心和方针政策，有了更深刻的认识。

1938 年，父亲在武汉结识了周恩来。后来到重庆，他又成了八路军办事处的常客，并在此后多次流亡等事情中，得到了周恩来和党组织的帮助。父亲曾说："在我毕生所结交的朋友中，他们两位（周恩来和胡愈之）是我最敬佩的。"

在东江抗日游击区时，父亲曾做过一次演讲，大意是：我邹韬奋是一个凡人，人生四十七年，只想在苦的酸的辣的时代里干一点苦事业！后来偶然的机会，认识了潘汉年，我眼睛一亮！由于他，我跟胡愈之、鲁迅、宋庆龄、沈衡老等人多了来往！再后来跟周恩来、董必武、王稼祥等几位的相处，我才认识自己太弱、太浅、太不够、太差了。

《生活书店是怎样接受党的南方局领导的》一文，提到了父亲在九年半的时间里，三次要求入党的事情。

第一次提出请求在 1935 年，他从美国南部回到纽约，和徐永焕谈如何加入共产党的问题，后因"《新生》事件"匆促回国。

第二次则是于 1938 年，在汉口向党的长江局负责人提出入党要求。周恩来鼓励他还是以党外人士的身份工作为好，并亲切地说："目前党还需要你这样做。"周恩来表示，这是党给予他的任务，而且已经把他看作党的一份子。父亲入党的要求虽然未能如愿，但在精神上得到很大的鼓舞和安慰。

第三次要求入党是在 1942 年，父亲当时来到了苏中抗日根据地，在即将转移至苏北地区前，他坦诚地对全程陪同的苏中区党委委员刘季平说："国民党已经通缉当地将我'就地惩办'，今后我不可能再在国统区公开露面，希望你向苏中党委反映，并转报华中局批准我入党。"而到他病危的时候，又在遗嘱中请求党中央审查他的历史，吸收他入党。

九年半，父亲再三要求入党，表现出他对中国共产党深厚的感情和坚韧不拔的意志。尽管直到 1944 年 9 月 28 日父亲才被追认为共产党员，但是他对民主革命的贡献，他对革命文化出版事业进行的创造性实践，无愧于"党外布尔什维克"的称号。

在父亲的带动和影响下，尽管位于国统区，生活书店仍克服种种困难，通过单线联系等办法，一直受到周恩来以及中共中央南方局其他负责人的重视、关怀和直接领导。

　　一方面，部分党的领导骨干和进步文化人进入书店工作。钱亦石、张仲实、金仲华、钱俊瑞、柳湜、艾寒松等党与非党在文化工作方面的领导骨干力量，先后担任生活书店编辑部和期刊编辑的主要负责人，他们在日常工作中有意识地宣传马列主义，体现和贯彻党的方针政策。

　　另一方面，书店常常邀请中共办事处的一些负责同志来讲话做报告。1938年2月，周恩来应邀来汉口生活书店做《关于当前抗战形势和青年的任务》的报告，这是党中央领导人首次对书店工作人员直接进行政治教育。1939年6月，周恩来又针对汉口、广州失陷后的形势，在重庆生活书店总管理处做《抗战第二期的文化工作》的报告。此后，来生活书店做报告或讲话的南方局领导同志还有董必武、叶剑英、博古、凯丰等。书店同人通过这些报告和讲话及时受到党的教育，听到党的声音，不断提高自己的政治觉悟，增强了为革命做好本职工作的精神动力。

　　抗战中后期，毛泽东的《论持久战》《新民主主义论》《论联合政府》和朱德的《论解放区战场》等书陆续出版，生活书店得到样书后，在上海、重庆秘密重印，有的还是按照延安的版式装帧重印后秘密发行。

　　1940年以后，负责生活书店图书编审工作的依次是胡绳和张友渔。他俩与党的领导机构关系密切，无异于党派在书店的代表，除了编审工作，还过问书店人事以及干部教育等方面的问题，使得党对书店的领导加强了。特别是韬奋出走及逝世以后，有一位相当于党代表常驻书店，对书店工作有很大的好处。

　　　　　　　　　　　（邹嘉骊口述，叶松亭整理，原载《新闻老战士与抗战》，
　　　　　　　　　　　　　　　　　　　上海人民出版社2015年8月版）

附：三位当年的中学生回忆 1942 年 12 月 6 日邹韬奋到学校演讲的内容的情景

"我看到，希望就在这里。"

南通市韬奋小学的旧址，坐落在离市区 20 多公里的地方，校园操场中间，有一棵已有数百年树龄的银杏。树旁有一块碑，上面写着"一九四二年底民主战士韬奋在此演讲，疾呼团结、抗战、进步；抨击分裂、投降、倒退"。1942 年 12 月 26 日，就在这棵银杏树下，正在苏中抗日民主根据地考察的邹韬奋先生，给当时在此办学的南通县立中学师生发表了一次慷慨激昂的演讲。记者联系上三位当年聆听演讲的南通县中学生：朱剑、徐希权、季茂之。面对着熟悉的银杏树，三位耄耋老人互相搀扶，相互回忆，那段久远的画面随之渐渐清晰……

我们中学原来不在这里，日本军队占了南通城后才搬过来。别看这里距离南通城不远，但以前没有大路，位置很隐蔽，不好找。我们的学校是根据地的学校，搬过来之后条件很艰苦，教室什么都是借老乡的草屋，但始终坚持教学。

韬奋先生来之前好几天，学校就和我们说了，说著名的爱国民主人士邹韬奋先生要来。这个消息让我们很激动，天天盼，因为邹韬奋的名字我们都听说过，"七君子"之一，因为宣传抗日被国民党反动派抓去坐牢的名人。还有人看过他主编的杂志和书，逢人就讲里面的内容，听完之后，虽然还没看到真人，但我们对韬奋先生已经充满了敬仰之情。

学校没说他具体哪天来，我们就天天等着。1942 年 12 月 26 号那天上午，大约 9 点，我们正在上课，有眼睛尖的同学突然发现学校东北角过来了一群人，是我们的人。前面三四个战士小跑带路，中间两人骑着马，不是疾驰，一看就是文人骑马缓缓而行，后面还跟着大概一个加强班。那个加强班的战士装备特别好，火力比一般部队猛，配有两挺轻机枪。

后来有人认出，两个骑马的人，留胡子的是刘季平，戴眼镜的就是韬奋先生。老师也顾不得上课了，马上派同学去通知校长。虽然学校只组织了部分老师，没有组织学生去欢迎，但学生全都自发涌出教室，当时县中没有校门，大家就站在操场上，排成两列迎接韬奋先生。

到了操场，两人下了马，我们这才看清韬奋先生的长相，和之前学校发的宣传资料上印的画像差不多，戴着灰色礼帽，穿长衫，不过耳朵上裹了块白纱布。县政府文教科科长吴浦云和校长李伯平迎上去,同两位先生握手,韬奋先生脸上始终带着微笑,向所有人致意,很和蔼。

中午吃过饭,又休息了一会儿,当天下午,韬奋先生在学校操场的银杏树下,面朝北站,面前摆了张桌子作为讲台开始演讲,题目是《团结抗日的形势》。

当时来听演讲的人很多,除了全校师生,还有根据地的干部民兵、各界代表,不少人是赶了几十里路来的,有的专门从敌占区突破封锁线偷偷跑来。大家全都围着银杏树,或站或蹲,有人甚至站到附近的麦田里去了。现场具体有多少人我们也说不清,后来看有的资料说有几千人,可能没那么多,但起码有几百上千人。

因为没有麦克风和音响,韬奋先生就靠自己的嗓子很大声地演讲,前一半是我们听他说,后一半我们递条子上去他回答问题。

一点不夸张,演讲的第一句话就把我们全吸引住了。他说:"鄙人是从大后方来的……""皖南事变"之后,在解放区的人对大后方的情况几乎一无所知,感觉就像另一个世界。先生的第一句话就让我们很感兴趣,全都竖起耳朵听,后来过了很久,班上还有调皮的同学模仿这句话。

韬奋先生讲了很久,大概可以分成两个部分。

第一部分是他介绍大后方的情况,尤其是重庆的情况。他在大后方生活的时间长,了解得多,讲得也多。

他给我们描述了大后方人民群众生活上的艰苦和经济上的困难,虽然日本军队的飞机对重庆轰炸得很厉害,但重庆的老百姓不怎么害怕,轰炸反而激起了民愤,使得大后方的抗日意志很坚定,这是主流。

不过,他又说起,大后方也存在严重的黑暗、腐败,不少政府和军队将领搞消极抗日,顽固派制造分裂,破坏国共合作,特务横行,迫害民主人士和爱国学生。

此外还有一小撮投降派,他们早有悲观论调,虽然不敢公开大讲,但四处散布抗战难以取胜的思想。好在有陈嘉庚等一批爱国华侨,在国民参政会上拍案而起,对这种言论予以了严厉驳斥,告诉民众抗战一定会胜利。

第二部分则是先生到根据地之后的所见所闻,他特别提到了根据地军民抗日的决心,还有群众的生活和民主的建设。

　　他说对根据地有两个最深刻的印象："第一是共产党对于抗日民族统一战线的忠实,充分而周到地照顾各阶级、各阶层人民的利益,使全根据地人民紧密地团结起来,坚持了敌后抗战;第二是民主政治的实现和'三三制'的彻底执行,使民主政治真正成为人民大众自己的政治。"他说:"我亲眼看到敌后的民主政治像一朵奇葩似的在强敌环伺、围攻下开放出来。"

　　他谦虚地说:"我到根据地来不久,对一切都很生疏,就像一个刚进学校的小学生一样,懂的东西是很肤浅的,然而使我感到兴奋的是,我从事民族解放、民主政治和进步的文化事业,虽然有了二十多年,可是看到真正的民主政治和进步文化,还在今天开始。"他动情地说了这么一句:"我看到了新中国的未来,希望就在这里。"

　　演讲中,先生讲到三句口号:坚持抗日,反对投降;坚持团结,反对分裂;坚持进步,反对倒退。演讲结束时,他打着生动的比方说:"抗战已到了恭贺新禧的阶段。我目睹中国人民的伟大斗争,使我看到新中国的光明已经在望了。努力吧! 我向大家恭贺新禧!"

　　听完演讲,说实话我们都很激动,觉得信心更足了。在根据地,虽然平时也能看到报纸,但毕竟很难知道大后方乃至全国、全世界的大形势,现在听韬奋先生连续讲了两个小时,我们这样的初中生虽然说很难有什么特别深刻的认识,但至少都明白了一点:韬奋先生说,跟着党走就对了。

　　演讲过后,先生回屋休息,后来我们听说,当时先生耳病正在发作,像针刺一样痛,后来还是学校出面从敌占区请来一位医生给他打了止疼针。

　　第二天上午,韬奋先生和部分师生代表开了一个小规模的座谈会,我们没能参加,很可惜。听参加的同学说,先生回答了很多问题,虽然大致内容仍是前一天演讲的东西,但更加细致。

　　座谈会后,我们看到先生坐在休息室里给同学们写字题词,休息室门口排了三五十人的长长的队伍。之前因为没能参加座谈会有些不高兴,可看到先生这样的"大人物"竟然愿意给我们写字,立刻把不高兴忘得干干净净。有的同学跑出去买纸,我觉得那样太浪费时间,拿着平时用的练习簿就去排队了。

　　排在我前面的是个初一的小同学,我认识他,叫季林森,人很机灵,长得又好看。轮到他的时候,韬奋先生问他:"你叫什么名字呀?"季林森连忙拿出一张事先准备好的小纸条,上面写着他的名字,然后韬奋先生就用毛笔蘸墨,为他写下了"有志者事竟成"六个字,并加上他的名字和"韬奋"的落款。等轮到我的时候,因为事先没有准备小纸条,又担心先生耳朵不好听不清,就没有报自己的名字,先生拿过我的簿子,在上面写下两句话:"读书不忘救国,救国必须读书"。落款一样是"韬奋"。这个簿子后来我一直珍藏着,直到"文革"期间不慎散失,实在可惜。

(叶松亭撰文,原载《新闻老战士与抗战》,上海人民出版社 2015 年 8 月版)

人总要有所追求

——专访邹韬奋之女邹嘉骊

11月5日，是邹韬奋先生诞辰121周年。三天后的中国第17个记者节，"韬奋新闻奖"公布，人们以这种方式铭记并致敬这位杰出的爱国者、著名的出版家和新闻记者、政论家。

"热爱人民，真诚地为人民服务，鞠躬尽瘁，死而后已"，这样的韬奋精神，曾是我国新闻出版事业的一面鲜艳旗帜。但随着岁月变迁，在互联网时代，在媒体转型期，这样的韬奋精神似乎正在被淡忘，甚至被认为不合时宜。

日前，《解放周末》专访邹韬奋之女邹嘉骊，这位86岁的老人，继承父亲的事业，一生从事出版工作，又用半辈子的时间，整理父亲遗著，出版《韬奋全集》。在文字中，她一步步走近父亲，更深地理解了韬奋精神，也读懂了他的毕生追求。

出版家

"竭诚为读者服务"，至今镌刻在三联书店的墙壁上

1944年6月1日，自感病情加重的邹韬奋，要求口述遗言；第二天，6月2日，由长期一起战斗的合作伙伴徐伯昕记录下了韬奋的《遗言记要》。他对身边的人和事一一关照，说到幼女邹嘉骊时，叹息道："小妹爱好文学，尤喜戏剧，曾屡劝勿再走清苦文字生涯之路，勿听，只得注意教育培养，倘有成就，聊为后继有人以自慰耳。"

这个"屡劝勿听"的小妹长大后，继承父亲的事业，干了一辈子的出版工作。同为出版人，邹嘉骊最能体会父亲对出版的热爱。在她的回忆中，邹韬奋生命的长卷徐徐展开，最先进入人们视野的，便是作为出版家的邹韬奋。

时光倒流至 1926 年，那是邹韬奋生命中重要的一年。

这年元旦，31 岁的他与沈粹缜完婚；10 月，接手主编发行量为 2800 份的《生活》周刊。

当时的上海，杂志五花八门，多数开开关关，寿命只有一两年。

仅仅过了两年，原本不起眼的《生活》周刊，发行量达到了《良友》杂志最高峰时的 40,000 份；到了 1933 年，这个数字达到了惊人的 155,000 份，创下了当时我国杂志发行的最高纪录。

邹韬奋创造的神话，不止这一个。他一生共创办并直接主持过五刊一报一书店，分别是《生活》周刊、《大众生活》周刊、《生活星期刊》《抗战》三日刊、《全民抗战》三日刊和五日刊，及《生活日报》和生活书店。五刊一报几乎都是同时期全国杂志销量冠军，其中《大众生活》的发行量更高达 20 万份，刷新了邹韬奋自己创造的纪录；生活书店在全面抗战开始之后，年度出版图书品种一度居全国出版业第一，鼎盛时期拥有遍布全国的 56 家分支店。

神话的背后，有着怎样的历史逻辑？

邹嘉骊对此的解读是，大众立场是作为出版人和媒体人的父亲一生坚持的立场；长子邹家华也在《父亲韬奋的爱》一文中写道："'竭诚为读者服务'，是他内心最真诚的想法，这句话至今镌刻在三联书店的墙壁上。"

为大众，首要的便是为大众说话，说大众的话。对于父亲的出版主张，邹嘉骊烂熟于胸："用最生动、最经济的笔法写出来，要使两三千字的短文所包含的精义，抵得过别人两三万字作品。""要使读者看一篇得一篇的益处，每篇看完了都觉得时间不是白费的。"

"爸爸把杂志、报纸办成了'会客厅'。他说，好像每一星期乘读者在星期日上午的闲暇，代邀几位好友聚拢来谈谈，没有拘束，避免呆板，力求轻松生活、简练雅洁而饶有趣味。"

"这样的'谈话'，不是家长里短。爸爸说过，'不应以个人主义为出发点，却要注意到社会性；是前进的，不是保守的；是奋斗的，不是屈服的；是要以集团一分子的立场，共同努力来创造新的社会，不是替旧的社会苟延残喘。'"

邹韬奋强调刊物要有趣味，却反对纯粹的趣味。他说："小报之所以盛行，'闲时消遣'确是大原因；其次的原因，就是小报里面多说'俏皮话'，或不易听见的'秘密消息'，大足以寻开心；再次的便是极不好的原因了。这原因就是近于'海淫海盗'的材料，迎合一般卑下的心理……无疑的应在'打倒'之列。"

除了内容上的为大众,邹韬奋更广为人知的"为大众",是认真回复读者来信。邹嘉骊儿时记忆中的父亲,但凡在家,除了留点时间给孩子,其余便总是写稿、写信。

接手《生活》周刊后,邹韬奋从第二卷起就设立了《读者信箱》。

开始的时候,邹韬奋一个人拆信、选登、答复,不以为苦,反乐其中,有的回信写到两三千字长。他自述答复读者来信时"热情不逊于写情书,一点也不肯马虎","这是一件极有兴味的工作,因为这就好像天天与许多好友谈话,精心倾听许多读者好友的衷情"。

但随着来信雪片般飞来,邹韬奋纵是用尽全部时间也应付不来了,而他又认为此事绝不可懈怠,便在周刊人手极紧张的情况下,让其他四个人与自己一起做这项工作。尽管如此,他仍然不仅要求妥为保管所有来信的原稿,建立来信者档案,更要求所有回信让自己过目,并手签自己的名字。曾有人统计,十多年里邹韬奋给读者的亲笔回信有四万多封,古今中外的编辑家中罕有能做到的。

读者来信多了,拜托杂志社办的事情也多了,且千奇百怪。邹嘉骊读到父亲的记叙:"最有趣的是,有的读者因为夫人要生产,托我们代为物色好的产科医院;有的读者因为吃官司,托我们代为介绍可靠的律师;乃至远在南洋的读者,因为母亲和夫人要买国内的绸缎衣料,也委托我们代为选购,我们无一事不是尽我们的心力做去。"

一些读者不写信,而是直接找上门,每天都会有五六起甚至十来起,有的是报国无门,有的是遭遇了社会不公,有的是陷入人生的彷徨苦闷。夜色中,生活书店永远是彷徨者最放心的去处——人生地疏,想起"生活",往那里跑;认不得路,想起"生活",往那里跑;找不到旅馆,想起"生活",往那里跑;买不到车票或船票,想起"生活",也往那里跑……

邹嘉骊回忆,父亲曾对周恩来同志说,自己周围有很多作家、科学家,而自己什么也不是。当时周恩来就笑着说:"你是宣传鼓动家。""很多老同志也对我说,是看着你父亲的文章才去延安参加抗日、参加革命的。"

爱国者
"个人没有胜利,只有民族解放是真正的胜利"

1997年,母亲沈粹缜去世。两年后,二哥邹竞蒙(原名邹嘉骝,邹韬奋次子)意外去世,接连的打击让邹嘉骊陷入苦痛中。"那时候,连话都不想说。"但整理父亲遗著的工作没有停下。"是父亲的文章'救'了我,父亲的文章虽然沉重得多,但沉重后面,总有个光明的尾巴。"

一个心中有爱的人,才能给人以光明和希望。"七君子"事件发生后,邹韬奋身陷囹圄,在狱中写下"推母爱以爱我民族与人群"。

"国家危难存亡之际,爸爸没有一天不握着笔呐喊。"邹嘉骊说。

早在"九一八"事变前,邹韬奋就大声疾呼,在《生活》周刊上揭露日本帝国主义的暴行,揭露其侵略中国的狼子野心。1931 年 5 月的万宝山事件发生后,邹韬奋忧心如焚,撰文指出:"实为日本积极侵略中国的一部分表现,我们中国人欲保其民族的生存,不可仅视为一时一地的事情……"

"九一八"事变后出版的周刊第一期,邹韬奋悲愤地写道:"本周要闻,是全国一致伤心悲痛的国难,记者忍痛执笔记述,盖不知是血是泪!"

而针对国民党政府的"不抵抗"政策,邹韬奋连声怒斥——连续撰文《宁死不屈的保护国权》《宁死不屈的抗日运动》《宁死不屈的准备应战》……

三个"宁死不屈"背后,是怎样的痛与不甘。"我常于深夜独自静默着哀痛,聪明才智并不逊于他国人的中国人,何以就独忍受这样的侮辱和蹂躏。"

哀痛,也是爱痛。这份对国家、对民族的爱与痛,让邹韬奋发了一辈子的声。"在生命的最后时刻,爸爸还在病床上写,《对国事的呼吁》《患难余生记》……五万多字,是靠着打止痛针,一字一字写下来的。"邹嘉骊说。郭沫若在韬奋追悼会上这样说:"你(邹韬奋)的一生,用你的血来做了这支笔的墨……"

在持续不断用笔"发声"的同时,邹韬奋做了三件轰动全国的事。

第一件是为支援奋勇抗日的东北军马占山部组织捐款。

"九一八"事变后,日军占领辽宁、吉林,正当长驱直入黑龙江之际,驻守黑龙江的马占山将军向全国通电宣誓力抗死守,和撤回关内的 20 多万东北军形成极大反差。

邹韬奋决定由周刊发起,组织全国性捐款活动,支援马占山部抗日。这一义举,轰动全国,未出一月,就收到捐款 12 万余元,杂志社门口挤满了男女老幼。"往往有卖菜的小贩和挑担的村夫,在柜台上伸手交着几只角子或几块大洋。"

第二件是筹办"生活伤兵医院"。

在淞沪"一·二八"抗战中,邹韬奋看到医院缺少床位、人手和医药,很多伤员只能躺在过道里,他泪流满面,决心筹办伤兵医院。

筹办过程虽艰辛,但如捐款一样,民众是邹韬奋的靠山。过去 50 多年之后,曾有一位被医院录用的护士回忆:"那天光报考的就有六七百人……都是年轻人。"

第三件是援助"一二·九"运动中的北平爱国学生。

1935 年 12 月 9 日,北平爱国学生和知识分子掀起抗日救国运动。运动发生后,远在上海的《大众生活》周刊成为全国最为及时给予热烈支持和大力宣传的杂志。除了在周刊上连续发表报道和评论,邹韬奋还做出了谁都没想到的决定:每期寄送北平学生联合会数千份刊物,由他们出售,收入留给学联。

发声与做事,给邹韬奋带来的是不断地被迫流亡,以致邹嘉骊和父亲相处的时间非常有限。"爸爸并非不爱我们,我们一家人在一起的日子屈指可数,但只要在一起,不论工作多忙,每天晚饭后,爸爸总要逗我们玩一阵子才去工作。"有一次,邹嘉骊趴在地上哭闹,怎么劝也不行,于是,邹韬奋也伏在地板上装哭陪她,直到嘉骊破涕为笑。还有一次,邹嘉骊放学回家哭,父亲一问才知是因为古文背不出而被老师责打了。邹韬奋不但不责怪孩子,反而认为老师体罚没有道理,连晚饭都没顾上吃,立刻到学校对老师提意见。"我想,这可能和他的民主作风有关,但更主要的是他爱我们。"

爱小家,也爱大家。当国家需要时,每一次,邹韬奋都选择了爱国家。在"七君子"获释出狱后的群众欢迎会上,韬奋当场题词:"个人没有胜利,只有民族解放是真正的胜利。"

真勇士
爸爸颤抖着写下了三个不成形的字:不要怕

邹韬奋去世时,邹嘉骊只有 14 岁,从小与父亲聚少离多,她对父亲的印象并不很深。"但父亲临'去'前留下的'不要怕'三个字,陪了我一辈子。"邹嘉骊说。

那是 1944 年 7 月 24 日的清晨,邹韬奋已经说不出话了,病房里只有夫人低低的哭泣声。"爸爸的胸脯急促地上下起伏,似乎想说什么。妈妈就给了爸爸一支笔和一本练习本,爸爸颤抖着写下三个不成形的字:不要怕。"

"不害怕"的邹韬奋是真的勇士。

他不怕权威。当曾经声气相投的胡适,在国难当头之际,竟然一再主张温和冷静不抵抗时,邹韬奋连续发表决然不同的看法进行批驳。胡适当时已是在思想界、学术界具有很大影响的人物,邹韬奋作为一名出版人,与这样一位大人物直接对立,是需要勇气和胆识的。

他不怕权贵。1932年1月,蒋介石心腹胡宗南用小汽车把邹韬奋接去谈抗日问题和《生活》周刊的社会主张问题。此举背后的恩威并施,明眼人都看得明白。邹韬奋却如没事人一样,面对胡宗南做激烈的辩论。在答复胡宗南提出的"站队"要求时,邹韬奋斩钉截铁地说:"只拥护抗日的政府。不论从哪一天起,只要政府公开抗日,我们便一定拥护,在政府没有公开抗日之前,我们便没有办法拥护。"一个文弱书生竟敢和一个手握重兵的将军激辩四小时,胡宗南始料未及,临别时,他板着脸说:"请先生好自为之。"

随"好自为之"而来的,是各种明面上的和暗地里的压迫,《生活》周刊的境况愈发艰难,终被查封。几年后,邹韬奋又把《大众生活》周刊办得有声有色,这次,蒋介石下令让上海滩青帮头子杜月笙"亲自陪送"邹韬奋前往南京见面。在和救国会的几位负责人商量后,邹韬奋放了杜月笙的鸽子,也就是放了蒋介石的鸽子。

如此"不给面子",《大众生活》周刊旋即也被查封,邹韬奋前往香港避祸。在《大众生活》的最后一期上,邹韬奋发表声明:"我绝不消极,绝不抛弃责任,虽千磨万折历尽艰辛,还是要尽我的心力,和全国大众向着抗敌救亡的大目标继续迈进。"

并非不知凶险。邹嘉骊从妈妈口中得知,坚强的父亲也哭过。"爸爸到香港后不久,太平洋战争爆发,日军攻占香港。东江游击队来接我们从香港撤出,为免目标过大,爸爸先撤,我们跟着妈妈后撤。当时我还小,不懂分别背后的沉重。听妈妈讲,那天晚上,爸爸跪着,哭着对妈妈说:'这次分别,能否再见,心里没底,三个孩子托付给你了,真正有困难的时候去找共产党。'"

邹韬奋曾在鲁迅公祭大会上发表简短演讲,他说:"我愿意用一句话来纪念鲁迅先生:有人是不战而屈,鲁迅先生是战而不屈。"这句话,用来形容他自己,也是何其贴切。

2014年,在国家公布的首个烈士纪念日公祭的300位著名抗日英烈名录里,邹韬奋的名字赫然在列,而且是其中唯一既是新闻记者又是出版家、政论家的英烈。

对话

媒体不在新旧，在于懂不懂读者需求

解放周末：您后半辈子一直在整理韬奋先生的文字，如此"贴近"父亲，给了您怎样的感受？

邹嘉骊：我从书店营业员、出版社校对起步，之后一直在做编辑的工作，我的前半生好像是专为了下半辈子整理、出版爸爸的遗著做"热身"。

刚开始时，我是"个体户"，没人叫我干，是我自己想干。一个人，计划也不是很大，就先做韬奋著作的目录。

我顺着爸爸的人生足迹跑了很多地方，印象最深的是徐家汇的藏书楼，仓库里的东西都发霉了，我又正犯着气管炎，但每次去都能挖到资料，就特别高兴。

很多当年与爸爸一起战斗过的老同志为我提供线索，也有年轻的同志帮我去旧书店翻找，目录才得以顺利出版，同时还带出了个副产品——《忆韬奋》，是大家回忆韬奋的文章结集。

解放周末：1995 年出版的《韬奋全集》，是其中最为重要的一项成果，听说花了您和您的团队整整十年的时间。

邹嘉骊：1986 年，韬奋基金会成立，胡愈之等前辈提出的第一个动议就是出版《韬奋全集》。我从"个体户"变成了著作编辑部的负责人，和我一起工作的都是资深老编审，五六十岁，正是经验最丰富的时候。他们工作态度极端认真负责，思想纯，不计名利，把最好的十年给了《韬奋全集》。

解放周末：近日，《韬奋全集》出了新版，和初版相比，新版有哪些变化？

邹嘉骊：新版增加了一些文章，是初版时因为思想不够解放，或没被通过的文章，这次补进去了，约有三四十篇。

初版时，我脑子里一直想着，国民党当年扣押爸爸的稿子，到底扣押了什么，到哪里去找，想啊想，就想到去国民党的档案里找。于是联系了韬奋纪念馆的几位青年同志去南京历史博物馆，果然找出了被扣押的文章，那时就按照编年把它们都收进去了。

解放周末：在全集初版的那个年代，韬奋广为人知，韬奋精神激励许多人，但今天的年轻人，似乎对先生事迹了解得不多。

邹嘉骊：时代不同了，现在要让人们统一到一件事情、一种观点上来，很难。但总有些东西是不会变，也不应该变的。比如说信仰，因为人总要有所追

求。我就是在整理爸爸的文字中，一点点觉悟的。他之所以一次次主动选择站到斗争的风口浪尖，之所以能和共产党配合得这么默契，之所以能多次拒绝国民党的拉拢，之所以不畏惧国民党的恐吓和迫害，从根子上说，爸爸是有信仰的，他的信仰就是爱国家、爱人民。

解放周末：互联网时代，媒体面临着转型危机，一些媒体和媒体人，转向做吸引眼球、博出位的报道。对此，您怎么看？

邹嘉骊：我今年 86 岁了，也玩微信。媒体不在新旧，而在于是否真正懂得读者的需求。

我很喜欢看电视上比赛认字、背唐诗的节目，这类节目对提升民族文化素质是有好处的。采用比赛的形式，可以激发年轻人的好胜心，年轻人也挺喜欢的。不要想当然地认为年轻人只喜欢唱歌跳舞，未必是这样的。

其实，不只是新闻出版工作，做什么工作，心中都要有老百姓。我看电视上旧房改造的节目，很好，花钱不多，改善了百姓的居住环境。不能只是简单地拆老楼、造高楼，弄得老上海走样、新上海没新意、缺少历史感，得动动脑筋，怎么让百姓住得舒服点。

解放周末：您觉得韬奋精神会不会过时？

邹嘉骊：还是那句话，什么年代，都要有信仰，自己拿定主意，才能看清方向，才能有所为有所不为。

（顾学文撰文，原载《解放日报》2016 年 11 月 11 日）

前辈九六高龄老人殷国秀的来信

尊敬的八六小妹，亲爱的嘉骊小友：

　　今天收到一大包宝书，来不及一一拜读，略翻了几页，真了不得！小妹不仅显示了她的毅力和才华，主要是把韬奋先生的思想、精神呈现在世上，让他永存于世，这是近现代史上的精华。是教育世世代代后人的最佳教材。你辛苦了，你为了寻找有关先生的材料，充分发挥了你的聪明才智及不倦的努力，我仅翻阅了你寻找读者信箱集的叙述，我随着你的叙述心潮澎湃，为你几十年来的一贯的努力敬佩。小妹，你是韬奋粹缜同志值得骄傲的女儿，是我所以敬爱的小妹。

　　你赠我的书太珍贵了，都是传给后人之宝，不过说实话，我受之有愧。1939年我考进了生活书店，韬奋先生就坐在一个大办公室里，我远远地在他的对面。1942年太平洋事变，由东江游击队到广州湾阳台山，先生和我们大家同住一个草寮，我还记得，他曾给大家讲解时事，一次与战士的联欢会上，邹先生还扮演卓别林，演毕，向大家鞠躬，并说，演得不好，略为大家助兴。我记得在出版社内部出版的书刊上，我曾写过这事。以后如能找到，当复印一份给你看看。

　　你文章说，在阳台山两个月，我们十几个人在阳台山好几个月，后来先生听说反动派有令密查先生，准备下毒手，先生就转移了。

　　1943年左右，我和叶籁士准备去东北解放区，和你母亲、徐伯昕、胡耐秋一起住在徐家汇乡间（注：应该是1944年，这已是父亲去世后的事，我也在，住徐家汇谨记桥），房前是农田，大约在这个时候你抱过囡囡（她是1943年出生的）。之后，我们把囡囡送到苏州叶家，参加了新四军，后来听说你妈妈把胡绳、吴全衡的大儿子和我们的女儿叶曦接去照料，真是三联一家亲，我们后来才知道的，当时解放区和内地音讯不通。当时你就是一个小小的小妹，在我脑子里，怎么也不能与八六小妹联起来，其实也容易明白，如今 96 岁的我，当时你父母都称我为小殷。小妹，请你这位大主编原谅你的小殷孃孃年高脑衰，文字不通之处，请你放一马。谢谢，谢谢你给我那么多好书，我的年真够奢侈了，有这么多好书可读。祝健康、快乐！春节好！

殷国秀

2016 年 1 月 16 日

有一事告你：前些日子，署名上海韬奋纪念馆张霞，为我寄来了一册《韬奋语录书法集》，并告纪念邹先生诞辰 120 周年举行书法展等情况。我已复致谢，我当是你嘱她寄的，今天又收到你寄来几本，你如有人需赠，请告我姓名、地址，以你的名义代寄，可否？

在韬奋基金会的日子

　　1993 年 10 月 13 日上午，朱彦同志陪我去长乐路 325 号韬奋基金会，会见邹嘉骊同志。我同朱彦在少年儿童出版社工作，写字台面对面，坐在一起十多年，彼此无话不讲。"文革"期间，他和老邹在上海文艺出版社，相处较好。1987 年夏，北京成立中国韬奋基金会，决议之一，是制定编纂《韬奋全集》方案。老邹当仁不让，挑起这个重担，回沪之后，经过一段时间酝酿落实，在市领导的关怀下，一面在长乐路陕西路口营造基金会办公小楼，一面建立韬奋著作编辑部，其成员为邹嘉骊、朱彦、郁椿德、陈理达四位。当时准备将朱彦调至基金会，恰巧少儿社正在进行福利分房，只得作罢。到 1993 年编辑全集的工作正式启动，于是朱彦推荐我去参加，虽然我仍在少儿社任职，他还是催我来见老邹同志。

　　老邹其实不老，刚过六十，正是精神焕发的年纪，她很质朴，正如她的衣着朴素，没有人们初见时的客套，见到就说："朱彦早就向我介绍你了，谢谢你答应参加《韬奋全集》的编辑工作。我们是个小单位，连多余的办公室也没有，请你审稿改稿，都只能麻烦你带回家去工作了。"

　　说完，她走出会议室，一会儿拿来两厚册复印稿放在桌上，朱彦就指着复印件作了说明：《韬奋全集》依年序编纂，最早始于 1914 年，终于韬奋先生去世的 1944 年。多年来，老邹带领韬奋纪念馆的年轻同志，搜集、整理、编辑、注释韬奋著译，为全集奠定了基础。编辑部现在邀请了几位资深编辑参加审稿工作，要求对原件中的字、词、句、标点符号等进行审订纠错。存疑之处，标上记号，共同讨论。我们计划 1995 年 11 月在韬奋诞辰一百周年时出书，时间很紧。总之，这既是一项细致的技术工作，又是需要认真思索的脑力工作。

　　这一天，我就带了这两厚册 1930 年的复印文章回家，开始了参与编辑全集的工作。

1994 年起，我摆脱了少儿社的工作，全力投入全集的编审加工及其他工作，如 1 至 3 月，就加工了韬奋早年（1914—1925）的文稿，以及 1932、1934、1935、1936、1937 年的稿件。在此期间，老邹、朱彦和我一起商定了全集的版式和字体，以便大家审读时统一标明，再校对就趋于正规。

我一般是由老邹统一调度，取两厚册复印稿回家，仔细逐一阅读若发现有错则随即更改，标明字体，规范格式。两册完工，则于翌晨送往基金会，再从老邹那儿另取而归。我家在复兴中路韬奋纪念馆附近，早晨空气清新，从复兴公园穿出，经过中华职业教育社到雁荡路，那正是韬奋先生常走的路。

随着时间推移，我对基金会逐渐熟悉。从长乐路大门进来，是小小的庭院，右手小间是传达室，向前上六级台阶到一楼，正面是《交际与口才》编辑部，左边靠北是财务室，右边是楼梯；二楼右手是行政办公室，朝南大间是会议室，放有韬奋塑像，靠左前后两间分别是主管和老邹的办公室。整个建筑紧凑而简朴。

我们的工作，大体上就是由老邹与各位编辑分头联系，各自进行。所有编辑坐在一起开会，讨论工作中的疑难问题等，也仅两次。第一次是 1994 年 8 月 2 日下午，与会者为：上海人民出版社的夏绍裘先生、吴慈生先生、李文俊先生，学林出版社的柳肇瑞先生，少儿社的朱彦和我，基金会的赵继良先生、陈理达女士。会议由老邹主持。

在这些老编辑中，夏绍裘最年长，他为人风趣，又喜讲话，谈到复印件出自不同时期不同刊物，同一个字，其体型常会相异，他于是站立起来，详细考证何为正体、何为异体，使我受益不少；他又喜欢盯住柳肇瑞打趣，不论谈到什么问题，总要回过头问："老柳，你认为怎么样？"老柳闪烁着一双大眼睛，抿嘴一笑，不予回答，会场上却响起了一片笑声。

第二次会议是 1995 年 2 月 14 日下午，这时工作将完，趁新春元宵佳节，向各位拜年致谢。

在 1994 年下半年，基金会把楼下左边靠南一间辟为办公室，储放了所有有关全集的稿件与资料，老邹把电脑也搬了下来，还为我放了一张书桌。这样，我晨间来后，遇到事多，就可留下工作，直至傍晚。于是，每到中午，司机小陈就会端来一碗热烫烫的面条供我用餐，而老邹自带饭菜，到楼上进餐休息。

审读加工稿件工作,到 1994 年底基本结束,邀请的编辑也多不来了。老邹找我谈话,希望我继续协助她做完最后的工作,直至全集出版。这是一桩具有历史意义的工作,我理应将它做完,而老邹的盛情,我更难推却,也就欣然允诺。

1995 年的工作确实是忙,因为秋天必须出书,各条各块的具体事务涌动而来。例如上海人民出版社出版科觉得某处版式不符规定,要求立即前往解决,老邹与我常常清早赶去商定,午间回基金会再将某几卷校样迅速改正。

劳动节之后,我随老邹先后四次去万宜坊韬奋纪念馆翻检馆藏照片,依照各卷年份,选取相同年份的韬奋留影,并选择与各卷文章相关的书刊拍成照片,然后带回基金会再三斟酌,费时久久,方能确定。随后的工作是拟各张照片下的说明文字,要求准确而简要。待我们的案头工作完毕,还得请美术编辑从如何排列的角度前来商讨。与此同时,我们又寻找韬奋先生的各种签名,从而比较、选择,最后再听取美编的意见,选定以作封面之用。

6 月,老邹与我闲谈时,以为在第 14 卷后,应有一份"韬奋年表",简单明了地叙述韬奋的家庭情况、一生行止、著作概要,等等,便于读者了解。于是,我每天去基金会翻检各种资料及各卷目录,一边撰写年表,于两星期完成草稿,交老邹增补修定。

6 月 11 日晨,我忽然发热,去医院就诊,诊断为"带状疱疹",打针敷药,嘱咐休息。我打电话向老邹请假,她于当日下午即派人送来西桔八枚,点心一盒。15 晨,我感到稍愈,遂去基金会将完成的年表草稿送给老邹,并留下审读全集中插页之图片。傍晚回家,夜间疱疹发作,疼痛难眠。第二天又去医院,又向老邹请假,整天赤膊,胸前背后涂满药物,不能穿衣。22 日下午,老邹又派赵继良同志前来探望,并送来"周林便携式保健器"一具,冷饮费二百元。老邹和基金会对我的关爱,让我感动不已,至今不忘。

到了 8 月,一切已经进入收尾阶段,各卷校样已交上海人民出版社付印,但人不能跑开,随时等待出版社电话,前往处理什么问题。

9 月初北京来了通知,11 月 5 日韬奋诞辰一百周年,中央将举行纪念大会,老邹赶往北京参加筹备会议。回沪之后,交代的首要任务,是为北京的纪念大会提供一份发言稿初稿;其次,11 月 6 日,上海举行"纪念韬奋研讨会",也需拟出一份发言稿。两个会议,挨日举行,级别不一,其意相似。

对于北京发言稿,老邹非常重视,我们在办公室交谈了数次,从党中央历来对韬奋的评价，到改革开放以来对韬奋著作的重视，以及当前国内政治经济形势，都作了一番梳理，然后定下大致内容，由我回家花两天时间先拟出初稿，再由老邹审阅、修订、寄出。

上海的研讨会，主要是老邹的一个发言，她考虑周全后，我们再一起交谈，逐渐形成文字。

10 月份的工作，主要是对老邹发言稿作反复修改完善。此外，研讨会上尚有四五位发言，他们的发言稿送来审阅，也都进行了文字上的改动。

19 日上午，新华社记者赵兰英前来基金会，座谈《韬奋全集》的编辑过程和工作情况。与会者为老邹、朱彦、赵继良和我。这个会议含有工作总结的性质，而 11 月 6 日下午，在南京路广电大厦进行的"纪念韬奋研讨会"于三点半结束，也就意味着编辑工作的功德完满。

然而，我和基金会的缘分尚未了。

14 卷本的《韬奋全集》出版之后，在北京的基金会理事长会议上，曾有提议，要求出版韬奋著作普及本，以适应广大青年读者的需要。经过韬奋著作编辑部研究，决定委派老邹负责主编，邀请韬奋纪念馆馆长雷群明先生和我选编一套适合青年阅读的韬奋著作读本。

于是我们三人，从 1999 年 1 月开始，又集中在基金会二楼会议室，多次开会，议定选题原则，确定选题，决定命名为"走近韬奋"丛书，一套八本，是为《韬奋自述》《韬奋新闻出版文选》《韬奋谈人生》《韬奋谈爱情、婚姻、家庭》《韬奋政论选》《韬奋书话》《译余闲谈》及《众说韬奋》，并决定在每本书的前面，撰写一篇《编者的话》，简要交代读书的要旨以及编者的态度。

我和老雷作了分工，各自选辑，并不时集中，三人共同讨论所选内容，再作增删，最后定稿。选定之篇目，均由基金会郭以欣女士承担复印、装订事务，丛书由学林出版社于 2000 年 10 月出版。

与此同时，老邹准备编撰一部《韬奋年谱》。从年轻时起，老邹就开始搜集父亲的一切资料，近年来，父辈们的《日记》《年谱》相继出版，她无不涉猎并加以存录，特别是 1995 年后，她又寻觅到不少未曾收入全集的文章，这就使她更坚定要抓紧时间完成年谱的决心。

这项工作开始了一段时间后，2000 年 7 月 31 日下午，天气正是酷热的时候，老邹约了老雷和我到基金会晤谈。她介绍了全书结构情况：按编年循序，分成三个版块：一、1895—1932，二、1933—1937，三、1938—1944，由包括老邹在内的三位作者各写其一,最后由老邹统稿。

我们建议:年谱中摘录的文字,须有史料价值,有情节性,有可读性。要用韬奋自己的文字,来表现他最闪光的一面。全集里未收入的,年谱里应收入。在材料平衡方面,后期的应多于前期。此外还谈了一些技术方面要注意的问题。

我对年谱分三个版块没有异议,但每一版块由一位作者撰写,我竭力反对。第一,人各相异,各人的学养不一,文风不一,所选所录所述,势必有所差异,汇成一书,读者如何接受? 第二,另两位作者并非专业,他们所掌握材料肯定不及老邹,最后统稿时,老邹定要作大量补充,几近重写,这既花费时间精力,且易产生误会或矛盾,弄得彼此不欢。所以我主力老邹独自撰写,哪怕时间长一点,也要进行到底。

这之后,我们就不去基金会,让老邹专心写作。只是 2004 年冬,她从重庆图书馆发现 1940 年重庆生活书店出版的《激流中的水花》一书,系《全民抗战》信箱外集,内收 53 篇与读者来往的信件,但未署名。她在电话中告诉我此事,并希望我帮她审读并提出看法。隔日,小郭即将此书送到我的寓所。我反复阅读,又参阅韬奋署名之书信对照,最后写了书面意见,仍由小郭前来取去。2005 年 10 月,近 140 万字的厚厚三本《韬奋年谱》隆重出版,这证实了老邹的坚强意志和惊人毅力。

时光流逝,我们都进入老年,行走多已不便,但彼此的惦念是相同的,先是电话,后是微信,时相问候。重友情的老邹,记挂着当年编辑全集的老友,在 2016 年中秋前夕,"用了三天时间,打了许多电话,找到了要找的人",她用委婉的文字,告诉我各位的情况:

人民社三位:

夏绍裘,91 岁,不能接电话,由儿子传话,所提事都记不清了。

吴慈生,接去美国治病了。

李文俊,已故多年。

学林社:柳肇瑞,患痴呆症,口齿倒清楚。

赵继良,身体不错,常溜街,写材料要翻资料,要到儿子家找。

朱彦,精神很好,电话里滔滔不绝谈国际形势,就是手抖,不能写字。

余下我和你,算是弱势中的强者了。好好保重健康!

当年,我们一心一意想着工作,没有在一起喝过午茶,没有到饭店聚一次餐,没有在基金会的小白楼前拍一张集体照。如今,人已散,基金会也于八年前迁至北京,历史成为过去,只有 800 万字 14 卷的《韬奋全集》永留人间。

(汪习麟)

别样的人生

——韬奋之女邹嘉骊的文字生涯

　　去年(2017)，我有幸读到几本好书，其中一本是《别样的家书——宋庆龄、沈粹缜往来书信集》，由韬奋先生的女儿邹嘉骊编撰。她整理、注释、出版宋庆龄和韬奋夫人沈粹缜几十年间的通信往来。这一百多封信，展示了两位风雨知音胜似姐妹的真挚友情。一位政治伟人，不时向"闺蜜"倾诉各种心情：满满的母爱、烦恼的家事、身体的不适，甚至，经济的拮据。伟人也是凡人，书信见证了宋庆龄伟大的品格和胸怀。这是一本非常珍贵的书，兴奋之余，我打电话给沈粹缜女儿嘉骊老师。我说，我要来看你！

　　她说不行啊，我面瘫了，住过医院，不能见人！

　　"啊，你生病了？"我赶紧说，"能帮你什么忙吗？"她说谢谢你，已经出院了。她买了哈慈针自己治疗，渐渐好转。我以为，她是名人之后，必有文史馆馆员之类头衔，还有医保红卡，可是她说她既不是文史馆馆员，也不能住干部病房，虽说她是离休待遇，可是副高职称少了一颗星。她说，我解放前颠沛流离，只是初中生啊！我说你出了那么多厚重的书，早就可以评教授了，快别说什么"初中生"！她说，有一次她心脏病急诊没有床位，只能在病房走廊里临时搭床住下。我不懂离休干部医保还有几颗"星"的区别，我只能说有困难找组织，她说，不要多麻烦组织，我会有贵人相助的。她还告诉我，这次住院，她认识了一位滴滴出租司机并建立了联系，出门可以找他。

　　那几天，我又读到一本好书，是南通作家朱一卉著的《沈绣》。读着读着，一个名字跳了出来，沈粹缜！书中说，张謇20年代创立南通女工传习所，还帮助沈寿著书立说，将沈绣艺术传播到海内外。沈寿病重期间，得到侄女沈粹缜无微不至的照顾，直至沈寿逝世。我又给嘉骊老师打电话，我问："你妈妈是苏州人吗?""是啊!""你妈妈的姑妈是沈寿吗?""是啊!""原来你妈妈也是苏州人!"苏州这座城市真是神奇,一两百年来,从苏州城里走出多少杰出的女性啊! 王季玉、王淑贞、杨绛、杨荫榆、何泽慧⋯⋯这群苏州女子,是知性的,一个个清秀美丽,聪明睿智,她们在各个领域做出不凡业绩。

记得我曾经采访过沈粹缜,翻箱倒柜,找啊找,找到了! 心里一阵激动。那是 1983 年 8 月 17 日,35 了,笔记完好无损。那天,是作家孙颙和我一起去的,嘉骊老师陪坐母亲身旁。沈粹缜谈她与宋庆龄如何相识相知,在她鼓励下走出家门参加社会活动的经历。她是那样平易近人,温和亲切。可惜那次采访内容,至今未整理成文,而我敬重的前辈沈粹缜女士于 1997 年 1 月永远离开了我们,我深感歉疚。这些年,我东一榔头西一棒子,已是七旬老人,我得抓紧写写她。

去年国庆期间,我终于和嘉骊老师见面,她康复得不错。久未谋面,我们畅谈甚欢。

从她家出来,我抱回上海交通大学出版社出版的上下两册《邹韬奋年谱长编》,又厚又重,共 157 万字! 回家翻看凝聚 10 年心血的这部书,连连感叹。年谱这活,看似简单,实则艰难。我曾经做过十几万字《丁玲年谱》,其中甘苦只有自己才知道。可是历史人物研究,怎能少得了资料? 怎能离得开年谱? 时间与空间,缺一不可。嘉骊老师离休 20 多年,身体欠佳,她是如何做成这件大事的呢?

这一瞬间,我决定先写邹嘉骊老师!

认识嘉骊老师整整 43 年。1974 年,她曾经编辑过短篇小说集《农场的春天》,上海一批知青作家开始走进读者视野。1975 年,上海农场局成立三结合创作组,准备集体写作长篇。孙颙、杨代藩和我,分别从三个农场抽调出来。我们很荣幸和专业作家郭卓、出版社编辑邹嘉骊一起"三结合",在瑞金二路 450 号出版社招待所里,每天读小说,讨论如何创作构思。那时我很幼稚,没有想过"集体写小说"这个"新生事物"是否合乎文学规律,我只是珍惜这个难得的接近文学的机会。我们日复一日苦思冥想,讨论来讨论去。嘉骊老师每天到出版社上班,一有空就过来,坐在一旁静静地听,哪怕我们争得面红耳赤,她不动声色,不做评判。那年,她去四川组稿,回来后得了乙型肝炎,住在瑞金医院传染科病房,我们三个知青十分焦急,几次去看她,隔着铁门栏杆,像探监似的和她相望。她呢，在铁门里和我们说话，很轻松的样子。

"文革"终于结束，农场创作组解散，我们各自回到自己的农场。但是我们与嘉骊老师的友情没散，一年半的朝夕相处，我从她身上学到许多东西。她从不以韬奋女儿自居，总是那样谦虚诚恳。她从小生病，是母亲的重点照顾对象，甚至母亲挚友宋庆龄出国访问，还在为她的病操心买药。可是出得家门，嘉骊老师却是个热心照顾别人的人。她长我17岁，像大姐姐一样待我。我们去黄山茶林场采访，一路上她处处关心我，怕我碰着磕着。那时我正在恋爱，小吵小闹的事也不瞒她，她呢，耐心听我讲述，镜片背后那双美丽的大眼，充满了善意和温情。她宽慰我为我排解烦恼。我结婚后，住在淮海路离她家很近，一抬腿就到她家，后来还带儿子一起去。她们母女俩一见到小孩，就两眼放光，眉开眼笑。我在她家像在自己家一样自在。后来我爱人出国读书，她母亲照顾我儿子进了中福会幼儿园全托，使我安心工作。对此，我一辈子心存感激。

今年，嘉骊老师88岁，离休20多年了。照理，她应该悠闲地享受生活，看书，听音乐，旅游……可她偏偏选择艰苦，继续与文字打交道。她这辈子，从书店营业员做起，当过出版社校对、出版社编辑，一步一步，与文字相伴了几十年。离休后的第一个十年，她和同事一起，编辑出版了《韬奋全集》；第二个十年，她编撰出版《韬奋年谱》。这两大工程前后花去20年，完工后，她又给自己提出新的挑战——整理、注释宋庆龄和母亲沈粹缜的百多封信件。整理这些珍贵的信件，她深深感受她们之间高尚真挚的友情，内心感动不已。这些信，她怎么看也看不够。经过艰难梳理考证，2015年，《别样的家书》得以出版。她离休后做的这几件事，出的这几部书，是中国近代文化史的瑰宝，功德无量！

她与文字的渊源，源于父亲的榜样和教诲。韬奋逝世时，她14岁。父亲为她留下遗嘱："小妹爱好文学，尤喜戏剧，曾屡劝勿再走清苦文字生涯之路，勿听，只得注意教育培养，倘有成就，聊为后继有人以自慰。"

"屡劝勿听"的小妹，真的成了韬奋事业的后继之人！

1984年，她做《韬奋著译系年目录》。她四处收集资料，跑旧书店、图书馆，讨教父亲的一个个老友。那时还没有电脑，要做无数张卡片，梳理剪贴资料。她犯着气管炎，去徐家汇藏书楼，翻阅工作人员从库房取出的散发着浓重霉味的资料；她锲而不舍，和韬奋纪念馆工作人员，在南京历史博物馆，找到当年国民党扣押她父亲的11篇文章，欣喜不已。编撰《韬奋著译系年目录》同时，还带出一本副产品《忆韬奋》，这是她收集的回忆韬奋的文章结集。嘉骊老师用蚂蚁啃骨头的精神,将繁琐复杂的工作,做得有滋有味。

1987年,中国韬奋基金会成立大会之后,第一件事决定出版《韬奋全集》,并成立了韬奋著作编辑部。嘉骊老师是负责人。收集资料、编书,考验的是耐心和耐力,不可浮躁不可急功近利。无数张卡片,无数份资料,一篇篇文章,复印剪贴,文字注释,最终汇成14卷800万字的全集。同时,嘉骊老师还要应对来自编撰之外的事务和干扰,困难可想而知。幸运的是,和她一起编书的都是五六十岁的资深老编审,个个认真负责,不计名利。这些老编辑,把自己的黄金十年,献给了《韬奋全集》。如今,这些老编辑,去世的去世,生病的生病,出国的出国,每每念及这些尽心尽责的老编辑,嘉骊老师就会动容。

为了查找父亲资料,她需要阅读和韬奋关系密切的黄炎培的日记,手稿在哪里呢?她四处打听。终于得知,黄炎培日记收藏在中国社科院近代史研究所,不外借。经过联系沟通,近代所还是答应她去查阅。她立即赶往北京,和二嫂朱中英一起,花了近十天时间,找到许多韬奋的资料,一个读,一个抄。那种收获的喜悦,无法用言语表达。

她与时俱进,学会了使用电脑,这使她的工作效率大大提高。她说每当"点击鼠标,像一个个音符点击在五线谱上,演奏出悦耳的乐曲",她感到与文字打交道无比美妙。

《韬奋全集》完成后,她开始编撰《韬奋年谱》。这是一件更加艰难的工作。韬奋没有日记,编排他的一生,需要收集点点滴滴资料,长期积累,去伪存真,去芜存菁。她读了许多种年谱,觉得年谱最重要的是实事求是,不能用现代人的眼光诠释谱主,应该尽量还原当事人的原貌,把谱主推向前台,编者隐藏其后。因此她在年谱中,摘录大量韬奋著作的精华,真实展现了韬奋生活工作的经历和他伟大的人格。

编撰韬奋全集和年谱,嘉骊老师一步步走近父亲的内心。她顺着父亲的人生足迹走访了许多地方,更深地理解了韬奋的精神,读懂了父亲毕生的追求。

最艰难的日子来临。1997年,母亲沈粹缜去世了,两年后,她的二哥邹竞蒙,在与抢劫犯勇敢搏斗中牺牲。突如其来的沉重打击,令她痛苦万分,她成天不说一句话。可是,她没有停下手中的工作。父亲临终前用颤抖的手写下的"不要怕"三个字,始终陪伴和鼓励她,她每天和年谱中的父亲朝夕相处,她说,是父亲的文章使她振作,韬奋的文字虽然沉重,但是韬奋的精神永远乐观,充满希望。她最终度过了那段艰难的日子。

　　有一天，一位陌生人出现在她的办公室，自我介绍是重庆出版社的同行唐慎翔。邹韬奋抗战时期在重庆生活过，留下珍贵的足迹，她愿意帮她收集资料。嘉骊老师很怕麻烦人，可是唐慎翔的四川口音让她感到格外亲切。童年在重庆生活过的她，也会说四川话。当时她正到处寻觅不到一本书，于是提出要求，40年代生活书店在重庆出过一本读者信箱集《激流中的水花》，她想请唐代为查找。唐慎翔回去后不久，寄来韬奋为此书写的《弁言》复印件，还复印了封面、内封、版权页、目录，装订成书的样式，只是没有书的正文。踏破铁鞋无觅处，得来全不费工夫，嘉骊老师感激不已。她继续与唐慎翔保持联系，不幸的是，唐慎翔患上绝症，最终遗憾离世。嘉骊老师十分悲伤，在深情纪念这位同行好人之时，继续搜寻她需要的资料。最终，重庆图书馆给她寄来全书复印件，意外发现韬奋53篇佚文，是他给读者的复信。这些被遗忘60多年的文章，收入韬奋全集。

　　虽然唐慎翔离开了这个世界，但作为出版人的品格，令人难忘。在邹嘉骊老师前行的路上，相助的贵人很多，唐慎翔是其中的一个。她的精神，是韬奋精神的再现。"竭诚为读者服务"是韬奋的名言，至今镌刻在三联书店墙壁上。嘉骊老师说，虽然时代不同了，社会变得多元，但是，人类社会总有一些东西恒定不变，这就是信仰和追求。她的父亲生前虽然不是中共党员，但是，他是有信仰之人，他的信仰就是爱国家、爱人民。

　　如今，嘉骊老师正在编写最后一本书，这本书关于她自己，是对她文字生涯的一个历史的回顾。可是因为眼疾，难以按时完成，她于心不甘。离休后，她每十年完成一大工程，编撰了数百万字，应该很满足了。一个人离休后，有几个十年呢？可是，嘉骊老师不会停下。这辈子，编辑工作，就像她的呼吸；文字这美丽的精灵，就像她的伴侣，父亲韬奋的精神永远在她心里。

　　我端详她和父亲的照片。我说，你爸爸好帅啊，有点像徐志摩呢！

　　她说，我爸比他帅！

　　我还想说，其实韬奋更像瞿秋白，但是我不说了。我知道，在嘉骊老师眼里，父亲韬奋是最帅的，无论是内心还是外表，而嘉骊老师呢，很像父亲，外表和内心都很美。

　　这世界上，凡是被文字滋润过的人，都是美丽的。

（王周生）

病床上的追踪和思念

（代后记）

书稿编选运作到现在接近尾声了。

多年来养成的习惯，不断提问题，追踪事实，将点滴拼接成完整的历史片段，还原历史的真貌。

从最初的编辑整理《韬奋著译系年目录》开始，追踪就没有停顿。在搜集中追踪大量活的史料，整理、取舍、拼接，形成完整的历史片段，延续了原来的史实。这样的成果给我激励和动力，其乐无穷。

2018 年 9 月中旬，我又急诊住进医院。病情稍有好转，脑子又转动起来。在病床上，又在搜索追寻没有想清楚、没有表述出来的事实。

我发现有十年时间没有写出来，是告别旧中国，迎来新中国的重要时间段。

20 世纪 40 年代，解放战争胜利在望。大批进步人士、民主党派文化人将离开国统区，离开香港，北上，奔赴解放区。

1948 年 10 月 28 日，地下党潘汉年、连贯等部署，委派王健护送李公朴夫人张曼筠及一双儿女、萨空了的两位女儿、张冲的女儿张潜，还有妈妈和我，乘湖南号轮，从香港同船北上。11 月 8 日，船在天津靠岸。本准备下船，不料，岸上有稽查员上船。王健发现来者手中捏着张纸条，有"李公朴""马叙伦"等字样。几个女警察正在翻查李伯母的箱子，发现一张 X 光片大小的李伯伯大胡子底片，女警察问：这是谁？李伯母机敏，答得快："是我公公。"绝了！公公可以是老公，也可以是长辈，搞得清吗？哪是李伯母的对手！何况底片不是照片，真人不露相嘛！接着，她们又查问了妈妈，是否认识李公朴夫人等，妈妈回答得更简单："不认识。"现在说得轻巧，在当时，还是有点紧张的。能讲出姓名,看来是有备而来,实是智商太低,面对正身都识不破,还能查出什么?!盘问了好几个人,一无所获,放过去了。我们迅速下船上岸。王健分头安排,妈妈和我住裕中饭店三楼43房。第二天,11月9日11点半,王健送我们母女到天津火车站,上了去北平的火车,身边多了一位陌生的护送员。13日,王健又为送行李去了一趟北平。

我们投奔的是一个特别的家庭,成员有爸爸的大妹邹恩敏,我称大姑;她的挚友陶履芳,是陶孟和(本名陶履恭,原中国科学院第一任副院长,全国政协委员,社科院经济研究所首任所长,1961年去世)的妹妹,我称陶姑;还有陶履芳的母亲,我称姥姥;再有一个陶姑的外甥女、小我八岁的小不点,共四人组成。有趣的是全为女性,各有各的性格,相处得和谐融洽,从来没有听到过争吵声。地址在北平西城六步口草帽胡同律例馆3号,那是一个极精致小巧的独院。

1948年11月9日,妈妈和我踏进这个独院。大人们轻声地打着招呼问候。我第一次面见两位姑姑,只是几句简单称呼的交流,她们和蔼的态度、亲切的语调,使我莫名地感动,一股暖流在体内流动。长期在国统区,对环境的惊恐、对疾病的恐惧,明显在缓解、消散。这个独院赋予我难得的安全感和平静。虽然城外还响着隆隆的炮声。

此刻,经中共领导人毛泽东、周恩来等多方人士的多种努力,人民解放军平津前线司令部代表与国民党傅作义达成《关于和平解决北平问题的协议》。

1949年1月31日,北平和平解放。

1949年10月1日,在宏伟的天安门城楼上,举行隆重盛大的开国大典。毛泽东主席向全世界庄严宣告:中华人民共和国和中央人民政府成立了,中国人民从此站起来了!这是我生平参加的唯一的一次光荣而重大的集会。距今也七十年了。回顾那光辉的时刻,我们都年轻,我不到二十岁,亲身经历了这次盛典,亲耳聆听了伟大领袖向全世界的庄严宣告。我们兴奋、跳跃、欢呼,扬眉吐气!一颗颗红色的种子播入年轻的心,健康成长。七十年过去了,我们光荣!我们骄傲!

我很幸运,在北京这小独院里,经历了两个时代的更替,告别了国民党政府的倒行逆施和对进步力量的压制迫害。那颠沛流离、东躲西藏、动荡不定、无依无靠的苦难生活至今难忘。

而新生活,除了参加工作的兴奋,想起小独院的十年光阴,令人动情。善良人与善良人扎堆,必定真诚温馨幸福。我在病床上从记忆深处追寻这时段的生活。

小独院有坐北朝南三间正房,还有卫生间和厨房,就连电话也一应俱全,还有一个五六十平方米的小院子,对开厚实黑色木门,带小铃铛。三间正房每间约十二平米,右厢房,一张福建产的、暗红色、古色古香藤棚大床,四周有挂帐子的长架,陶姑和我睡;一张单人床,黑色,也是藤棚的,大姑睡;中间是堂屋,有长条桌、方桌、方凳、两个红木靠背实木椅;左厢房,窗外有一丛细竹,光线稍幽暗,同样一张福建大床,姥姥睡,小不点睡一张单人铁床。

妈妈呢? 我的疑问,妈妈睡在哪里? 谁能解这个疑? 只能找小不点。我和她是小院子里唯一还健在的见证人。她聪明、乖巧、好学,记性好。那时我脑子有病,百事不经手。我们俩相识时她才十岁,我十八岁,当下,追踪的是已经过去七十多年的事。真难为她了! 她能记得吗? 我立马打手机,她回答得很痛快:大舅妈当时没住过律例馆3号,住中南海。没等我反驳,她接着说:中南海离律例馆近,来过一个矮矮的长胡子老人,胖胖高高的女人,还有一位女的,又高又瘦,有点洋气。嚯! 真有新材料,过去没听说过。我又惊又喜,要好好核实。继续追踪。为解题,我找了李公朴的女儿张国男,她手里有法宝——王健的日记。她是言之有据的,可信。长胡子老人是沈钧儒,高高胖胖的女人是史良,有点洋气的是国男的妈妈张曼筠。前两位是"七君子事件"中的受冤者,后一位是"七君子"之一李公朴的夫人。重要的是他们都是在北平和平解放之后,从东北方向到北京,住进中南海,再去探望大姑邹恩敏的,是对战友韬奋的追念、对战友家属的慰问。

妈妈睡在哪里还是个谜,继续盯小不点,一次两次三次地盯,她的回应是渐进式的:"那时我小,就十岁,每天只管上学念书,放学回家,在姥姥屋里做功课,大人的事不接茬的。""我们来了,十二姨没说什么?""说的。她说:榕儿,家里来客人,你注意点,十句话并成三句话,三句话并成一句话。"可是我们进住小院时北平还没有解放,妈妈肯定和我一起进住小院的,中南海应该是后来的事。要她多想想,多想想当时家里几口人晚上是怎么睡的。她回我:很重要吗? 当然!

突然一天,像打急电似的呼着我:表姐! 表姐! 我想起来了! 想起来了! 我和姥姥那间屋有个后门,是通隔壁邻居的。十二姨向他们租了个小间,借了个小铁床,我去睡的,舅妈睡姥姥的大床,姥姥睡我原来的小铁床。我大声回应：你太伟大了！她有点懵，有这么伟大吗？死了多少脑细胞啊！都是发小一起长大的，有收获就是成功，哪管得了脑细胞呀？我们就是这样直言直语，互帮互助，亲密接触，话题离不开小院和小院里的亲人。

谜底揭开了。她不理解确定这个事实，就证明妈妈当时住在这个小院，住了有半年，1949 年 6 月就被请去中南海，参加第一届中国人民政治协商会议的筹备工作。和原来妈妈生前的口述连接起来了。妈妈没有再回小独院。10 月，参加完政协会议和新中国成立大典活动，应宋庆龄邀约，一起回上海参加了中国福利会的事业。

陶姑（左）与邹嘉骊在北京律例馆 3 号小独院合影（1949 年年末）

我在这个温馨的小院度过了十个年头，太留恋这个小院，留恋这个小院里的每一个人。大姑性格开朗，话多，爱说笑话，烧得一手好菜；陶姑性格沉静，少语，思想细密，别人没想到的，她想到了，别人想到的，她已经行动落实了。每个人都享受到她的关爱。尤其我，长年同床共眠，夜里突然发病，她镇定，抚慰我，轻声说着"没事，姑在"。这四个字一直在我心里回味。她在宽慰我，在分担疾病带给我的伤痛，帮助平复我心里的恐惧。至今想起她，这四个字还在我耳边回响。亲爱的陶姑，半个世纪过去了，正像你说的"没事"，我的病早在 60 年代没有再犯过。生活培育了我，锻炼了我，我不再柔弱无助。"姑在"的背后是你给予我的无私关爱和温暖，"姑"一直陪伴在我心灵深处。

1958 年秋天，我们分别得太突然，无缘逆转，顺其自然吧。万万没有想到的，时过 11 年，1969 年 4 月 10 日，陶姑因病永远离开了我们，终年 69 岁。可安慰的是小不点、大姑领头，加上陶姑的近亲都为她送别。今年 4 月 10 日整整 50 周年。今年的清明节，我和小不点，共同在手机上表达心意。陶姑(十二姨)天上有灵，知道 50 年后，地上还有两个最爱她的痴娃在思念祭奠她，一定会含笑九泉，轻轻说一句："没白疼你们。我好着呢，别惦记。"

小不点一路顺风顺水，好学习，成绩好，大学学的外语，身上带点洋味。这次追踪我不断提示，她反复追忆，我们连接得更紧密了，如同亲姐妹。她的优势是身体健康、童心未泯，经得起我这大她八岁的表姐追逼，她不气不恼，最后终于被逼出事实真相，完成预期目标。该记她一功。其实大功臣应该是陶姑。她不言不语，早在我们未到之前，已经都安排好了一切。妈妈进住时间短，记忆真的淡了。苦了当年十岁的小不点，现今，年近八十的青年老太太，是她教会我开口叫出"亲爱的"三个字。

追踪真是一件快乐的事，无论多大的事，只要有由头，表述不清，肯定是事实不明，只有追踪才能获得理想成果。我迷恋追踪，它使我精神振作，生活有内容，有希望。

这本《我的文字生涯》原计划 2017 年底出版，后连着生几次病，治疗，休养，不得不延后至今。过去，没住院的时候，我能掌控全书的进程，我和两个助手毛真好、曹俊德三个人流水作业，只要水动，就知道水在流，工作在进行；我住院或者体力不支，不能运作，水就不流，工作就停顿了。我焦虑，冥思苦想，想到一位交往不多、神交已久的韬奋纪念馆编辑张霞，我向她求助，她爽快地答应了，几次安慰说："您放心。"

很快，2018 年 12 月 12 日，下午两点半，在我家里开了一次会，该来的人员都到了，连出版社的责任编辑都请到了。这不是流水线，是有头有尾的一条龙啊！会上顺利交接，明确分工，布置我的任务是休养好，完成补编，不限时间交稿。如此减压，像解放生产力一样，增加了完成补篇任务的动力和信心。

我曾经说过，新中国成立后，我没有改过行，一直在出版行业。前 30 年在本行业换过几个工种，是热身阶段，后 30 年是收获阶段。这条路走得也有艰难的时候，大敌就是多病。我像一艘双体船，经常要出毛病，大病大修补，小病小修补，在修补中船体平衡了，再朝前行。再有，年龄朝高处走，不得不承认有些功能退化，丢三落四，想问题不周全，不谨慎。前些日子接待一位报社青年女记者，话题聊到韬奋故居，我夸耀故居的陈设全部是原件。事后，纪念馆同志当面提出,档案里不是这样说的。我借档案看了,确实不都是原件,有一部分是仿制品。我深感不安,媒体是面向全体读者的,最重要需要真实。这是我的过失。

可补缺的是,记者问当年接我从桂林到上海时住在哪里,我语塞,脑里空空。经过一段时间追踪,有了点眉目。那时我十二三岁,又有病,到上海没有固定的家,母亲照顾重病的爸爸,经常住医院,大哥住在二姑邹恩俊家的小亭子间,还要上学。我被安排寄住在一家曹姓的人家,地址在南京西路江宁路口重华新村19号底楼。我记起曹伯母,胖胖的,很富态,性格爽朗,开口就是浓浓的无锡乡音;曹伯伯印象不深,好像是短平头,壮实。听说妈妈没接来上海以前,曹伯母还照顾过爸爸。曹家有两个美丽的女儿,大女儿当时在上初中,推算有十四五岁,小孩不引人注意,经常去医院送饭菜。和这个家庭联系密切,归功于掩护爸爸的中共地下党员陈其襄的妻子陈云霞,她和曹伯母是表亲。大家心知肚明,有困难一定会帮忙。据说我借宿在曹家有好几个月,有缘的是我和曹家大女儿现在归属一个居委会,两家只隔一条马路,是前任徐姓老书记知道底细,牵线使我们相聚的。这次追踪又补了一个小空白。

有幸遇到好时辰,今年是新中国成立70周年,全国要庆祝献礼,这本小书算不上大礼,不过关心帮助这本书编辑出版背后的群体是相当大的。

真想把支持过、帮助过、提供过机会的亲人、贵人、同志、朋友,衷心地开一张感恩感谢的名单,太困难了。还是先感恩、感谢我们伟大的新时代吧。人以群分,志趣相投,心灵相通,自然会拧成一股劲,共同努力。排名单是一门学问,需要智慧和能力。我尚有余力,将尽力而为,答谢各位。现今,越来越明显地感到高龄退化现象频发,争夺延缓权也是重要任务之一,争到一点多一点乐趣,争得多了乐趣更多。生活要求我用这样的态度对待自己慢慢老去,与有追求的人们共勉。这只有在新中国新时代才会有的好心情。还有,不要忘记在旧中国那种屈辱受压迫、动荡不定的日子。忆苦思甜,没有过去的苦,哪有现在的甜呢!苦甜都是财富,它引发你多思考,多分析,不迷茫,正确选择人生,为服务社会而努力。

我这条修补过多次的双体旧船,只要不漏沉,愿意与诸位同行,传承先辈的遗愿,沿着新时代的正方向前行。

图书在版编目(CIP)数据

我的文字生涯:循着父亲韬奋的足迹/邹嘉骊著.—上海:
上海三联书店,2020.1
ISBN 978 - 7 - 5426 - 6671 - 0

Ⅰ.①我… Ⅱ.①邹… Ⅲ.①中国文学-当代文学-作品综
合集 Ⅳ.①I217.2

中国版本图书馆CIP数据核字(2019)第074719号

我的文字生涯——循着父亲韬奋的足迹

著 者 / 邹嘉骊

特约编辑 / 张 霞 毛真好

责任编辑 / 吴 慧

装帧设计 / 一本好书

监 制 / 姚 军

责任校对 / 张大伟

出版发行 / 上海三联书店

 (200030)中国上海市漕溪北路331号A座6楼

邮购电话 / 021 - 22895540

印 刷 / 常熟市人民印刷有限公司

版 次 / 2020 年 1 月第 1 版

印 次 / 2020 年 1 月第 1 次印刷

开 本 / 710 mm × 1000 mm 1/16

字 数 / 300 千字

印 张 / 18.5

书 号 / ISBN 978 - 7 - 5426 - 6671 - 0/I · 1516

定 价 / 86.00 元

敬启读者,如发现本书有印装质量问题,请与印刷厂联系 0512 - 52601369